HEYNE

Das Buch

Wie gebannt schaute Valentina auf den Roulettetisch. Eine Frau lag darauf. Auf dem Rücken. Sie trug nur Strapse, schwarze Nylonstrümpfe und Lackstilettos. Ihr Kopf hing herab. Während der Mann, der vor ihrem Gesicht stand, ihre Handgelenke festhielt, stieß er seinen Schaft in ihren Mund. In einem Moment wehrte sich die Frau, im nächsten legte sie schon ihre Hände an die Oberschenkel ihres Liebhabers, als dieser sie losließ, und krallte leidenschaftlich ihre Finger in seine Beine. Ohne damit aufzuhören, ihre Mundhöhle zu benutzen, fuhr er mit seinen Fingerspitzen über ihre Kehle, worauf die Lady ihren Hals streckte, damit er tiefer hineingleiten konnte, ahnte Val. Heißkalte Schauer liefen über ihren Leib.

Zum Autor

Sandra Henke lebt in der Nähe von Düsseldorf. Ihre Soft-SM-Romane erfreuen sich großer Beliebtheit, die Rechte wurden unter anderem nach Italien und Litauen verkauft. Neben dem Schreiben gibt sie Seminare zum Thema »Verfassen erotischer Kurzgeschichten und Romane«. Eine spannende Handlung liegt der Autorin ebenso am Herzen wie ein starkes Knistern und außergewöhnlich sinnliche Erotik.

Lieferbare Titel:

Die Mädchenakademie
Alphawolf
Meister der Lust
Im Schatten der Lust
Eisige Versuchung (E-Book)

Sandra Henke

Das Lustroulette

Roman

WILHELM HEYNE VERLAG
MÜNCHEN

MIX
Papier aus verantwortungsvollen Quellen
FSC® C014496

Verlagsgruppe Random House FSC® N001967
Das für dieses Buch verwendete FSC®-zertifizierte
Papier *Holmen Book Cream* liefert
Holmen Paper, Hallstavik, Schweden.

Originalausgabe 10/2013

Printed in Germany 2013
Umschlaggestaltung: Nele Schütz Design
unter Verwendung von thinkstock
Satz: KompetenzCenter, Mönchengladbach
Druck und Bindung: GGP Media GmbH, Pößneck
ISBN: 978-3-453-54557-1

www.heyne.de

Prolog

Valentine Masters verabscheute Nadeln. Aber sie brauchte ihre »Medizin«, um ein normales Leben führen zu können. Damit man ihr nichts anmerkte. Damit sie stark genug war.

Manchmal kam sie sich vor wie eine Vampirin. Sie war nicht süchtig, nein, das bestimmt nicht, und dennoch kam sie immer wieder hierher zurück. Wenn der »Kraftstoff« durch ihre Adern floss, fühlte sie sich besser. Er half Val, ihren Alltag zu bestreiten. Wie Benzin trieb er ihren inneren Motor an. Immer, wenn dieser langsamer wurde und Aussetzer hatte, kam sie hierher, um zu tanken.

Doch obwohl sie hinterher wieder Gas geben konnte, belastete es sie, an diesem Ort zu sein. Er war gruselig. Ebenso wie der Moment, wenn die Nadel unter ihre Haut drang. Nach all den Jahren tat das noch immer weh. Ihre Arme wiesen zahlreiche Einstiche auf, sodass sie während der Phasen, in denen sie ihre Medizin brauchte, langärmelige Blusen trug, damit niemand Fragen stellte.

Um sich abzulenken, bis die Wirkung einsetzte, nahm sie ihr Buch zur Hand und flüchtete sich in fremde Welten. Damit die anderen um sie herum nicht mitbekamen, was sie las, hatte sie es in den Schutzumschlag eines ihrer Studienbücher gepackt. Auf »Basiswissen Mikroökonomie – ein umfangreiches Sachbuch inklusive Lernaufgaben« wurde sie nie angesprochen. Man sah sie auch nicht seltsam an, was anders gewesen wäre, wenn die Männer und Frauen, die sich ebenso hier aufhielten, um ihren Tank aufzufüllen, gewusst hätten, was sie wirklich las.

Evangeline, die geheimnisvolle und von Valentine glühend verehrte britische Autorin eines erotischen Internatsromans – von dem es hieß, es handelte sich dabei in Wahrheit um ihr Tagebuch und die beschriebenen Erlebnisse hätten tatsächlich stattgefunden, was maßgeblich zu dem sensationellen Erfolg beitrug –, hatte kürzlich einen Band mit erotischen Kurzgeschichten herausgebracht. Angeblich handelte es sich dabei um ihre eigenen Fantasien. Valentine war sich nicht sicher, ob das nicht nur ein Marketingtrick war, verschlang den Lesestoff jedoch ebenso gierig, wie zuvor Evangelines Roman.

Die Britin schrieb anders als andere Autoren: nahezu tabulos. Während des Lesens wurde Val heiß. Erst prickelte ihr Geschlecht, dann ihr ganzer Körper. So etwas hatte sie noch nie erlebt. In Evangelines Geschichten unterwarfen sich Frauen Männern und manchmal auch Männer Frauen. Es ging um lustvolle Erniedrigung, Rollenspiele und sexuelle Spielarten, die die meisten Amerikaner wohl als pervers bezeichneten. Bei Valentine dagegen lösten sie zu ihrer eigenen Überraschung eine Erregung aus, die sie bis dahin nicht gekannt hatte. Diese war düster und Val fürchtete sich ein wenig vor ihr, aber noch mehr weckte sie Vals Verlangen. Wenn sie zu Hause las, konnte sie selten die Finger bei sich behalten.

Allein wenn sie über Dominanz und Unterwerfung nachdachte, wurde ihr heiß. Sie verspürte ein köstliches Ziehen in ihrer Mitte.

Sie machte es sich so bequem, wie das angesichts der Umgebung möglich war, und schlug ihr Buch auf. Aufgeregt fing sie an, die Geschichte »Exponate der Wollust« zu lesen:

Meine Abenteuerlust hat mich nach Kairo verschlagen. Obwohl die Fenster des Museums geschlossen sind, höre ich den Lärm der Großstadt: das Rauschen des Verkehrs, die Hupkonzerte und das lautstarke fremdländische Palavern, das mein Herz vor Angst etwas schneller schlagen lässt. Die dominierende Religion ist der Islam. Dieses Gebäude, in dem ich mich aufhalte, birgt ein gefährliches Geheimnis. Mich hier aufzuhalten, ist riskant. Das Gros der Ägypter würde sicherlich nicht lange mit mir und den anderen Anwesenden fackeln. Aber das Verlangen nach dieser neuen Erfahrung ist stärker als meine Angst. Viel stärker.

Die Feuchtigkeit, die sich voller Vorfreude bereits zwischen meinen Schenkeln sammelt, fühlt sich dank der Klimaanlage kühl an.

Ich befinde mich im obersten Stockwerk eines Hauses mit schmutzig weißer Fassade, einem Relikt aus der Kolonialzeit, das heruntergekommen ist und wenig einladend wirkt, jedoch birgt es im Inneren einen wahren Schatz: Exponate der Wollust – eine mutige Ausstellung, die nur handverlesenen Menschen zugänglich gemacht wird.

Ich bin kein Gast. Oh, nein. Ich musste mich durch die Hintertür einschleichen. Zwar kann ich meinen Kopf nur bis zu einem gewissen Grad heben und ihn zur Seite drehen, aber das reicht, um einige der anderen Exponate zu betrachten, die in dem spartanisch eingerichteten Raum entweder zu Sitzmöbeln verschnürt stehen, in Käfigen von Haken an der Zimmerdecke hängen oder in fantasievolle Geräten eingespannt sind. Nur wenn eines der Exponate in einer lustvollen Performance vorgeführt wird, ist mir die Sicht versperrt.

Bald wird die Gruppe, die von Aiman al-Aswani herumgeführt wird, bei mir ankommen. Mein Atem beschleunigt sich.

Aiman sieht mit seinen Tuareg-Augen, seinen vollen Lippen und seinem olivfarbenen Teint viel zu gut aus für einen Museumsführer. Obwohl er stets seriös dreinblickt, steht sein beigefarbenes Leinenhemd, das er unter seinem hellen Sakko trägt, zwei Knöpfe zu weit offen. Seine Brusthaare, die zu sehen sind, heizen meine Fantasie an. Ich würde gerne meine Finger hindurchgleiten lassen, doch meine Arme und Beine hängen an dem Felsblock herab, auf dem ich mit dem Rücken liege. Sie sind auf mittlerer Höhe mit Lederschlaufen daran festgebunden. Der hüfthohe Sandstein, so sagte Aiman mir, stammt aus dem Gebirgsmassiv Muqattam, das vor sehr langer Zeit als eine der Grenzen Kairos galt. Ein Bildhauer hat ihn bearbeitet und eine Skulptur daraus gemacht. Dank dieses Künstlers liege ich auf einer gewaltigen Hand, als würde mich ein Riese festhalten.

Die Tatsache, dass ich nicht mehr als meinen Kopf bewegen kann, erregt mich.

Ich bin Teil dieser geheimen obszönen Ausstellung im Tal des Nil und Aiman ist gleichzeitig mein Beschützer und mein Folterknecht. Ihm allein bin ich willenlos ausgeliefert. Aber sollte einer der Museumsbesucher mir zu nahe kommen wollen, wird er ihn rechtzeitig davon abhalten. Die Exponate dürfen nur nach seiner Aufforderung berührt werden. Oder mehr.

Mein Puls steigt. Sie kommen! Die sich mir nähernden Schritte auf dem blanken Betonboden machen mich nervös. Ich zerre an meinen Fesseln, obwohl ich weiß, dass das keinen Sinn hat. Selbst die Tatsache, dass ich ausgeliefert bin, macht mich an.

Aiman bleibt seitlich neben mir stehen. Schweigend mustert er meinen entblößten Körper. Ich bekomme eine Gänsehaut, nicht etwa weil ich friere oder Angst vor ihm habe, sondern vor Lust. Was hat er mit mir vor? Hat er sich einen Plan zurechtgelegt oder entscheidet er spontan?

Die Besucher stellen sich im Kreis um mich auf. Ihre Blicke gleiten über meine Rundungen. Ich meine, sie zu spüren, wahrhaftig zu spüren, wie Berührungen, aber das ist unmöglich und nur eine Illusion. Meine Brustspitzen erigieren, dabei ist noch gar nichts geschehen. Vor Scham, weil meine Geilheit offensichtlich ist, brennen meine Wangen.

Noch schaut Aiman mir einfach nur ins Gesicht. Das, was er daran abliest – Sehnsucht und Scheu, die sich fortwährend abwechseln und mich auf eine Achterbahn der Gefühle schicken – scheint ihm zu gefallen, denn seine Mundwinkel zucken.

Erhaben streckt er seine Hand nach mir aus, denn Ausstellungsstücke werden nicht nur betrachtet, sondern sie werden in einer Art Performance vorgeführt.

In meinem Brustkorb hämmert mein Herz.

Die Schreie des männlichen Exponats, bei dem sie vor mir verweilt hatten, hallen noch in mir wider. Aiman hatte erklärt, dass der Mann aus Japan kam und ein Masochist war, bei dem es herauszufinden galt, ob er allein durch den Schmerz, ohne jegliche andere Stimulanz, zum Orgasmus kommen konnte. Dann begann die bittersüße Tortur des Asiaten. Er brüllte, jammerte, winselte und flehte doch kein einziges Mal um Gnade. Schließlich stöhnte er so laut, wie ich es noch nie bei jemandem gehört hatte – als kämen die Laute aus seinen Eingeweiden und tiefer noch, viel tiefer, als seine zierliche Statur vermuten ließ – und schrie seinen fulminanten Höhepunkt heraus.

Ängstliche Vorfreude regt sich in mir, als Aimans Fingerspitzen über meinen Bauch gleiten. Ich erschauere und ein leicht spöttisches Grinsen zeigt sich auf seinem Gesicht, als genieße er es, mich völlig in seiner Hand zu haben. Nur er allein weiß, welche Aufgabe mir zugedacht ist.

Eine Schweißperle rinnt an seinem Hals herab. Trotz Klimaanlage schwitzt er. Der Asiat hat ihm alles abverlangt. War Aiman bei ihm der Teufel in Person, hart und umbarmherzig, so ist er nun ein Engel, der mich verwöhnt. Nur das Blitzen in seinen Augen lässt mich auf der Hut sein.

Behutsam streichelt er meine Brüste und die Museumsbesucher schauen zu. In ihren schicken Anzügen und ihren züchtigen Kleidchen stehen sie um mich herum und gaffen. Was hat sie dazu bewogen hierherzukommen? Geilen sie sich an meiner Blöße, meinem Ausgeliefertsein und meinem Schamgefühl auf? Oder suchen sie lediglich Anregungen für ihr eigenes Intimleben? Vielleicht wollen sie auch nur an dem Tabubruch teilhaben, den diese obszöne Ausstellung in einer Stadt wie Kairo darstellt. Ich für meinen Teil möchte Erfahrungen sammeln, die ungewöhnlich und lasziv sind, und fühle mich genau am richtigen Platz.

Allein, dass ich angestarrt werde, macht mich verlegen, aber selbst dieses, eigentlich negative Gefühl, gefällt mir, denn es wandelt sich durch Aimans Berührungen in pure Lust. Noch peinlicher ist es, dass die um mich Stehenden beobachten, wie sich meine Nippel noch weiter zusammenziehen, bis es beinahe schmerzt, mein Brustkorb sich immer schneller hebt und senkt und ich mir auf die Unterlippe beiße, um ja nicht zu seufzen. Nicht jetzt schon.

Zärtlich massiert Aiman meinen Busen. Selbst als er kräftiger knetet, wird er nie grob oder gar brutal, sondern geht wie ein Liebhaber vor. Mit den Zwischenräumen seiner Finger neckt er immer wieder meine Brustwarzen und schickt damit erotische Impulse in meinen gesamten Körper aus. Aber das ist mir zu wenig, zu sanft. Als er sie endlich zwirbelt, stöhne ich, bevor ich es verhindern kann. Eine Dame kichert und hält sich eine Hand vor den Mund. Eine andere schmiegt sich seitlich an ihren Partner und reibt sich sachte an ihm. Ihr Mann schaut mich gierig an. Die Besucher stehen so nah an mir dran, dass sie nur den Arm nach mir ausstrecken bräuchten, und ich könnte sie aufgrund meiner Fesseln nicht daran hindern mich zu betatschen. Diese Machtlosigkeit facht meine Lust an. Aiman und die fremden Männer und Frauen können mit mir tun und lassen, was sie wollen, und ich bin ihnen schutzlos ausgeliefert.

Ein einziges Mal kneift Aiman in jeden meiner Nippel und ich seufze kehlig wie auf Kommando. Er ist ein Virtuose und spielt auf mir, seinem Instrument.

Meine Möse ist patschnass. Meine Schamlippen schwellen an und erblühen sicherlich längst in einem leuchtenden Rot. Die Verlegenheit kehrt zurück, aber ich habe keine Zeit, mich ihr hinzugeben, denn Aimans Hand gleitet über meinen Bauch tiefer.

Sinnlich krault er meinen blank rasierten Venushügel, eine Anweisung, zu der ich meine Zustimmung gab, als ich den Vertrag unterschrieb. Nichts darf verborgen bleiben – keine körperliche Reaktion und keine Regung, weshalb ich meine blonden Haare zu einem strengen Zopf binden musste. Nun spiegelt sich auf meinem Gesicht bestimmt meine Erregung wider. Mir fällt das Atmen zunehmend schwerer. Meine Arme und Beine tun weh in der Fixierung. So hilflos ausgeliefert empfinde ich jede Berührung intensiver.

Aiman streicht mit seinen Fingern über meine großen Lippen, so zart wie der Lufthauch der Aircondition, aber ich nehme es zu meiner Überraschung als elektrisches Knistern wahr, das ich zwar nicht höre, aber spüre wie prickelnde Entladungen. Mit seiner anderen Hand reibt er gleichzeitig meine kleinen Lippen aneinander. Ich kann gar nicht anders, ich muss meine Augen schließen.

»Nicht erlaubt!« Plötzlich kneift er hart in meine empfindsamste Stelle.

Ich gebe einen Schrei von mir, doch da ist der Schmerz schon wieder verpufft. Zurück bleiben Hitze und ein starkes Pochen, das mich noch geiler werden lässt. Dennoch nehme ich mir vor, meine Lider offen zu halten. Der Vertrag zwingt mich, mich meinem Schamgefühl zu stellen. Ich habe ja bereits festgestellt, dass es meine Lust steigert. Trotzdem wird mir das schwerfallen, spätestens beim Orgasmus.

Ich drehe meinen hochroten Kopf zur Seite, um den Blicken der Anwesenden zu entgehen. Ihre Körpermitten sind ungefähr auf der Höhe, auf der ich liege. Eine Frau hat ihre Hand unter ihren Chiffonrock geschoben. Ihre Beine zittern ebenso wie meine, denn Aimans Finger gleiten in mich hinein. Erst zwei, dann drei und dann, mit unnachgiebigem Druck, der mich ihn zuerst wütend, dann erregt ansehen lässt, einen vierten. Ich befürchte, die Dehnung nicht auszuhalten. Will er mich von innen heraus sprengen? Unruhig versuche ich, mit meinem Gesäß hin und her zu rutschen, um Aiman zu entkommen, aber die Fesselung macht das unmöglich.

Nachdem er sich aus mir zurückgezogen hat, gebe ich einen Laut der Erleichterung von mir, aber da stößt er seine Finger erneut in mich hinein. Diesmal dringt er noch tiefer ein. Er öffnet meine Möse so weit, wie sie nie zuvor geöffnet wurde. Wären meine Beine frei, hätte ich ihn aus einem Reflex heraus weggetreten, doch gefesselt bin ich machtlos. Aiman zwingt mich, die Spannung, die auf meiner Muskulatur liegt, zu ertragen.

Mit seiner freien Hand kneift er in meinen Kitzler. Schmerz explodiert in meinem Schoß. Doch kaum dass dieser nachlässt, auch wenn es diesmal länger dauert als zuvor, merke ich, dass ich plötzlich den Druck in meiner Mitte leichter ertrage. Vor Schreck hatte ich mich zuerst verkrampft und dann entspannt.

Ich versuche bewusst lockerzulassen. Zu meinem Erstaunen funktioniert es. Meine Vaginalmuskulatur stellt sich etwas besser auf die Dehnung ein. Das scheint Aiman zu spüren, denn er nutzt das aus und drückt seine Hand weiter in meine Möse hinein, worauf ich ihn stumm verwünsche.

Doch dieser Teufelskerl braucht seinen Daumen nur wenige Male über meine Klitoris kreisen zu lassen und ich erlebe meinen ersten Höhepunkt vor Publikum. Meine Verlegenheit, meine Lust und meine Machtlosigkeit bündeln sich und verhelfen mir zu einem gewaltigen Crescendo.

Nach Luft ringend liege ich auf der steinernen Hand. Meine Wangen sind erhitzt von der Lust, ebenso wie von Schamgefühl, weil die Frauen und Herren um mich herum zugesehen haben, wie ich die Kontrolle verlor und mich gehenließ. Dennoch bin ich erleichtert. *War doch halb so schlimm, meine Aufgabe war harmlos,* sage ich mir und denke an den Masochisten, der vor mir dran gewesen ist und von Aiman in den Schmerzhimmel gehoben wurde.

Der Museumsführer zieht sich aus mir zurück. Seine Finger gleiten schmatzend aus mir heraus, eine weitere Peinlichkeit, die mir das Blut ins Gesicht treibt. Er macht einen Schritt zurück, tritt aus dem Kreis und hält die Hände wie ein Chirurg vor einer Operation. Wie aus dem Nichts taucht sein Assistent auf, dessen Namen ich nicht kenne, und reicht ihm ein blütenweißes Frotteetuch.

»Das war der erste Streich, der zweite folgt sogleich.« Ohne seinen Blick von mir zu nehmen, trocknet Aiman seine Hände ab. »An diesem Exponat wollen wir herausfinden, wie viele

Orgasmen man einem Körper abringen kann«, er macht eine Pause, in der er seinem Assistenten das Tuch zurückgibt und den Kreis wieder schließt, »auch gegen seinen Willen.«

Ein Raunen geht durch die Besuchergruppe. Ich balle meine Hände zu Fäusten

»Wollust entsteht im Kopf, heißt es«, fährt er fort. »Aber ist man auch dann noch fähig zu kommen, wenn man gar nicht mehr will? Ich sage, ja. Dazu braucht es nur einen Künstler, der kein Mitleid hat, dafür aber die entsprechenden Apparaturen besitzt.«

Mir wird angst und bange. Aimans nüchterner Ton passt nicht zu dem gnadenlosen Inhalt seiner Worte. Von wegen harmlos! Auch für mich hat er sich eine Folter ausgedacht. Ein Teil von mir freut sich überraschenderweise darauf. Ein anderer wünschte, er könnte den Job sofort abbrechen, aber das geht nicht. Mit meiner Unterschrift unter dem Vertrag stimmte ich zu, meinen Willen freiwillig zu beugen. Für diese eine Vorführung gingen mein Körper, mein Geist und meine Libido in den Besitz des Museums über. Im Gegenzug sagte man mir zu, nichts zu tun, was mich überfordern, was mir schaden würde, und versprach mir eine erregende Erfahrung, die alles übertreffen sollte, was ich bisher erlebt hatte.

Mein Herz schlägt hart in meinem Brustkorb. In meinen Schläfen pulsiert das Blut. Mein Geschlecht pocht schon wieder sehnsüchtig. Anscheinend erregt mich die Angst vor der bittersüßen Qual, die mir nun bevorsteht, mehr als ich dachte. Ich will beides, die Lust und das Leid, wird mir bewusst. Dennoch bleibt die Furcht. Es wird geil werden, aber auch unangenehm.

In vielen Ländern habe ich nach Befriedigung gesucht. Nach diesem Erlebnis werde ich das erste Mal wahrhaftig satt sein.

Sein Assistent reicht Aiman ein Tablett aus fast schwarzem Holz. Die drei Gegenstände, die darauf liegen, kann ich nicht einordnen. Es handelt sich um durchsichtige Plastikhauben, zwei kleine und eine größere. Jeweils ein Schlauch und ein Kabel hängen an einer Glocke. Der Museumsführer nimmt eine der kleineren und tritt wieder näher an mich heran. Als er sie über meinen linken Busen stülpt, den handlichen Blasebalg am Ende der einen Schnur bedient und daraufhin meine Brust in die Länge gezogen wird, geht mir endlich ein Licht auf.

Ich komme mir dumm vor, dass ich die Vakuumpumpen nicht erkannt habe. Doch diese hier ist ein wenig anders, als ich sie kenne. Sie hat ein Stück Plastik in der Mitte, das genau über meinem Nippel hängt und sich an ihn schmiegt. Wozu soll das gut sein?

Während Aiman auch meinen zweiten Busen präpariert, liegt mir auf der Zunge, ihm klipp und klar zu sagen, dass ich gegen den Einsatz von Reizstrom bin. Ich habe diese Art der Stimulation zwar noch nie ausprobiert, aber das hatte seinen Grund. Als Kind habe ich eine Dummheit begangen und einen elektrischen Schlag bekommen, der verdammt wehgetan hat. Doch mein Protest bleibt mir im Hals stecken, weil ich mich schäme zu betteln. Es hören zu viele Ohren zu.

Nachdem Aiman fertig ist, fühlen sich meine Brüste an wie in einem Schraubstock. Das habe ich immerhin schon einmal bei einer SM-Session am eigenen Körper erlebt. Sie werden vom Vakuum in die Länge gezogen, was merkwürdig anzuschauen ist und auch ein wenig erniedrigend und ich frage mich, warum ich das mit mir machen lasse. Meine Möse liefert mir die Antwort. Neue Feuchtigkeit läuft aus ihr heraus, und sie erwacht zu neuem Leben.

Aiman nimmt die größte der Glocken, drückt sie auf meine Spalte und pumpt sie auf, bis ich scharf die Luft zwischen den Zähnen einsauge. Mit einem zufriedenen Lächeln auf dem Gesicht hört er auf. Die Spannung auf meinem Geschlecht ist so stark, dass es wehtut, aber gerade noch auszuhalten ist.

Die Beobachter um mich herum scheinen den Atem anzuhalten. Sie geben keinen Ton von sich. Nicht einmal ein Rascheln ist zu hören, weil jemand sein Gewicht von einem Fuß auf den anderen verlagert. Aber die Stille ist trotzdem nicht leise, sie ist geschwängert von Erstaunen, Vorfreude und Geilheit. Die Luft knistert beinahe, als wäre sie elektrisch aufgeladen.

Durch ihre gierigen Blicke entsteht bei mir die Illusion, die Besucher wären es, die mit vereinten Kräften an meinen Brüsten und meiner Scham reißen. Ich mache mir klar, dass es Vakuumpumpen sind, die meine Intimstellen fest im Griff haben, sehr fest, doch das macht mich noch verlegener. Mein Herz rast. Erneut kann ich nicht glauben, dass ich das hier tue, und dennoch ist es richtig, denn es ist genau das, was ich will.

Sinnlich gleiten Aimans Hände an den verbliebenen Strippen von meinem Busen bis hinab zu den Apparaten, die am Ende befestigt sind. Als er die Fernbedienungen anstellt, bewegen sich plötzlich die Plastiklaschen im Inneren der Glocken. Gemächlich zucken sie hin und her und reiben über meine Nippel.

Überrascht keuche ich. Meine Brustspitzen sind noch empfindlich von Aimans zärtlichen Berührungen. Das Lecken jetzt nehme ich durch seine Vorarbeit vorhin noch intensiver wahr. Es kitzelt bis in mein Innerstes hinein. Die Kombination von der fast schmerzhaften Spannung, unter der mein Busen steht, und dem Kitzeln der Plastikzungen macht mich an.

Automatisch versuche ich mich zu bewegen, mich auf der Steinhand zu aalen, aber meine Fesseln lassen mir zu wenig Spielraum. Ich fühle mich eingeengt, kann den Energieschub, den meine wachsende Lust in mir auslöst, nicht loswerden, was quälend ist und doch nur wieder zusätzlich meine Erregung steigert.

Als Aiman an einem Rädchen dreht, reiben die Plastikzungen schneller über meine Brustwarzen. Stöhnend wölbe ich meinen Rücken durch, so weit das möglich ist, und schließe die Augen. Dann fällt mir ein, dass mir das ja nicht erlaubt ist, und so öffne ich sie wieder. Mein ganzer Oberkörper kribbelt, als liefe eine Ameisenstraße darüber, die erstaunlicherweise bis hinunter zu meiner Spalte führt.

Nun stellt Aiman auch die untere Vakuumpumpe an. Die Plastikzunge darin ist größer und leckt härter. Aiman hat sie geschickt über meiner Klitoris positioniert. Mein Unterleib schießt nach oben, wird jedoch jäh von der Fixierung gestoppt. Die Lederbänder bohren sich in meine Fußgelenke, aber ich spüre es kaum. Ich habe geglaubt, beim zweiten Orgasmus länger zu brauchen als beim ersten, denn das ist bei mir üblicherweise der Fall, aber ich habe mich getäuscht. Der Höhepunkt bricht so abrupt über mich herein, dass er mir den Atem nimmt. Ich bäume mich auf und breche sogleich zuckend auf der Sandsteinskulptur zusammen. Bebend liege ich inmitten des Zuschauerkreises, stöhne, japse nach Luft, schließe meine Lider und reiße sie panisch wieder auf, da ich nicht erfahren möchte, was Aiman mir antut, wenn ich seinen Befehl erneut missachte.

Mein Körper scheint nicht mehr mir zu gehören, sondern dem Museumsführer, denn er gehorcht mir nicht mehr. Ich befehle ihm, mit dem lächerlichen Zappeln aufzuhören, aber da Aiman die Fernbedienung nicht ausstellt, bewege ich mich weiterhin, als würden Stromstöße durch mich hindurchgehen. Die Schweißperlen vermögen meinen Körper nicht zu kühlen, denn er glüht regelrecht von innen. Meine Stimme ist heiser von den animalischen Lauten, die ich von mir gebe. Flehend schaue ich ihn an, bitte ihn mit meinem Blick, die Pumpen abzustellen, aber er lächelt nur, wissend, dass mein Orgasmus zwar gigantisch ist, aber zunehmend quälender wird. Mein Kitzler ist hypersensibel. Immer, wenn die Zunge darüber streicht, gebe ich inzwischen Schreie von mir, weil es unangenehm ist. Und dennoch ist es auch toll, denn ich habe noch nie so einen langen Höhepunkt gehabt wie jetzt. Wie lange mag es sein? Es kommt mir wie Minuten vor, es können aber auch Sekunden sein, die mir elendig lang erscheinen.

Endlich erlöst mich Aiman von der Tortur. Er stellt nicht nur den Mechanismus aus, sondern entfernt auch sofort die Glocken.

Auf sein Zeichen hin nähern sich die Besucher und streicheln mich sanft. Tröstend gleiten ihre Fingerspitzen über die Abdrücke der Vakuumpumpen auf meiner Haut und über meine pulsierende Spalte. Sie verteilen meine Feuchtigkeit und den Schweiß, säuseln leise, »Scht«, und lächeln mir auf eine Weise zu, die ich nur als Lob interpretieren kann.

Dennoch dauert es lange, bis ich mich beruhigt habe. Nicht nur mein Körper ist in Aufruhr, sondern auch mein Kopf. Der Rausch der Achterbahnfahrt ebbt nur langsam ab. Nach einer Weile, als ich wieder normal atme und mich nicht mehr fiebrig fühle, geschieht etwas Wunderbares. Meine Gedanken sind still. Es herrscht eine völlige Ruhe in mir. Ich fühle mich eins mit den mir eigentlich fremden Frauen und Männern und eins mit mir. Eine friedvolle Stimmung legt sich wärmend über mich.

Leider zerstört Aiman sie, in dem er den Anwesenden befiehlt: »Bitte treten Sie zurück, damit wir fortfahren können. Wir sind noch lange nicht fertig mit diesem Exponat. Augenscheinlich ist sie zu großer Lust fähig. Das lässt erahnen, dass ich ihr mehr Orgasmen werde entlocken können als jedem Ausstellungsstück zuvor.«

»Nicht noch mehr.« Vor Panik finde ich meine Sprache wieder. »Bitte, das können Sie mir nicht antun.«

»Jetzt die Performance abzubrechen, wäre ein Verbrechen an der Kunst.«

Mein Mund ist staubtrocken. Ich habe Mühe zu sprechen. »Ich kann nicht mehr. Ich habe noch nie mehr als zwei Mal …«

»Das lassen Sie nur meine Sorge sein.« Aufmunternd tätschelt er mein Knie. »Sie werden sogar vier oder gar fünf Höhepunkte haben. Vielleicht mehr.«

»Nein!«, krächzte ich verzweifelt. Das konnte unmöglich sein Ernst sein. Er wollte mich ausquetschen wie eine Zitrone. »Verstehen Sie denn nicht? Ich bin fertig.«

»Das sagt Ihnen ihr Geist, aber ihr Körper ist zu Höchstleistungen fähig, das werde ich Ihnen beweisen.« Er klatscht zweimal in die Hände und schaut sich nach seinem Assistenten um.

»Geist über Materie«, werfe ich hilflos ein und erröte, weil ich nun doch vor den Umherstehenden bettele. Mir fallen keine Argumente ein. Warum kapiert er denn nicht, dass ich am Ende bin?

»Sie scheinen eher der verbohrte Typ zu sein.« Laut sagte er: »Mir scheint, wir brauchen ein größeres Hilfsmittel, eins mit durchschlagender Wirkung.«

Rollen kratzen über den Boden. Das Quietschen eines fahrbaren Beistelltisches ist zu hören. Es kommt näher. Mir wird angst und bange. Was hat Aiman nun schon wieder vor?

Er tritt beiseite, übernimmt den Rollwagen von seinem Assistenten, der sich daraufhin wieder zurückzieht, und schiebt ihn zwischen meine weit gespreizten Beine.

Ich erkenne die Apparatur sofort. Es handelt sich um eine Fickmaschine. Und der Dildo, der bereits vom Gleitgel feucht glänzt, ist ein wahres Monstrum! Ein umbrafarbener Gigant, dessen Eichel riesig ist, der Stamm breit und geädert und die Hoden scheinen flexible Säckchen zu sein, die bei jedem Stoß gegen meinen Hintern schlagen werden. Lebensecht.

Überrascht nehme ich die Lust wahr, die in mir vibriert, zwar schwach, aber sie ist vorhanden. Nein, ich möchte nicht noch einmal an diesem Tag kommen. Ja, ich will diesen Silikonschwanz in mir spüren und diese neue Erfahrung machen. Ich muss verrückt geworden sein!

Aber meine Meinung zählt hier nicht. Ich kann sagen, was ich will, Aiman wird mich auf lustvolle Weise weiterquälen. Dass die Anwesenden damit einverstanden sind, ist ihnen anzusehen. Sie sabbern fast. Ich dagegen zitterte. Vor Grausen. Und noch mehr vor Erregung.

Aiman bringt den Phallus in Position. Ich spüre die Penisspitze an meiner Möse. Kaum dass er den Schalter betätigt, stößt der Schwanz tief in mich hinein. Immer und immer wieder. Hart und unbarmherzig wie Aiman. Fast gewinne ich den Eindruck, er würde mich vögeln, denn er steht genau hinter der Maschine.

Zuerst gebe ich einen Aufschrei von mir. Dann stöhne ich nur noch kehlig und brünstig. Mein Unterleib zuckt. Nur entfernt nehme ich wahr, dass die Besucher applaudieren.

Der Mechanismus rammt den künstlichen Schaft in mich hinein. Er gleitet über mein bereits geschwollenes nasses Geschlecht. Mein Orgasmus baut sich quälend langsam auf. Wie ein Spinnennetz legt sich die Erregung über mich. Sie hüllt mich in einen Kokon ein. Ich falle in einen Rauschzustand, der mir neu ist, ich löse mich aus dem Hier und Jetzt. Für mich existiert nur noch die LUST.

Welch bittersüße Folter! Und sie wird weitergehen, vielleicht sogar über Stunden, bis Aiman auch den letzten Tropfen Geilheit aus mir herausgeholt hat.

1

Die Sommer in Nevada waren von jeher heiß. Jetzt in der Mittagszeit stiegen die Temperaturen auf bis zu vierzig Grad Celsius an. Valentine wunderte sich immer wieder darüber, dass sie unter der Hitze litt, obwohl sie zu den wenigen Ureinwohnern zählte. Las Vegas ist eine sogenannte Zuwandererstadt, nur um die zwanzig Prozent der Bürger sind hier geboren. Dazu gehörte auch Val, aber an das Wetter würde sie sich wohl trotzdem nie gewöhnen. Zudem wurde es von Jahr zu Jahr heißer – der Klimawandel ließ grüßen –, zwar nur wenige Grad, dennoch spürte Val es. Vielleicht lag das jedoch auch an ihrer Konstitution. Sie befand sich wieder einmal in einer dieser Phasen, in der sie ohne ihr »Doping« kaum aus dem Bett kam. Wie sie es hasste, so schwach zu sein!

Als sie aus ihrem klimatisierten Wagen stieg, hatte sie das Gefühl, sich durch warmen Sirup zu bewegen. Kurz legte sie ihre Handtasche auf dem Dach ab, um ihr Auto abzuschließen. Das Blech glühte. Dann eilte sie vom Angestelltenparkplatz zum Personaleingang des *Decadency*, eines der kleinsten, aber exklusivsten Kasinos der Spielerstadt.

Rick, ein junger Kollege mit blonder Stachelfrisur und den großen treuseligen Augen eines Bernhardiners, stand neben der Tür und verlagerte unentwegt sein Gewicht von einem Fuß auf den anderen, als befürchtete er, seine Schuhsohlen könnten an der Teerdecke kleben bleiben. »Man fühlt sich wie in einem Backofen heute, nicht wahr?«

»Warum stehst du dann hier draußen in der Mittagshitze?«, fragte sie und zwinkerte.

Er hielt seine Zigarette hoch und lächelte verlegen. Daraufhin zog er seinen Kopf zwischen seine Schultern, wie er es öfter tat – als versuchte er, sich in seinem eigenen Körper zu verkriechen. Ihre Kollegin Linda, eine der Serviererinnen, hatte ihm, der zu den anerkanntesten Croupiers von *Sin City* zählte, den Namen *die Schildkröte* verpasst.

Valentine schaute zum wolkenlosen Himmel auf. Die Sonne brannte unbarmherzig auf den Hinterhof. »Stell dich doch wenigstens um die Ecke, in den Schatten des Gebäudes.«

»Dort könnten mich die Gäste sehen.« Entschuldigend zuckte er mit den Achseln. Die dunklen Flecken auf seinem Hemd schienen sekündlich größer zu werden. »Der Boss will das nicht.«

Stirnrunzelnd spähte sie zu der Mauer, die den Parkplatz der Gäste von dem der Angestellten trennte. Es gab zwar ein Gittertor, aber Rick musste ja nicht ausgerechnet davor Position beziehen. *Merkwürdig*, dachte sie. Es machte fast den Anschein, als wartete er auf jemanden, zum Beispiel auf einen der Mitarbeiter, die um diese Uhrzeit zur Arbeit kamen. Aber wenn es so war, warum gab er das nicht zu?

Er legte seine marineblaue Jacke, die eine Doppelreihe goldglänzender Knöpfe und einen Stehkragen aufwies und über seiner Schulter lag, auf die andere Seite und öffnete den obersten Knopf seines weißen Hemds. In der Uniform sahen die männlichen Angestellten alle aus wie Kapitäne. Die Kleidung war angelehnt an das viktorianische Zeitalter, wie auch die Inneneinrichtung der öffentlichen Räume. Die meisten Kasinos in Vegas hatten ein Motto, so auch das *Decadency*.

»Wie war deine erste Woche bei uns?«, fragte er.

»Das ist ja nicht mein erster Job als Croupière.« Eigentlich hatte sie nicht in einem Kasino arbeiten wollen, aber es war die einzige vernünftige Arbeit, die sie gefunden hatte. Sie hätte bei einer Fast-Food-Kette anfangen können und sogar in Kauf genommen, ständig nach Essen zu stinken, aber der Verdienst war zu gering, um damit ihren Lebensunterhalt zu finanzieren. Und sie wollte auf eigenen Beinen stehen. Mit sechsundzwanzig Jahren wurde das ja auch Zeit. Aber das Studium war teuer, hinzu kamen die Miete, Lebensmittel, Telefonkosten, Kleidung, Benzin … Sie wischte den Gedanken an die Rechnungen beiseite, die in ihrer kleinen Wohnung lagen und darauf warteten, bezahlt zu werden, denn er lastete schwer auf ihr. Sie bekam keine Luft, hatte Panikattacken, denn bisher war sie finanzielle Sorgen nicht gewohnt gewesen. Seit einem Monat hatte sie nicht mit ihren Eltern gesprochen. Und kein Geld von ihnen erhalten.

Also war sie doch wieder zu ihren Wurzeln zurückgekehrt, dabei hatte sie dieser falschen Glitzerwelt den Rücken zukehren wollen. Aber im Grunde war sie weniger vor den Glücksspielen, den zerstörten Hoffnungen und den Betrunkenen fortgelaufen, als vor ihrer Mom und ihrem Dad. Sie taten ihr nicht gut. Trotz der neuen Sorgen zahlte sie diesen Preis gerne für ihre Freiheit.

Gedankenversunken legte sie ihre Hand an die Klinke des Personaleingangs, doch bevor sie die Tür öffnen konnte, fragte er: »Deine erste Nachtschicht heute?«

»Mittelschicht.« Ihr Blick klärte sich und sie kehrte ins Hier und Jetzt zurück. »Um Mitternacht habe ich Feierabend.«

»Ja, klar, natürlich, sonst wärst du ja erst heute Abend gekommen.« Mit geröteten Wangen kickte er einen Stein weg.

»Ich muss jetzt wirklich rein, sonst komme ich zu spät und bekomme Ärger mit Jacob Bilbray.«

»Er ist ein echt netter Chef.« Fröhlich zog er die Nase kraus. »Aber man darf sich von seiner Statur nicht täuschen lassen. Er sieht …«, mit seinen Händen deutete er die Größe eines voluminösen Kleiderschranks an, »gemütlich aus. Aber wenn etwas schiefläuft, kann er auch anders.«

»Gemütlich? Du meintest wohl korpulent.« Sie hob ihre Augenbrauen und musterte ihn halb rügend, halb amüsiert.

»Kräftig eben.« Während er nach den richtigen Worten suchte, schaute er in der Gegend umher, als erwartete er, dass sie auf dem Asphalt herumliegen würden. Unentwegt sog er seine Unterlippe ein.

Schmunzelnd dachte sie daran, dass Linda ihren Chef den *lieben Bären* nannte. Man sah bei Jacob Bilbray zwar keinen Bauchansatz, aber er hatte unter seinem feinen Zwirn Oberarme wie ein Holzfäller und ein Kreuz, das breit und massig war. Wenn er sich setzte, schienen seine Oberschenkel seine Stoffhose sprengen zu wollen. Er aß eben gerne. Die Kilos, die er zu viel mit sich herumtrug, verteilten sich gleichmäßig. Sein gemütlicher Gang passte zu seinem ruhigen Charakter. In Vals Augen war er genau richtig so, wie er war. »Bis später.«

»Warte, ich komme mit.« Eilig trat Rick seine Zigarette aus, die nicht einmal halb aufgeraucht war, und stand im nächsten Moment auch schon dicht hinter ihr. Lächelnd hielt er ihr die Tür auf, damit sie vor ihm eintreten konnte. »Ist Linda schon da?«

»Woher soll ich das wissen? Ich war ja noch nicht drin.« Val fühlte sich unwohl. Für ihren Geschmack war er ihr ein wenig zu eng auf den Pelz gerückt. Aber sie war nicht einmal sicher, ob er das merkte. Aufgrund seines spitzbübischen Grinsens wirkte er immer recht jungenhaft und manchmal sogar unbedarft, aber im Job konnte ihm keiner etwas vormachen. Sie schätzte ihn einige wenige Jahre jünger als sich selbst. Vielleicht war er um die dreiundzwanzig, aber auf jeden Fall noch nicht trocken hinter den Ohren.

Rasch betrat sie das Gebäude. Die Kühle der Klimaanlage empfing sie. Erleichtert atmete sie auf. Die Bewegungen fielen ihr mit einem Mal leichter und ihr Kopf war klarer. Sie machte einen Schritt in Richtung der Umkleideräume. »Bis gleich.«

»Wir sehen uns bei den Spieltischen.« Er hob seine Hand zum Abschiedsgruß, zögerte jedoch. Statt zu gehen, blieb er stehen.

Das Schweigen zwischen ihnen war Valentine peinlich. Sie wollte sich gerade umdrehen und einfach in die Damenumkleide gehen, als er laut sagte: »Bestell Linda viele Grüße, wenn du sie siehst.« Noch im Sprechen wandte er sich mit hochroten Wangen ab und lief den Korridor entlang, als wäre er auf der Flucht.

Stirnrunzelnd blieb Valentine zurück. Manchmal war Rick ein komischer Kauz, sie konnte ihn noch nicht richtig einschätzen. War er nun ein liebenswerter junger Mann, der noch nicht trocken hinter den Ohren und deshalb unsicher war? Oder ein Mann mit einem Januskopf, der vordergründig nett und ein wenig verpeilt auftrat, aber auch eine andere, düstere Seite besaß?

Als sie die Damenumkleide betrat, schloss Linda gerade ihren Spind. Abwehrend hob sie ihre Hand. »Du brauchst mir nichts auszurichten. Rick hat so laut gesprochen, dass ich es gehört habe … genauso wie bestimmt alle anderen, die sich in den Hinterzimmern des Kasinos aufhalten.«

Lächelnd schüttelte Valentine den Kopf. »Er ist eben manchmal etwas ungestüm.«

Bei jedem ihrer Worte strich Linda über ihr weiß-blau gestreiftes Kleid, die Uniform der Bedienungen. »Und tollpatschig, plump, infantil, grobmotorisch …«

»Oh!«, machte Val und zwinkerte. »Ich glaube, dass seine zierlichen Hände sehr zärtlich sein können.« Obwohl Rick in manchen Situation wie der typische Stalker wirkte, der den netten Jungen von nebenan nur spielte, aber heimlich in Jacobs Büro die Personalakten der weiblichen Angestellten kopierte, hatte Valentine das Bedürfnis, ihn in Schutz zu nehmen.

»Frauenhände.« Abfällig schnalzte Linda, raffte den Saum ihres Rocks und band ihn in Höhe der Knie mithilfe zweier Laschen fest. Auch oben herum war das Kostüm etwas offenherziger, wohl damit bei den Spielern das Geld lockerer saß und sie nicht nur hohe Beträge einsetzten, sondern auch Champagner und härtere Getränke flaschenweise bestellten, von denen eine den Monatslohn eines Croupiers kostete. Mit den Fingern fuhr sie durch ihre hellblonden Haare. »Ich brauche einen richtigen Kerl, keinen mit Samthandschuhen«, ihr Blick flackerte und Valentine sah, wie ihre sonst so selbstsichere Freundin errötete, »einen wie die im …« Sie schüttelte den Kopf, als hätte sie schon zu viel preisgegeben.

Valentine runzelte die Stirn. Sie hatte ihren Spind aufgeschlossen, doch statt ihn zu öffnen, hielt sie inne und schaute Linda neugierig an. Sie hatten sich kennengelernt, als Linda sie nach ihrem Vorstellungsgespräch vor über einem Monat herumgeführt und ihr das Kasino gezeigt hatte. Vom ersten Moment an waren sie sich sympathisch gewesen. Einige Male hatten sie seitdem die Klubs der Stadt unsicher gemacht und sich dabei angefreundet. Sie ergänzten sich wunderbar. Val wurde durch Lindas aufgeschlossene Art und Lebenslust lockerer und Linda nahm Val nach eigener Aussage als Vorbild und hielt Maß, was Alkohol und Männer betraf. Außerdem hatte Linda als eine von wenigen erkannt, dass Vals verschlossene Miene nur ein Schutzschild war. Viele andere deuteten sie fälschlicherweise als Arroganz. Aber wovon sprach Linda in diesem Moment? »Im *was*?«

»Ach nichts.« Fahrig winkte Linda ab. Etwas knisterte in ihrer Hand. Erst jetzt bemerkte Val einen Zettel, dessen Ecke zwischen Lindas Fingern herausschaute. Sie drückte das Papier zusammen, als wollte sie es in ihrer Faust verbergen, und steckte es dann etwas zu hastig in die Tasche an ihrem Kleid. Unter anderen Umständen hätte sich Val vielleicht nichts dabei gedacht, aber es kam ihr komisch vor.

Als Linda den Umkleideraum verließ, waren ihre Wangen gerötet. Etwa vor Verlegenheit? Oder Vorfreude?

Merkwürdig, dachte Valentine und schüttelte den Kopf. An ihrem ersten Arbeitstag war Linda die erste Person gewesen, die sich ihr vorgestellt und sie eingewiesen hatte. Sie war ein offener Mensch, der immer gut gelaunt war und meistens ein ansteckendes Lächeln auf den Lippen trug. Sie hatte ihr verraten, dass sie stets ein Depot an Damenutensilien in ihrem Spind hatte, und ihr angeboten, sich zu bedienen, sollte es zu einem unangenehmen Zwischenfall kommen. Sogar von ihrem Exfreund hatte sie erzählt, der sie in betrunkenem Zustand geschlagen hatte, worauf sie ins Krankenhaus musste, um einen Riss auf der Stirn nähen zu lassen. Die Narbe hatte sie heute noch – der Freund war seit seinem Ausraster Geschichte.

Vom ersten Moment an war Linda ein offenes Buch für Val gewesen. Und nun schien sie auf einmal ein Geheimnis zu haben. Es musste ihr viel bedeuten, ein kleiner Schatz sein. So kostbar, dass sie, die normalerweise mitteilungsfreudig war, es nicht teilen wollte. Oder fürchtete sie sich vor etwas oder jemandem?

Vals Blick fiel auf die große nostalgische Wanduhr. Die

Zeit drängte. In wenigen Minuten musste sie an ihrem Arbeitsplatz im Kasino stehen. Rasch zog sie das Kostüm an, das alle Croupières trugen. Ein elegantes Marinekleid im Vintage-Stil, passend zu den Uniformen der Männer, wohl damit sich die Gäste vorkamen wie auf einem viktorianischen Dampfer. Ein wenig albern, wie in allen Kasinos von Las Vegas, aber wenigstens hatte das *Decadency* Stil. Ihr Kleid war bodenlang, ganz in Blau gehalten und hatte neben einer Ankerstickerei über dem Herzen weiße Rüschen an Ärmeln und Rocksaum. Die Schleife an der Taille war ebenso blütenweiß und ein wenig zu verspielt und lieblich für Vals Geschmack. Der züchtige Stehkragen hatte ihr in den ersten Tagen die Luft genommen, aber sie gewöhnte sich langsam daran.

Sie band ihre Haare mit einer großen Bananenklammer hoch und betrachtete sich im Spiegel, der an der Tür hing. Darüber hatte Jacob selbst oder einer vom Personal in seinem Auftrag einen einfachen Ausdruck geklebt. In geschnörkelten Buchstaben stand dort zu lesen: *So sieht dich der Gast*.

Sie richtete ihre Hochsteckfrisur, steckt einzelne Strähnen zwischen ihre roten Locken und ärgerte sich, keine Clips mitgenommen zu haben. Aber ihre Haare, die offen getragen bis zur Mitte ihres Rückens reichten, waren ohnehin kaum zu bändigen und sie war niemand, der stundenlang an sich herumzupfte, Frisuren kreierte und sich schminkte. Ihr Schopf war schon auffällig genug, sowohl durch seine Farbe als auch seine Störrigkeit und sein Volumen.

Egal, was sie ausprobierte, ihre Frisur blieb ein wirres Nest aus Safranfäden. Seufzend gab sie es auf.

Sie schloss ihren Spind und ging zu ihrem Platz im Hauptraum des Kasinos, wo sie ihre Kollegin Sarah ablöste, die auf ihren schwindelerregend hohen Schuhen zum Personaldurchgang wankte, als käme sie von einer Tageswanderung.

Sie musste große Schmerzen haben, aber Valentines Mitleid hielt sich in Grenzen. Warum zog sie auch High Heels an, wenn sie die ganze Schicht über stehen musste? Manche Frauen nutzten ihren Job im Kasino, um einen reichen Gönner oder Ehemann zu finden. Sicherlich war Sarah solch eine Kandidatin. Aber Val wollte weder einen Sugardaddy, den sie ohne sein Geld nicht einmal mit der Kneifzange anfassen würde, noch wollte sie von einer Abhängigkeit in die andere stolpern. Schließlich hatte sie gerade erst ihre Freiheit wiedergewonnen.

Rick winkte ihr vom Blackjack, für das er verantwortlich war, zu. Während er umzingelt war von fünf Männern, die auf ihr Glück hofften, herrschte an ihrem Baccaratisch noch Leere. Gespielt wurde in Vegas den ganzen Tag über, aber richtig voll wurde es erst abends und blieb es auch bis in die frühen Morgenstunden.

Das *Decadency* war ein sehr kleines, aber exklusives Kasino, in dem viktorianische Eleganz herrschte. Dunkle Holztäfelungen zierten die Wände zu beiden Seiten des Haupteingangs, an den anderen hingen Tapeten mit üppigen Mustern in Bronze und Braun und schenkten dem Raum Flair. Gemälde mit Lustpavillons und Jagdgesellschaften hingen hier und dort. Aus versicherungstechnischen Gründen durften die Kerzen in den edlen Kristallkerzenständern und dem Kronleuchtern nicht echt sein. Das Flackern der künstlichen Lampen sah kitschig aus und Jacob betonte immer wieder, wie sehr ihn der Stilbruch ärgerte.

Für Val waren die Reichen nur Spieler wie alle anderen auch. Mochten sie auch um größere Summen spielen als die in anderen Kasinos, so ging es doch nur ums Gewinnen und Verlieren, um den Nervenkitzel. Auch wenn sie der Verlust weniger schmerzte.

Endlich kamen auch Gäste zu ihr. Sie mischte die Karten

und ließ sie von einem Mann, der eine zitronengelbe Krawatte mit Kleeblättern trug, kupieren. Reichtum war eben kein Garant für Geschmack und Stil.

Glücklicherweise verging der Nachmittag schnell. Manchmal fragte sie sich, ob sie nicht zu viel arbeitete, statt zu leben. Neben Studium und Job blieb nicht mehr viel Freizeit.

Am Abend löste ein Springer sie ab, damit sie hinter den Kulissen eine Stärkung zu sich nehmen konnte. Man konnte von Jacob halten, was man mochte, aber er legte Wert auf gutes Essen, auch für seine Angestellten. Oft bestellte er exquisite Sandwiches aus einem Gourmetrestaurant in der Nachbarschaft oder ließ Sushi anliefern.

Der Weg zum Pausenraum führte sie an den Separees vorbei. Drei Spielzimmer, die angemietet werden konnten. Dort wurde um Summen gespielt, die ein Angestellter mit einem durchschnittlichen Einkommen im gesamten Jahr verdiente.

Auffällig fröhlich balancierte Linda gerade ein Tablett mit einer Bourbonflasche und einigen leeren Whiskeygläsern auf eines der Spielzimmer zu. Sie war so in Gedanken versunken, dass sie Valentine gar nicht bemerkte. Sie strahlte übers ganze Gesicht. Vielleicht hoffte sie auf hohes Trinkgeld. Die Tips in den Separees waren immer die höchsten.

Ihre Freundin öffnete die Tür. Zu Vals Verwunderung hing dahinter ein schwerer bordeauxroter Samtvorhang. Als zusätzlicher Sichtschutz, so vermutete sie. In dem Raum, den Jacob ihr an ihrem ersten Arbeitstag gezeigt hatte, war das nicht der Fall gewesen. Sie stutzte. Warum der zusätzliche Sichtschutz? Saßen etwa Stars oder Politiker am Spieltisch? Neugierig blieb sie stehen.

Der Vorhang war an einem Balken aus schwarzbraunem Holz befestigt, in den ein Bildhauer kunstvoll den Satz *Ludi incipiant* eingekerbt hatte.

»Die Spiele mögen beginnen«, murmelte Valentine und fragte sich, ob eine bestimmte Gruppe begüterter Spieler das Zimmer womöglich dauerhaft angemietet hatte. Das kam vor. Oft wurde den Personen vom Kasinobesitzer oder der Geschäftsführung zugestanden, den Raum nach ihren Wünschen zu gestalten. War das hier vielleicht der Fall?

Als Linda sich durch den Spalt zwischen den zwei Hälften des Vorhangs schob, hätte der schwere Stoff ihr benahe die Flasche vom Tablett gestoßen. Höflich hielt ein Mann den Vorhang fest und sie bedankte sich bei ihm mit einem Lächeln, das Val nur als frivol bezeichnen konnte.

Die zwei wechselten ein paar Worte, doch Valentine versuchte erst gar nicht, sie zu verstehen. Wie gebannt schaute sie auf den Roulettetisch im Hintergrund.

Eine Frau lag darauf. Auf dem Rücken. Sie trug nur Strapse, schwarze Nylonstrümpfe und Lackstilettos. Ihr Kopf hing herab. Während der Mann, der vor ihrem Gesicht stand, ihre Handgelenke festhielt, stieß er seinen Schaft in ihren Mund. In einem Moment wehrte sich die Frau, im nächsten legte sie schon ihre Hände an die Oberschenkel ihres Liebhabers, als dieser sie losließ, und krallte leidenschaftlich ihre Finger in seine Beine. Ohne damit aufzuhören, ihre Mundhöhle zu benutzen, fuhr er mit seinen Fingerspitzen über ihre Kehle, worauf die Lady ihren Hals streckte, damit er tiefer hineingleiten konnte, ahnte Val.

Heißkalte Schauer liefen über ihren Leib. Ein starkes Kribbeln erfasste sie. Zuerst war sie empört und sie fragte sich, ob Jacob wusste, was in seinem Kasino vor sich ging. Prostitution war in Nevada verboten. Und welche Frau, außer einer Professionellen, würde das mit sich machen lassen? Aber dann schalt sie sich einen Narren. Wem machte sie etwas vor? Die

Hemmungslosigkeiten, die wenige Schritte von ihr entfernt stattfanden, machten sie an. Und zwar gewaltig!

Die schwarzen Strapse rahmten das Dreieck zwischen den Schenkeln der Fremden ein. Es war nicht schwarz von ihrem Kraushaar, denn das hatte sie abrasiert, wohl aber rot von den Schlägen, die ihr ein zweiter Mann verpasste – mit einer Palette aus Nussbaumholz, wie Val sie beim Baccara benutzte!

Valentine keuchte. Ihre Haut prickelte erregt. Ihr Höschen war längst feucht.

Bei jedem Hieb schrie die Dame auf. Aber sie schloss ihre Beine nicht. Sie waren weder fixiert, noch wurden sie von den anderen Frauen und Männern, die entweder an der Wand lehnten oder auf einem Stuhl saßen, festgehalten. Freiwillig nahm die Schönheit mit den langen, schwarzen Haaren den Schmerz hin, ebenso dass sie in den Mund gefickt wurde. Nach jedem Schlag hob sie ihr Becken an. Als würde sie stumm mehr fordern. Oder zum Höhepunkt geritten werden wollen.

Der tabulose Sex hypnotisierte Valentine förmlich. Sie hätte sich abwenden sollen, hätte weitergehen sollen. Aber ihre Beine gehorchten ihr nicht. Ihre Füße waren schwer wie Blei. Das Blut rauschte in ihren Ohren und konnte dennoch nicht das wollüstige Stöhnen, das aus dem Separee zu ihr drang, übertönen.

Plötzlich fiel ihr ein Mann hinter dem Spieltisch auf. Weil er nicht die außergewöhnliche Ménage-à-trois direkt vor sich betrachtete, sondern Valentine anstarrte. Sein stechender Blick ging ihr durch und durch. Sie glaubte, Begehren darin zu erkennen, war sich aber nicht sicher. Denn im Gegensatz zu den anderen Umstehenden streichelte er weder sich selbst, noch jemand anderen. Er machte den Eindruck, sehr kontrolliert zu sein. Seine Haltung drückte eine Selbstsicherheit aus, die Val selten bei Menschen festgestellt hatte.

Das Letzte, was Val sah, war, wie sich seine Mundwinkel zu einem spöttischen Lächeln hochzogen. Nicht etwa, weil er sie beim Spannen erwischt hatte, dann wäre er wohl eher erbost gewesen. Sondern weil er von ihrer Erregung wusste. Als könnte er in ihren nassen Slip schauen. Ihre Lust riechen. Und ihre harten Brustspitzen spüren.

Als der Vorhang wieder an seinen Platz fiel und ihr die Sicht nahm, seufzte sie enttäuscht. Sie hörte den Aufschrei der Schwarzhaarigen und fragte sich, ob sie allein durch den Schmerz gekommen war oder ob ein Mann sich endlich ihrer erbarmt hatte und sie vögelte.

Das, was dort im Separee geschah, war ja wie in Evangelines Geschichten! Val konnte es nicht glauben, sie drückte eine Faust auf ihren Venushügel. Das Pochen in ihrem Geschlecht war so intensiv, dass sie kaum laufen konnte. Ihr Kleid war ihr plötzlich zu eng. Ihr war heiß. Am liebsten hätte sie sich auf der Stelle, den Stoff vom Leib gerissen – und sich im Separee auf den Roulettetisch gelegt.

Beschämt gestand sie sich ein, dass nicht nur ein Callgirl das, was die Frau gerade erlebte, mit sich machen lassen würde … sondern auch sie selbst.

2

Nicht zu Unrecht nannte man Las Vegas auch *Sin City*. Die sieben Todsünden – Trägheit, Völlerei, Hochmut, Neid, Zorn, Habgier und Wollust – waren hier keine Ausnahmen, sondern an der Tagesordnung. *Was in Vegas passiert, bleibt auch dort*, hieß es, und viele Touristen nahmen diesen Spruch zum Anlass, die Sau rauszulassen.

Das war im *Decadency* etwas anders, lief hier doch alles mit mehr Stil ab als in den anderen Kasinos. Es gab keine Spielautomaten, nur Spieltische, an denen der niedrigste Einsatz so hoch war, dass Normalbürger ihn nicht zahlen konnten. Missgunst hielt sich in Grenzen, da alle Gäste gut betucht waren, und selten verlor einer der Spieler die Contenance, schon weil sein gesellschaftliches Ansehen darunter gelitten hätte.

Valentine arbeitete lieber hier als in einem der anderen Läden – mit betrunkenen Kerlen, die auf Junggesellenabschiedsfeiern ihre finanziellen und körperlichen Grenzen ausloteten, sie begrapschten und auf den Spieltisch kotzten, aber sie hatte die Atmosphäre im *Decadency* bisher dennoch immer als etwas zu steif empfunden.

Jetzt wurde ihr bewusst, dass das nicht stimmte. Sie hatte lediglich noch nicht den Sündenpfuhl entdeckt. Er verbarg sich in einem Separee. Ihr Kopfkino lief auf Hochtouren. Was mochten die Männer und Frauen in diesem Moment tun? Befanden sie sich schon auf dem Weg nach Hause? Bildete ein neues Paar – oder weitere Personen – den Mittelpunkt ihrer Orgie? Oder waren sie zum Roulette zurückgekehrt und führten das Glücksspiel fort, als wäre nicht kurz zuvor auf dem Tisch eine Lady auf ihre intimste Stelle geschlagen und lustvoll benutzt worden?

Während Valentine im Pausenraum saß und den anderen beim Speisen zusah, fragte sie sich, was Linda darüber wusste. Sie hoffte, dass ihre Freundin kommen würde, um ebenfalls ihr Abendessen einzunehmen, aber sie ließ sich nicht blicken. Val selbst bekam keinen Bissen herunter. Sie schaute auf die Teller der Kollegen und die Chafing Dishes auf dem Buffet, aber ihr Magen war vor Aufregung wie zugeschnürt.

Wie sollte sie gleich weiterarbeiten? Sie konnte an nichts anderes mehr denken als an die unerhörten Dinge, die im selben Gebäude stattfanden. Sie meinte noch das kehlige Stöhnen der Frau zu hören, ebenso das Klatschen der Palette, wenn das Holz auf ihr Geschlecht traf, und das Schmatzen, das aus ihrem Mund drang, weil der Mann sein Glied unentwegt in sie hineinstieß.

Sie musste dringend zur Toilette. Zum einen erleichterte sie sich immer in ihren Pausen, denn in der restlichen Zeit kam sie nicht so ohne Weiteres vom Baccara weg. Zum anderen, und das war viel wichtiger, musste sie ihr Gesicht, ihren Hals und ihr Dekolleté mit kaltem Wasser befeuchten, denn sie glühte fiebrig.

Verwundert, da sie keinen Bissen gegessen hatte, schauten ihre Kollegen ihr hinterher, als sie den Pausenraum verließ. Wie in Trance ging sie durch die Gänge. Ein Ort im Kasino zog sie förmlich an. Statt zu den WCs weiterzugehen, blieb sie vor dem Separee stehen und starrte die Tür an. In ihrer Vorstellung spielten sich dahinter noch immer die obszönsten Hemmungslosigkeiten ab. Sie wünschte sich so sehr, dass jemand herauskam, ob nun Linda oder jemand Fremdes, damit sie erneut einen Blick in dieses Zimmer werfen konnte. Dort drin wurden Evangelines erotische Geschichten Wirklichkeit – und auch Valentines geheime sexuelle Fantasien.

Niemals hätte sie gedacht, dass es Menschen gab, die ihre Lust derart frei auslebten. In Büchern und Filmen, ja, aber das war Fiktion, war gestellt. Sie hatte auch schon von SM-Partys gehört, doch auf eine solche wäre sie niemals gegangen, denn dort wäre sie sich wie Freiwild vorgekommen, so ohne Partner und nur mit Blümchensex-Erfahrung. Aber das Separee suggerierte Sicherheit. Ein kleiner, exklusiver Raum, wie ein Schutzwall oder ein Kokon. Wenn man sich dort gehenließ, musste man sich fühlen wie in einem Traum. Das machte es sicherlich leichter, alle Hemmungen abzustreifen.

Plötzlich flüsterte jemand von hinten in ihr Ohr: »Versuchen Sie, die Tür allein mit der Kraft ihrer Gedanken zu öffnen?«

Mit einem erstickten Aufschrei flog Valentine herum. Vor ihr stand, unverschämt sinnlich grinsend, der Fremde, dessen Blick ihr vorhin bis unter die Haut gegangen war. In diesem Moment, da er ihr direkt in die Augen sah, erging es ihr erneut so. Er hatte etwas Beängstigendes an sich … etwas beängstigend Erotisches. Jede seiner Poren schien eine Sinnlichkeit auszustrahlen, der sich Val nicht entziehen konnte. Sie wirkte ansteckend auf Val, wie ein Virus, gegen den es keinen Impfstoff und kein Heilmittel gab.

Verstohlen musterte sie ihn. Das Auffälligste an ihm war, dass seine Augen unterschiedliche Farben hatten: das eine war grün und das andere blau. Aber das war nicht die einzige Besonderheit. Er trug seine dunklen Haare etwas länger als die anderen Herren, die das *Decadency* besuchten. Sie waren leicht gestuft und fielen ihm in Wellen über seine Ohren.

Auch sein Outfit hob sich von dem der männlichen Gäste, die meistens im Anzug kamen, ab. Der Unbekannte jedoch hatte sich, angelehnt an das Motto des Kasinos, für ein weißes Hemd, eine Weste und einen eleganten schwarzen Gehrock mit breiten Ärmelumschlägen, breitem Revers und Zierknöpfen entschieden. Seinen weißen Schal hatte er zwei Mal um seinen Hals geschlungen und vorne zusammengebunden. Er wirkte, als käme er aus dem Zeitalter, in dem Königin Viktoria in Großbritannien regierte, wenn auch eine Spur moderner. Ob er für Jacob arbeitete? Vielleicht organisierte er Ausschweifungen, wie Val sie eben kurz beobachtet hatte.

Offensichtlich erwartete er eine Antwort von ihr, denn er gab ihr Zeit, um sich zu sammeln. Aber ihr Atem beruhigte sich nicht und ihre Nackenhaare sträubten sich immer noch, doch nicht mehr vor Schreck, sondern weil er so dicht vor ihr war.

Da sie verwirrt schwieg, neigte er sich vor und fragte: »Oder besitzen Sie Zauberkräfte und können durch Wände schauen?«

Machte er sich etwa lustig über sie? Versuchte er, sie aus der Reserve zu locken? Sie öffnete ihren Mund, um etwas total Schlagfertiges zu erwidern, aber ihr blieb die Spucke weg und es kam nur ein Krächzen heraus.

»Vielleicht hoffen Sie auch, dass Ihre Kollegin heraustritt und Sie ein weiteres Mal sehen können, was eigentlich nur für Mitglieder bestimmt ist?« Sein Ton war frivol. Er blinzelte. Die Lachfältchen in seinen Augenwinkeln wurden tiefer.

Vielleicht war er doch ein Gast und hatte sich gerade beim Kasinobesitzer über sie beschwert? Er war aus dem Gang, in dem Jacobs Büro lag, gekommen. »Es tut mir leid, dass … Ich wollte nicht … Es ist einfach passiert«, stammelte sie verlegen und verärgert darüber, dass er sie so sehr verunsicherte. Seinem Grinsen nach zu urteilen, genoss er es auch noch.

»Keinen Vorsatz zu haben, macht es nicht besser.« Seine Stimme klang hart, aber nicht bedrohlich. Er schritt an ihr vorbei. »Sie hätten sich wegdrehen können. Stattdessen haben Sie intensiver hingeschaut und unsere Privatsphäre verletzt.«

Da sie annahm, er würde sie brüsk zurücklassen und ins Separee gehen, blieb sie einfach stehen. Doch er verließ sie nicht, sondern umkreiste sie, als wollte er sie von allen Seiten begutachten. Vielleicht tat er das sogar.

»Ich habe nur zufällig …«

Nonchalant fiel er ihr von hinten ins Wort: »Ich glaube nicht an Zufälle.«

Seine Blicke brannten heiß auf ihrer Kehrseite. »Ich habe wirklich nicht absichtlich …«

»Sondern an Schicksal«, fuhr er leiser und sanfter fort.

Sein Atem kitzelte ihren Nacken. Sie spürte, dass er ganz nah war. Fast meinte sie, seine Hände an ihren Hüften zu spüren, aber sie musste sich geirrt haben oder seine Berührung war so sachte, dass sie einem Windhauch glich.

Er schlenderte um sie herum. »Alles im Leben hat einen Sinn.«

Was hatte er gemeint? Dass das Universum sie zusammengeführt hatte? Val fand diesen Gedanken kitschig und dennoch konnte sie nicht leugnen, dass dieser Mann sie anzog, wie keiner zuvor. Lag es an seinem selbstbewussten Auftreten? Seiner eleganten Körperhaltung, der Annäherung, die auf einer Ebene stattfand, die zumindest für Val nicht greifbar war? Obwohl er lediglich vor ihr stand und sie ansah, fühlte es sich an, als dringe er in sie ein. Auf eine metaphysische Art. Wie schaffte er das nur?

Sie bekam eine Gänsehaut und rieb über ihre Oberarme.

Ein wenig fürchtete sie sich vor dem Unbekannten, denn er konnte Einfluss auf sie nehmen, ohne sie auch nur anzufassen. Gleichzeitig faszinierte diese Macht sie derart, dass sich ihre Haut wie elektrisiert anfühlte.

Eingehend betrachtete er ihr Gesicht. »Sie sind wunderschön.«

Das hatte sie schon so oft gehört, dass ihr dieses Kompliment nichts bedeutete.

»Und Sie wissen das auch.« Er blinzelte sie an.

Süßholzraspeln ließ sie kalt.

Bevor sie ihm das sagen konnte, klatschte er in die Hände, als hätte er sie durchschaut. »Aber es interessiert Sie nicht sonderlich.«

Schönheit machte das Leben nicht leichter, Val hatte das am eigenen Leib erfahren. Das war ein Irrglaube vieler Menschen.

»Nein, das trifft es nicht ganz. Sie haben schlechte Erfahrungen aufgrund ihres guten Aussehens gemacht und haben daher ein gestörtes Verhältnis zu ihren außergewöhnlich dunkelroten Haaren«, er drehte eine lockige Strähne um seinen Zeigefinger und ließ sie wieder los, worauf sie auf und ab federte, »zu ihrem Porzellanteint«, mit seinen Fingerspitzen fuhr er an ihrem Unterkiefer entlang, »den großen grünen Augen«, er malte mit seinem Daumen ihre rechte Braue nach, »der Stupsnase«, glitt über ihren Nasenhügel hinab, »und diesen sinnlichen Lippen«, und zog ihre Unterlippe ein wenig herab.

Valentine hielt die Luft an. Wollte er etwa seinen Finger in ihren Mund schieben? Fast hätte sie gekeucht. Sie konnte sich gerade noch am Riemen reißen. Normalerweise war sie weder schüchtern, noch um einen Kommentar verlegen, aber die Erregung, die sie erfasste, war so stark, dass sie nicht mehr klar denken konnte.

Der Unbekannte war attraktiv, keine Frage. Er wusste sie zu umgarnen und verhielt sich ihr gegenüber so, als wäre er ihr überlegen. Und war er das nicht auch? Schließlich war sie ein offenes Buch für ihn, denn er hatte mit seinen Vermutungen recht.

Doch das war es nicht allein, hinzu kam, dass sie ihn im Separee gesehen hatte. Auch wenn er nicht bei der Ménage-à-trois aktiv gewesen war, so hegte sie keinen Zweifel daran, dass sie dieselben erotischen Fantasien teilten. Allerdings gab es einen gravierenden Unterschied. Sie träumte nur davon, während er sie auslebte. Sie wusste das – und er ebenfalls. Plötzlich kam es ihr so vor, als würde sie nackt vor ihm stehen.

Während er sprach, starrte er auf die obersten Knöpfe ihrer Bluse, als wartete er darauf, dass sie sich auf magische Weise öffneten. Oder durch Valentine. »Ich kann Ihren Körper und Ihre Seele wieder in Einklang bringen.«

Ein untrügliches Gefühl brachte sie dazu, in Richtung Separee zu schauen. Dass er Sex meinte, sprach aus seinem Blick, seinem frivolen Lächeln und der Art, wie seine Fingerspitzen über seinen Schal glitten, als würde er sich vorstellen, es handele sich um ihre Haut.

»Wenn ich Sie in einen Zustand höchster Erregung versetzt habe, werden Sie sich selbst wieder lieben.« Er sagte das ernst. Nicht wie ein Casanova, der sein nächstes Opfer verführen wollte, sondern eher wie ein Doktor, der die Krankheit erkannt hatte und eine Heilmethode wusste.

»Soll das ein Angebot sein?« Sie streckte ihren Rücken durch, damit sie nicht so klein war, wie sie sich fühlte. Rein von den Maßen her, war sie fast so groß wie ihr Gegenüber. Doch sein sexueller Erfahrungsschatz überragte ihren bei Weitem. Sie hatte bisher nur Blümchensex gehabt. Stets mit ihrem festen Freund und im Schutz seiner Wohnung. Das war okay gewesen, aber nicht sonderlich aufregend. Ihre Eltern hatte ihr das *Daten* ohnehin nie leicht gemacht und Val hatte selten rebelliert, weil sie sich schwach fühlte, besonders ihrer Familie gegenüber.

Ihre Mom und ihr Dad hatten Valentine von klein auf in Watte gepackt. Tausend Mal am Tag musste sie sich die Hände waschen, sodass die Haut zwischen ihren Fingern dünn wurde und einriss. Sie durfte nicht am Schulsport teilnehmen, was sie zur Außenseiterin machte. Ihre Eltern zwangen sie, Nahrungsergänzungsmittel einzunehmen, die eklig schmeckten. Außerdem nötigten sie Val, sogar im Sommer einen Baumwollschal und langärmlige Shirts zu tragen, sodass sie oft nass geschwitzt war. Das trug dazu bei, dass sie sich unwohl fühlte und unsicher im Umhang mit anderen Menschen wurde.

Kein Junge oder Mann war gut genug für ihre Mutter und ihr Vater achtete streng darauf, dass sie sich auf die Schule und später auf ihr Studium und ihren Nebenjob in seiner Firma konzentrierte. Dabei war es niemals Valentines Ziel gewesen, reich zu heiraten oder Karriere zu machen. Sie hatte keinen blassen Schimmer gehabt, was sie vom Leben erwartete. Inzwischen wusste sie es. Sie sehnte sich nach Freiheit, Selbstbestimmung und hemmungslosem Sex. Aber die jungen Männer, mit denen sie zusammengewesen war, hatten sie genauso mit Glacéhandschuhen angefasst wie ihre Eltern. Vielleicht wollten sie keinen Ärger mit ihnen riskieren. Oder sie glaubten, Val wäre das so gewohnt oder wollte, dass man ihr alle Wünsche von den Augen ablas und ihr jegliche Verantwortung abnahm. Doch der Unbekannte, der jetzt vor ihr stand, machte nicht den Eindruck, als ob er sie übervorsichtig behandeln würde. Ein Pluspunkt für ihn.

Er dämpfte seine Stimme. Sicherlich tat er das nicht aus

Scham, denn bisher hatte er in normaler Zimmerlautstärke gesprochen. Es war eher so, als wollte er sie nicht erschrecken: »Auch Lustschmerz kann dabei helfen.«

Instinktiv schüttelte sie den Kopf, obwohl ihr Geschlecht heftig pulsierte.

»Es gibt zwei Arten von Schmerzen«, erklärte er einfühlsam und ohne belehrend zu klingen. »Die eine empfinden Sie, wenn Sie beim Zahnarzt sitzen und er ohne Betäubung bohrt. Sie ist ein notwendiges Übel, das Sie über sich ergehen lassen. Die andere heißen Sie freiwillig willkommen. Genau darin besteht der Unterschied. Ebenso darin, dass dieser Schmerz Lust erzeugt.« Er machte eine Pause, da ein Angestellter an ihnen vorbeikam und sie neugierig beäugte. »Das ist vergleichbar mit Feuer. Es kann wärmen oder verbrennen.«

Obwohl sie schon oft darüber in Evangelines Geschichten gelesen hatte, kam sie sich dennoch unwissend vor. Bei den Storys handelte es sich schließlich um reine Fiktion. In ihnen geschah nie etwas Böses. Vielmehr hielt Valentine sie für Märchen für Erwachsene. Nie kamen ernsthafte Probleme vor, sondern der Sex, selbst wenn es hart zur Sache ging, war stets weich gezeichnet und erfüllend. Val war nicht so dumm zu denken, die Wirklichkeit wäre genauso perfekt. »Wie soll das funktionieren?«

»Ich weiß ihn genau richtig zu dosieren. Wenn Sie es zuließen, würde ich ihn mal schwach, mal hart einsetzen, je nachdem, wie Sie es gerade brauchen.« Als sie angesichts seiner Offenheit vor Empörung keuchte, lachte er. »Außerdem würde ich Ihnen an Stellen wehtun, die die Pein in Erregung umwandeln. Diese sind nicht bei jeder Lustsklavin die gleichen, aber ich besitze Fingerspitzengefühl und werde schnell herausfinden, welche Knöpfe ich bei Ihnen drücken muss, um Sie gefügig und geil zu machen.«

Nicht nur die letzten beiden Adjektive hallten in ihr nach. »Sklavin?«

»Dienerin, Sub, Masochistin … nennen Sie das, was Sie sind, wie Sie möchten.«

»Ich bin Tochter, Croupière, Studentin, Mieterin, Autofahrerin und noch einiges mehr, aber doch keine …« Sie wollte dieses Wort nicht noch einmal aussprechen. Weil es ihren Puls in die Höhe trieb und die Feuchtigkeit aus ihrer Möse herausfließen ließ. Es lag ihr auf der Zunge und schmeckte bittersüß. Wäre es über ihre Lippen gekommen, hätte das Zittern ihrer Stimme sie endgültig entlarvt.

»Ich erkenne diese spezielle Glut in Ihren Augen.« Sanft legte er seine Handflächen an ihre Wange und zwang sie, ihn anzusehen. »Sehen Sie sie in meinen nicht ebenfalls?«

Zaghaft nickte sie. Natürlich träumte sie von Szenarien wie dem im Separee. Aber es war ein Unterschied, darüber in einem Buch zu lesen und sich in die Protagonistin hineinzuversetzen, oder selbst die Heldin zu sein.

»Wir sind von einem Schlag und doch grundverschieden. Sie sehnen sich danach, sich zu unterwerfen, benutzt und bestraft zu werden, wie die Frau, die auf dem Roulettetisch lag. Ich bin Ihr Pendant.« Seine Daumen streichelten sie sanft. »Ich möchte Ihnen all das antun und noch mehr, um Ihnen eine Lust zu verschaffen, die Sie nicht für möglich gehalten hätten.«

»Wer sind Sie?«, fragte sie.

Zu ihrer Enttäuschung ließ er von ihr ab und trat einen Schritt zurück. Er bedrängte sie nicht, nahm sie wohlwollend zur Kenntnis, vielmehr sprach er ihr Mut zu, ihren Fantasien nachzugehen. Brauchte sie nur einzuwilligen und er würde zu ihrem Lehrer werden? Würde er sie für sich alleine beanspruchen oder sie seinen Freunden vorführen? Ihre Gedanken überschlugen sich. Gier und Furcht wechselten sich so schnell ab, dass ihr schwindelig wurde, aber sie war bemüht, sich nichts anmerken zu lassen. Der fremde Dandy sollte nicht glauben, es mit einer schwachen Person zu tun zu haben. Sie mochte verwirrt sein, überrumpelt, verunsichert und überwältigt, weil ihre geheimen Fantasien so plötzlich real werden könnten, all das, ja, aber sie war weder zartbesaitet, noch drohte sie in Ohnmacht zu fallen, nur weil es um Sex ging.

»Mein Name ist Rhys Snowden.« Galant deutete er eine Verbeugung an. »Ich habe das Separee dauerhaft für meine Freunde und mich angemietet.«

Ein Riss tat sich zwischen ihnen auf. Sie brauchte gar nicht länger darüber nachzudenken, ob sie sein Angebot annehmen sollte oder nicht. Innerlich seufzte sie enttäuscht, was ihr bewusst machte, dass sie sein Angebot nur zu gern angenommen hätte. »Das Personal darf sich nicht mit den Gästen einlassen.«

»Wie schön, Sie denken über meinen Vorschlag nach.« Er grinste. Selbstgefällig strich er über seinen Schal.

Die Hitze in ihrem Schoß schien in ihre Wangen zu steigen, doch zwischen ihren Schenkeln wurde es nicht kühler. Allein durch seine direkten Worte stand ihr Körper in Flammen.

»Jacob Bilbray ist mein langjähriger Freund. Ich werde mit ihm reden.« Er sagte das, als hätte er laut und deutlich ihr *Ja* gehört. Vielleicht hatte er das sogar, schließlich konnte er sie lesen wie ein Buch.

Dennoch ging ihr das zu schnell. Und gleichzeitig nicht schnell genug. Was würde Rhys ihrem Chef sagen? Würde er lediglich andeuten, sich hin und wieder mit ihr treffen zu wollen, weil sie ihm gefiel? Oder sprach er mit ihm Klartext, wie er es bei ihr auch tat? Verlegen schaute sie an sich hinab. In ihrer viktorianischen Kleidung sahen Rhys und sie aus, als kämen sie aus einer Parallelwelt. Vielleicht konnte es so funktionieren? Wenn sie sich vorstellte, eine andere, selbstbewusstere Valentine zu sein.

Er griff ihr Kinn so zärtlich, dass sie kaum glauben mochte, er könnte ihr lustvolle Schmerzen zufügen, und zwang sie, ihn anzusehen. »Lassen Sie mich Ihnen helfen, Ihre devote Neigung zu erforschen. Ich weiß, dass Sie sich von mir angezogen fühlen.« Missgestimmt, weil sie für ihn aus Glas zu bestehen schien, kräuselte sie ihre Nase, was Rhys dazu veranlasste, ihr einen Stupser zu versetzen. »Auch ich war vom ersten Moment an fasziniert von Ihnen.«

Das war für Val kaum zu glauben. Sicherlich konnte ein attraktiver, selbstsicherer und vermutlich auch reicher Mann wie er an jeder Hand fünf Frauen haben, die ihm alle erotischen Wünsche von den Augen ablasen. »Warum wollen Sie sich mit jemandem abgeben, der keine Erfahrungen in derlei Dingen hat? Ich würde mehr falsch als richtig machen.«

»Genau aus diesem Grund.« Er zwinkerte, neigte sich vor und sagte mir düsterer Stimme: »Wozu gibt es Bestrafungen? Sie werden schnell lernen, das versichere ich Ihnen. Dafür werde ich sorgen. Ich besitze die Kenntnis, die Geduld und kenne alle Techniken, um Sie auf die Knie zu zwingen, Sie dazu zu bringen, mir ihren Hintern entgegenzustrecken, den Kopf in den Nacken zu legen, Ihren Mund zu öffnen und demütig darauf zu warten, dass ich eine Ihrer drei Öffnungen mit meinem Schwanz füllen werde.«

Entrüstet über seine obszöne Ankündigung und den neuen Erregungsschub, den sie in ihr hervorrief, schnappte Val nach Luft. Ihr fiel das Schlucken schwer. Ihr Hals war wie zugeschnürt und sie wünschte sich, einen Ersatzslip dabei zu haben, denn ihrer war nass.

»Zurück zu Ihrer Frage.« Offensichtlich amüsierte er sich

darüber, dass seine Worte sie erschütterten, denn seine Mundwinkel zuckten, als er seinen Oberkörper wieder aufrichtete. »Ich finde Sie äußerst anziehend und es übt auf mich einen besonderen Reiz aus, Sie auf die dunkle Seite der Erotik zu führen. Ihre Empfindungen werden viel frischer und natürlicher sein als die meiner vorangegangenen Gespielinnen. Sie sind ja sozusagen eine Jungfrau, was Dominanz und Unterwerfungsspiele angeht.«

Die erfahrenen Subs langweilten ihn also. Val war nur eine Abwechslung, ein Zeitvertreib, das tat weh. Aber was hatte sie denn erwartet? Dass er ihr eine Liebeserklärung machte? Sie kam sich närrisch vor. Er war nur ehrlich gewesen, doch ihr machte diese Kränkung bewusst, dass sie unter anderen Umständen mehr für Rhys Snowden empfinden könnte. Aber der sinnlosen Illusion, es könnte mehr zwischen ihnen sein als Sex, durfte sie sich erst gar nicht hingeben. Zu dumm nur, dass, so kühl sie von außen auch wirken mochte, sie doch ein emotionaler Mensch war. Immerhin hatte er »vorangegangene Gespielinnen« gesagt. Das bedeutet doch, sie würde seine einzige Sklavin sein, oder?

Valentines Hände krallten sich in den Stoff ihres Kleids. »Sie werden mich in Ihren Freundeskreis einführen?«

Mit ernsthafter Miene nickte er.

»Aber ich werde mich nur Ihnen hingeben müssen?«

»Dürfen«, korrigierte er sie, und der bedrohliche Unterton in seiner Stimme jagte einen wohligen Schauer über ihren Rücken. »Selbstverständlich. Alles andere würde Sie am Anfang überfordern. Wir sind eine illustre kleine Gesellschaft, die einer vereinfachten, aber delikaten Art von Glückspiel frönt. Statt Zahlen stehen entweder die Namen der Mitglieder auf dem Roulettekessel oder sexuelle Spielarten, die sie umsetzen müssen.«

Überrascht hob Valentine ihre Augenbrauen. Diese Neuigkeit machte sie umso neugieriger. Durch die Befehle auf der Cuvette wurde den Teilnehmern die Kontrolle über ihren Körper und ihre Erregung entzogen, wie in »Exponate der Wollust«. Der Gedanke berauschte Val. Sie zweifelte keinen Moment daran, dass Rhys sie schützen würde, denn er schien ein Ehrenmann zu sein. Was also hielt sie noch davon ab, zuzustimmen? Die Angst vor der eigenen Courage? Oder eine dunkle Ahnung, dass diese Ankündigung von Rhys nicht die letzte sein würde?

»Meine Erfindung«, lapidar zuckte er mit den Achseln, »aber meine Freunde ergänzen sie rege durch neue Ideen. Allerdings muss ich Sie warnen.«

Sie hielt die Luft an. Ein Schweißtropfen perlte ihre Wirbelsäule hinab. Nun war sie froh, nicht voreilig zugestimmt zu haben.

Dicht trat er an sie heran. Er fasste ihren Oberarm, zuerst sachte, doch während er sprach, wurde sein Griff immer fester. »Ich werde Sie sanft in den Zirkel einführen, das verspreche ich Ihnen, und dennoch werde ich Sie nicht schonen. Unsere Leidenschaft bezieht sich nicht nur auf Dominanz und Unterwerfung, sondern auch auf Sadismus und Masochismus. Lustschmerz, wie schon angesprochen, ist ein Thema, aber auch Atemkontrolle, Wachs, Bondage, vaginale und anale Dehnung und vieles mehr.«

Valentine spürte ihren Herzschlag bis in ihre Schläfen. Ein Trommeln, das sie schier verrückt machte. »Ich weiß nicht, ob ich das alles …«

»Aushalten könnte?«, beendete er ihre Frage. Furchen zeigten sich auf seiner Stirn.

Doch sie sagte stattdessen. »Möchte?«

»Das müssen Sie auch nicht. Jeder von uns hat Tabus. Ich

als Spielleiter achte strengstens darauf, dass sie nicht überschritten werden.« Da sie einen Blick auf ihre Armbanduhr warf, eigentlich mehr aus Nervosität und um der Intensität seines Blickes zu entgehen, doch auch weil ihre Pause bald zu Ende ging, sagte er: »Wir werden beizeiten darüber reden. Auch über die zwei Hürden, die es zu überwinden gibt.«

»Welche Hürden?«

»Wir sind ein exklusiver Zirkel.« Er ließ sie los und trat zurück. »Es gibt Aufnahmeregeln.«

Ihr Herz setzte einen Schlag aus. Nun, da sie sich so gut wie dazu entschieden hatte, auf sein Angebot einzugehen, war dieses plötzlich an Bedingungen geknüpft?

»Es tut mir leid. Die kann nicht einmal ich brechen oder zurechtbiegen. Aber sie sind machbar. Man kann nur Mitglied bei uns werden, wenn eine persönliche Einladung, die von mir abgesegnet wurde, ausgesprochen wird. Erledigt.« Rhys schenkte ihr ein warmes Lächeln. »Außerdem muss ein bestimmter Betrag gezahlt werden.«

Als Valentine die Summe hörte, hätte sie beinahe lauthals gelacht. Das würde sie sich vermutlich in ihrem ganzen Leben nicht leisten können. Auf ihre Entrüstung folgte Enttäuschung, dann Wut. Die Reichen wollten wie immer unter sich bleiben, das hätte sie sich eigentlich denken können. »Sie wissen genau, dass ich nicht so viel Geld habe.«

Betreten schaute er sie an. »Wir könnten verhandeln. Einen zusätzlichen Gefallen pro Session oder …«

»Ich lasse mich nicht verarschen! Sie haben sich nur lustig über mich gemacht.« Das wurde ihr schmerzlich klar. Er hatte sie angemacht, hatte ihr hemmungslosen Sex in Aussicht gestellt, weil er spürte, dass sie sich obszöne Ausschweifungen herbeisehnte – nur um ihr am Ende den Stinkefinger zu zeigen. »Hat es den Spaß gebracht, den Sie sich erhofft haben, mich erst heiß zu machen und mir dann vor Augen zu führen, dass ich es nicht wert bin, in Ihre Runde von Kapitalisten aufgenommen zu werden?«

Der Riss zwischen ihnen wuchs zu einer unüberwindbaren Kluft. Verärgert ließ sie ihn stehen und rannte auf die Damentoilette. Hinter sich hörte sie Rhys rufen, aber sie scherte sich nicht darum.

Mit aller Kraft warf sie die Tür zu und wusch ihr fiebrig glühendes Gesicht mit kaltem Wasser. Wie hatte sie nur so dumm und naiv sein können? Seine charmante und vor allen Dingen dominante Art hatte sie gefesselt und blind gemacht. Er hatte mit einem Köder vor ihr herumgefuchtelt und als sie endlich danach schnappte, hatte er ihn lachend weggezogen. Ein Wolf im Schafspelz. Val hatte vergessen, dass die meisten Menschen in Las Vegas Spieler waren. Vermutlich war das Gespräch mit ihr nur ein weiterer Zeitvertreib für ihn gewesen. Er hatte lediglich seine sadistische Ader auf verbale Weise befriedigt.

Als sie sich mit beiden Händen auf dem Rand des Waschbeckens abstützte, stieß sie gleichzeitig die Luft aus ihren Lungen aus. Verwirrt ließ sie ihren Kopf hängen. Warum brachte dieser Teufel in Engelgestalt sie nur so durcheinander? Trotz seines bösen Schachzugs hoffte sie, dass sich alles ganz anders verhielt und dass er ins WC treten und sich entschuldigen würde.

Aber Rhys Snowden kam nicht.

3

Nie wieder würde sie den Spielern am Baccaratisch die Karten mit der Palette anreichen können, ohne obszöne Gedanken zu haben!

Seufzend richtete Valentine ihren Oberkörper auf. Ohne sich im Spiegel anzusehen, auf dem sich zweifelsohne ihre Enttäuschung spiegelte, tupfte sie ihr feuchtes Gesicht mit einigen Tüchern ab. Sie warf sie in den Mülleimer neben dem Waschbecken und drehte sich rasch weg.

Schon während sie in eine der Kabinen ging, raffte sie ihre Röcke. Egal, ob sie einen Drang verspürte oder nicht, sie erleichterte sich in jeder Pause, denn wenn sie erst wieder an ihrem Arbeitsplatz stand, war es nicht so einfach, eine Toilettenpause zu machen. Als sie jedoch mit heruntergelassenem Slip auf dem WC saß, glaubte sie, einen Lufthauch wahrzunehmen. Vielleicht bildete sie sich das aber auch nur ein und es war die Klimaanlage oder ihre Erregung, die sich erneut bemerkbar machte.

Wie befürchtet war der Steg ihres Höschens mit ihrer Feuchtigkeit durchtränkt. Sie legte den Stoff über ihre linke Armbeuge. Sachte strich sie mit ihren Fingerspitzen über ihre Schamlippen. Sie fühlten sich geschwollen und erhitzt an. Das Streicheln kribbelte köstlich. Es war zwar nicht verboten, auf einem Angestellten-Klo zu masturbieren, aber es war auch nicht alltäglich und üblich. Die Gefahr, entdeckt zu werden, fachte Vals Lust weiter an. Wie peinlich wäre es doch, just in dem Moment, in dem eine Kollegin den Raum betrat, zum Höhepunkt zu kommen und laut zu stöhnen?

Lächelnd sog sie ihre Unterlippe ein und rieb fester über ihr Geschlecht. Sie schloss die Lider. Unweigerlich tauchte Rhys vor ihrem geistigen Auge auf. In seiner leicht arroganten Art stand er vor ihr, die Arme vor dem Brustkorb verschränkt, und beobachtete sie – eindringlich, auffordernd und durchdringend.

In ihrer Fantasie streifte er sich schwarze Lederhandschuhe über. Er zog an deren Bund wie ein Chirurg vor einer Operation. *Ich kann Sie erst ins Separee eintreten lassen, nachdem ich eine Leibesvisitation durchgeführt habe. Zum einen muss ich sichergehen, dass Sie keine Kameras oder Mikrofone bei sich tragen, denn bei uns herrscht äußerste Diskretion. Zum anderen möchte ich prüfen, was Sie uns … mir zu bieten haben.*

Ein angenehmer Schauer erfasste sie.

Während Rhys in ihrem Tagtraum ihre Bluse aufknöpfte und ungeniert in ihren Ausschnitt langte, tat sie in der Realität dasselbe. Ihre Brustspitzen wurden sofort hart. Sie prickelten intensiv, als Val sie zwirbelte und sich vorstellte, es wäre Rhys' Hand, die sich ihres Körpers bemächtigte, ohne um ihre Erlaubnis gefragt zu haben. Zärtlich massierte sie ihren Busen und fragte sich, ob er ebenso behutsam vorgehen würde. Oder würde er hart zupacken, um herauszufinden, ob sie stillhielt, und um ihren Willen zur Demut zu testen?

Sie knetete zunehmend fester und musste ihre Lippen zusammenpressen, um nicht zu seufzen. Die Notwendigkeit, die Liebkosungen stillschweigend zu ertragen, machte sie noch geiler. Als sie in ihre Nippel kniff, keuchte sie entgegen ihres Vorsatzes doch. Ein bittersüßer Schmerz durchzuckte ihren Busen. Liebevoll strich sie mit ihren Daumen über die Brustwarzen, doch da tat es schon nicht mehr weh. Würde

Rhys weniger Mitleid mit ihr haben? War er ein erbarmungsloser Liebhaber? Nein, sie schätzte ihn anders ein, wenn auch schonungsloser als sie zu sich selbst war. Aber ob das der Wahrheit entsprach, würde sie wohl nie herausfinden.

Val legte ihren Kopf in den Nacken und malte sich lüstern aus, dass er einfach zwischen ihre Beine griff. Er tastete sich über ihre Spalte zu ihrer feuchten Öffnung vor und stieß seinen Finger hinein. Es fühlte sich merkwürdig an, weil er ja Handschuhe trug, distanziert und gleichzeitig obszön. Sie wünschte sich, seine Haut zu spüren, doch das Privileg würde sie nur erhalten, falls sie die Prüfung bestand.

Auf dem Toilettensitz in der Realität spreizte sie ihre Schenkel weiter, als wollte sie ihm einen besseren Zugang ermöglichen. Sie rieb kräftig über ihre Möse, schob ihren Zeige- und ihren Mittelfinger in sich hinein und fickte sich einige Male selbst.

Plötzlich ging die Tür zum Damen-WC auf. Erschreckt hielt Valentine inne. Ihre Finger steckten noch in ihr. Stocksteif blieb sie sitzen. Sie riss die Augen auf und wagte kaum zu atmen. Hoffentlich konnte, wer auch immer da draußen war, sie nicht ebenso stark riechen wie sie sich selbst. Die Luft in der Kabine war von ihrem Intimduft geschwängert. Eine tiefe Verlegenheit breitete sich in Val aus. Ihr Gesicht brannte. Schweiß perlte ihren Rücken hinab.

Die Kollegin benutzte die Toilette neben ihr. Zum Glück blieb sie nicht lange, sondern stand keine Minute später vor dem Waschbecken. Nachdem sie sich die Hände abgetrocknet hatte, tat sich erst einmal nichts. Offenbar brauchte sie mehr Zeit vor dem Spiegel als dafür, sich zu erleichtern.

Reglos verharrte Val. Der Stoff ihres Kleids raschelte bei jeder Bewegung, sie musste vorsichtig sein. Die Kollegin könnte auf die dumme Idee kommen, auf sie zu warten, um herauszufinden, wer auf dem besetzten Klo saß, und einen Plausch zu halten. Außerdem war Val noch nicht fertig. Sie wollte jetzt nicht abbrechen. Wenn sie sich nicht zum Höhepunkt bringen würde, wäre sie die ganze Schicht über unzufrieden und zerstreut. Rhys hatte sie allein durch das Gespräch über Dominanz und Unterwerfung so geil gemacht, dass sie sich erst wieder auf ihre Arbeit konzentrieren konnte, nachdem sie gekommen war. Vorher würde sie nicht zur Ruhe kommen.

Endlich verließ die Unbekannte den Toilettenraum. Und schaltete das Deckenlicht aus.

Überrascht saß Valentine im Dunkeln. Durch die Finsternis um sich herum nahm sie erst ihren erhöhten Puls wahr. Das Blut rauschte intensiv durch ihren Schritt. Ihre Schamlippen schienen zu glühen und ihr Innerstes fühlte sich noch heißer an.

Sie bildete sich ein, Rhys vor sich zu sehen, dafür brauchte sie nicht einmal mehr ihre Augen zu schließen. Er hockte einen Schritt vor ihr, sodass er direkt auf ihre Scham blicken konnte. Die Vorstellung machte Val an.

In ihrem Tagtraum leckte er die Finger seiner Handschuhe ab, die in ihr gesteckt hatten. Geschmeidig erhob er sich und schob sie zwischen Valentines Lippen, bevor sie ihr Gesicht wegdrehen konnte, damit sie sowohl sich selbst als auch ihn schmeckte. Lasziv imitierte er einen Blowjob. Dabei schenkte er ihr wieder dieses Lächeln, das sie anzog und ihr zugleich Angst machte, weil es sie wissen ließ, dass er sie dazu bringen könnte, auf allen vieren neben ihm herzulaufen wie ein Schoßhündchen.

»Eine Öffnung fehlt noch«, sagte er und entfernte sich aus ihrem Mund.

Erneut ging er in die Hocke vor ihr, und obwohl er vor ihr

fast kniete, war doch er es, der sie dominierte. Langsam glitt seine Hand auf ihrer pochenden Spalte von vorne zu ihren Pobacken. Er schob einen Finger zwischen ihre Gesäßhälften. Als er ihn über ihren Ringmuskel kreisen ließ, prickelte es köstlich, aber ganz anders als an den anderen Stellen ihres Körpers. Es sandte diese dunkle Lust aus, die Valentine herbeisehnte, seit sie in Evangelines Geschichten darüber gelesen hatte. Woher sie das wusste? Weil sie es dem Rhys in ihrer Fantasie in diesem Moment gleichtat. Erregt verrieb sie die Feuchtigkeit auf ihrem Hintereingang, bis sie das Verlangen nicht länger zurückhalten konnte. Während Rhys mit seinem behandschuhten Finger in sie eindrang, glitt in Wirklichkeit Val in sich hinein. Problemlos nahm ihre Enge sie auf. Sachte wiederholte sie das einige Male und stellte sich vor, er würde in ihr diese wundervollen Gefühle hervorrufen. Ob es für ihn noch Tabus gab? Er hatte ganz bestimmt schon Sensationelleres erlebt als eine anale Penetration. Wahrscheinlich hätte sie ihn eh nicht zufriedenstellen können.

Bevor diese Vermutung ihre Lust zerstören konnte, entfernte sie ihren Finger aus ihrem Anus. Stattdessen zog sie ihren Venushügel nach oben. Und noch ein wenig mehr, bis sich ihre Klitoris aus dem Häutchen herausschälte. Zärtlich begann sie, ihre Feuchtigkeit darauf zu verteilen. Ihre Erregung wuchs rasch an. In der Dunkelheit klang ihr leises Stöhnen, das sie erfolglos zu unterdrücken versuchte, erschreckend laut. Je näher sie dem Höhepunkt kam, desto schneller schlug ihr Herz. Kräftig massierte sie ihren Kitzler. Es hörte sich an, als würde nasse Haut über nasse Haut reiben. Sie konnte kaum ihren Unterleib ruhig halten. Ihre Pomuskeln waren so angespannt, dass es wehtat. Bestimmt würde sie morgen Muskelkater haben. Als sie kam, hielt sie sich mit einer Hand am Toilettenrollenhalter fest, ohne aufzuhören, wie wild über ihre empfindsamste Stelle zu reiben. Zuckend rutschte ihr Hintern hin und her. Die Klobrille knackte. Val biss die Zähne zusammen, bis ihr Kiefer schmerzte, aber sie wollte den Orgasmus so lange halten, wie es ihr möglich war.

Nach wenigen Sekunden hielt sie die Reizung nicht mehr aus und ließ von ihrem Geschlecht ab. Erschöpft rang sie nach Luft. Ihre Klitoris pochte heftig. Sie musste an Aiman denken, der die Heldin in Evangelines Geschichte noch viel länger stimuliert hatte. Masturbation hatte ihre Grenzen. Wie sehr wünschte sich Val doch einen dominanten Liebhaber, der sie mehr forderte, als sie es selbst tun konnte!

Sie blieb noch eine Weile sitzen, bis sie wieder ruhig atmete. Eine bleierne Müdigkeit legte sich über sie. Am liebsten hätte sie sich schlafen gelegt, doch sie musste zurück an den Baccaratisch.

Träge wischte sie sich ab. Dann verließ sie die Kabine und tastete sich zum Lichtschalter vor. Das Aufflackern der Deckenlampe war unangenehm und sie sehnte sich nach der Dunkelheit zurück. Sie wusch sich die Hände, trocknete sie ab und trat in den Gang, während sie ihr Kleid glatt strich.

Erschrocken blieb sie stehen. Denn Rhys lehnte vor der Damentoilette an der Wand. Hatte er etwa auf sie gewartet?

Er stieß sich ab und kam auf sie zu. Ein frivoles Lächeln umspielte seine Lippen. Seine ganze Art teilte ihr auf nonverbale, aber unmissverständliche Weise mit, dass er wusste, was sie getrieben hatte. Galant nahm er ihre rechte Hand und schnupperte an ihren Fingern. »Nimm beim nächsten Mal die Linke. Dann fühlt es sich mehr an, als würdest du von einem Fremden gestreichelt werden.«

Valentines Gesicht brannte vor Scham.

4

Sie entriss ihm ihre Finger. Da er zum vertraulichen Du übergegangen war, tat sie das auch, um ihm zu zeigen, dass sie sich nicht unterordnete, nur weil er ein Gast und sie eine Angestellte war. »Woher willst du wissen, dass ich keine Linkshänderin bin?«

»Ich weiß es, genauso, wie ich sicher bin, dass du devot veranlagt bist«, sagte er mit beeindruckender Selbstsicherheit. Seine Zungenspitze tauchte kurz in seinem Mundwinkel auf. »Du hast es bisher noch nicht ausgelebt, aber du brennst darauf, endlich Erfahrungen zu sammeln.«

Ja, verdammt, dachte sie, gleichsam verstimmt wie fasziniert, dass er in ihr Innerstes sehen konnte. Evangelines Roman über das frivole Mädcheninternat und ihre erotischen Kurzgeschichten hatten sie auf den Geschmack gebracht. Aber die Beobachtungen im Separee waren wie eine Initialzündung gewesen. Träume mussten keine Träume bleiben, war ihr in diesem Moment klar geworden. »Allerdings nicht zusammen mit dir.« Überrascht verspürte sie einen Hauch Reue über das Gesagte.

Sie wollte an ihm vorübergehen, doch er hielt sie am Oberarm fest. »Ich möchte mich entschuldigen.«

»Für deinen begrenzten Horizont?«

»Das kann man falsch verstehen.« Er zog sie zu sich heran. »Wenn ich schon dein Herr wäre, würde ich dich jetzt für diese Unverschämtheit bezahlen lassen. Das könnte schmerzhaft, anstrengend oder demütigend sein – oder alles zugleich.«

Etwas klopfte in ihrem Schoß. Es war ihre Lust, die trotz des Masturbierens nicht befriedigt zu sein schien. Sein Blick, so bedrohlich wie lasziv, sein Griff, der sanft und dennoch bestimmt war, und die Pause, die er machte, damit seine Worte Zeit hatten, ihr Kopfkino anzuregen, führten dazu, dass sie stehen blieb. Sie erstarrte förmlich.

Seine Stimme wurde eine Nuance tiefer. »Bist du jetzt bereit, mir zuzuhören?«

»Ja.« Mehr brachte sie nicht heraus. Ihr Mund war trocken.

»Es tut mir leid, so unüberlegt gesprochen zu haben. Das war keine Arroganz, auch wenn du das denkst. Normalerweise schaue ich über meinen Tellerrand hinaus.«

»Normalerweise«, echote sie sarkastisch.

»Auch dominante Personen können impulsiv sein.« Ein keckes Funkeln trat in seine Augen. »Mein Verlangen hat mich von den Fakten abgelenkt.«

»Und Fakt ist, dass ich nicht reich bin.«

»Meine Art ist es, jedes Problem, das sich auftut, anzugehen.« Er straffte seinen Rücken. »Ich ziehe nicht den Schwanz ein und laufe davon. Erst recht nicht, wenn ich etwas begehre.«

Nur mit Mühe hielt sie sich davon ab, auf seinen Hosenschlitz zu gucken, denn sie fragte sich, wie denn sein Schwanz nun aussah.

»Ich meinte das ernst mit dem Kompromiss.«

»Darauf kann ich mich nicht einlassen. Ich würde mir wie eine Magd unter Lehnsherren vorkommen.«

»Die Mitglieder unseres kleinen Klubs würden unser Arrangement akzeptieren, das schwöre ich dir, und dich behandeln wie ihresgleichen.«

»Aber es würde sich für mich nicht … richtig anfühlen.« Doch da war noch etwas anderes, das sie davon abhielt, auf den Deal einzugehen. Etwas, das ihr so peinlich war, dass sie es unmöglich ansprechen konnte.

»Ich wollte dich vom ersten Moment an besitzen und ich will es immer noch! So schnell gebe ich nicht auf.«

Ein Dominus kämpft darum, von einer Sub als ihr Herr akzeptiert zu werden, dachte sie amüsiert und selbstzufrieden. Offenbar wollte er sie wirklich. Er rang um ihr Verständnis. Also fasste sie sich ein Herz und sprach ihre Zweifel an: »Es würde sich nicht richtig anfühlen, weil ich keinerlei Erfahrungen habe. Ich könnte mich nicht fallenlassen, mich nicht gehenlassen, nicht vor all diesen Fremden.«

»Aber du sehnst dich doch genau danach.« Er löste seinen Griff und strich zärtlich über ihren Arm.

Sie nickte. »Wahrscheinlich wirke ich mutiger, als ich bin.«

»Das tust du. Du bist wie eine Amazone, großgewachsen und mit einer stolzen Haltung.« Sachte drückte er ihre Schultern. »Aber du hast auch diesen gewaltigen Hunger in deinem Blick, daher habe ich geglaubt, du wärst schon so weit, aus deinem Kokon auszubrechen.«

»Vielleicht hat deine eigene Gier dich blind gemacht.« Ungeniert grinste sie. »Deine Gier nach mir.«

»Werd nicht übermütig!«, warnte er sie drohend, aber seine Augen lächelten.

Die Fehler machten ihn sympathisch. Sie zeigten Valentine, dass er Schwächen hatte, wie jeder andere auch. Aber im Gegensatz zu vielen besaß er die Größe, sie einzugestehen. Das schmälerte sein Ansehen als Dominus bei ihr in keinster Weise, sondern es bewies, dass er rücksichtsvoll war, auf sie einging und sein Tempo an ihres anpasste. Ja, sie könnte Vertrauen zu ihm fassen, wurde ihr klar, und sich in seine erfahrenen Hände begeben, wenn nur nicht die Hürde mit dem Mitgliedsbeitrag bestehen würde.

»Es gibt eine Art Kontrollraum, ein kleines Nachbarzimmer, von dem nicht einmal meine Freunde wissen.« Er sprach jedes seiner Worte so aus, als beschriebe er die köstlichen Zutaten eines Gourmetgerichts. »Durch einen Einwegspiegel kann man in das Separee hineinschauen und wird selbst nicht gesehen.«

Überrascht hob sie die Augenbrauen. Noch vor kurzem hatte sie sich sehnlich gewünscht, dort Mäuschen spielen zu können. Nun schien das möglich zu sein.

»Warum ich dir dieses Geheimnis verrate?« Rhys neigte sich so dicht heran, dass sie die braunen Sprenkel in seinen zweifarbigen Augen erkennen konnte. »Sieh es als Vertrauensvorschuss meinerseits. Außerdem möchte ich dir ein Abkommen vorschlagen.«

Trotz der Hoffnung blieb sie auf der Hut. Sie wollte sich nicht noch einmal zu früh freuen und dann enttäuscht werden.

Während er sprach, glitten seine Fingerspitzen am Kragen ihrer Bluse entlang. »Ich lasse dich die Ausschweifungen beobachten, wenn du dich mir parallel dazu in unserem eigenen kleinen Separee unterwirfst.«

Eine erregende Angst erfasste Val. Ihre Träume konnten schon sehr bald wahr werden. Durch Rhys' Vorschlag stand dem nichts mehr im Wege. Das löste einen Sturm der Gefühle in ihr aus. Aber würde sie stark genug sein, ihren Willen abzulegen und Lustschmerz zu ertragen?

Anscheinend spiegelten sich ihre Zweifel auf ihrem Gesicht, denn er sagte mit einer sanften, sinnlichen Stimme: »Du kannst jederzeit aussteigen, das verspreche ich dir. Ich werde dir für diesen Notfall ein Safeword geben. Sprichst du es aus, werde ich unsere Session sofort abbrechen, und wir reden darüber. Solltest du gehen und nie wieder zurückkehren, werde ich dich nicht bedrängen.«

»Einverstanden«, flüsterte sie. Ihre Einwilligung schien wie Chili-Schokolade auf der Zunge erst zu brennen und dann himmlisch zu schmecken. »Wie lautet es?«

Amüsiert zog er die Nase kraus. »Loser.«

Sie schnappte nach Luft, stemmte ihre Hände in die Hüften und funkelte ihn empört an. »Ich weiß genau, was du vorhast. Der Code bezieht sich bestimmt nicht auf dich, sondern auf mich. Er soll mir schwer über die Lippen kommen. Niemand ist gerne ein Versager. Klingt nach einem Kampf zwischen Herr und Sklavin.«

»Er wird dich motivieren, durchzuhalten, das ist alles.«

»Wann soll ich da sein?«, fragte sie etwas zu schnippisch für eine Sub, aber noch war sie ja keine.

»Für heute hast du deine Energie ja schon verschwendet«, sagte er in einem Ton, der sie wissen ließ, dass sie sich selbst um den Spaß gebracht hatte. »Wann hast du morgen Feierabend?«

Morgen *erst?* Morgen *schon?* Ihre Gedanken und Gefühle wirbelten durcheinander. »Um vierundzwanzig Uhr.«

»Dann sehen wir uns um kurz nach Mitternacht. Trag deine Uniform.« Frivol lächelnd strich er mit der Handkante in Höhe ihrer Spalte über ihr Kleid. »Komm blank rasiert und ohne Unterwäsche. Und ab sofort ist es dir verboten, dich selbst zu befriedigen. Hast du das verstanden?«

Das intensive Prickeln zwischen ihren Schenkeln machte es ihr schwer, ruhig stehen zu bleiben. »Ja.«

»Ja, *Sir.*« Er krallte seine Finger in ihren Schoß und sie wünschte sich, nicht so viele Lagen Stoff zu tragen. »Für jedes Mal, dass du diese Anrede vergisst, werde ich mir eine bittersüße Gemeinheit für dich ausdenken und du wirst mir aus tiefstem Herzen dafür danken. Und sollte deine Dankbarkeit für den Schmerz und die Demütigung nicht bei mir ankommen, werde ich dich immer wieder geil machen und dir dennoch verbieten zu kommen, bis die Erregung zur Qual wird und du mir deine Tränen schenken wirst.« Mit dieser obszönen Ankündigung ließ er sie stehen.

Valentine wurde schwindelig vor Verlangen. Ihr letzter Orgasmus war noch nicht lange her und sie hätte gut und gerne schon wieder kommen können. Ein Mal, zwei Mal, eventuell sogar häufiger. Bestimmt sogar, wenn Rhys sie stimulieren würde.

Sie musste wieder an »Exponate der Wollust« denken und dass sie womöglich bald dasselbe erleben würde, wie die Heldin der Geschichte. Das war unfassbar! Überwältigend. Wie sollte sie es nur schaffen, nicht zu masturbieren? Würde sie seine Anweisung missachten, würde Rhys das erkennen, schließlich war sie wie ein offenes Buch für ihn.

Ihr Herz klopfte in ihrem Unterleib mindestens genauso stark wie in ihrem Brustkorb, als sie sich zum Baccaratisch aufmachte, um ihre Arbeit wieder aufzunehmen.

Unglücklicherweise traf sie Jacob Bilbray an der Tür, die von den Separees und dem Bereich für die Angestellten ins Kasino führte. Sie blieb unsicher stehen, nach Worten ringend.

»Schau nicht so schuldig. Ich mache dir keine Vorwürfe«, brummte Jacob. Gedankenversunken massierte er seinen braunen Bart, in dem schon das eine oder andere graue Haar zu erkennen war. »Sex ist ein starker Magnet und du bist noch jung.«

»Danke.« Verlegen senkte sie ihren Blick. Unter keinen Umständen sollte er denken, sie versuchte, sich einen reichen

Liebhaber oder Ehemann zu angeln. Nichts lag ihr ferner! Aber Rhys besaß etwas, dem sie nicht widerstehen konnte: Dominanz.

Sie schritt an Jacob vorbei, weil sie glaubte, alles wäre geklärt, doch er sagte: »Aber ich warne dich, verliebe dich nicht in Rhys Snowden.«

Verwirrt blieb sie stehen. Von Liebe war nie die Rede gewesen! Wie kam er nur darauf? Zugegeben, Rhys sah verdammt gut aus, er war dominant und musste betucht sein, wenn er sein eigenes Roulettezimmer angemietet hatte, auch wenn Reichtum kein Kriterium für sie war, denn ihre Eltern waren selbst nicht schlecht gestellt. Just als sie seine Vorzüge innerlich aufzählte, erkannte sie, dass er genau der Mann war, den sie sich an ihrer Seite wünschte.

Offenbar billigte Jacob eine reine Spielbeziehung, die unter seinem Dach stattfand, weil ohnehin niemand davon erfahren würde. Sollte Liebe daraus werden, wäre sie ihren Job los. Bezog sich seine Warnung auf diese Grenze, die er für sich zog? Oder gab es ein dunkles Geheimnis in Rhys' Vergangenheit, von dem sein Freund wusste?

Falls es so war, behielt Jacob es für sich. Er presste seine Lippen aufeinander, wandte sich brüsk um und schritt zurück zu seinem Büro.

5

Valentine verschaffte sich lieber selbst sexuelle Erleichterung, als einen fremden Mann in einer Bar abzuschleppen. Davon gab es in Las Vegas viele. Bars und Kerle. Sie tranken bis zur Besinnungslosigkeit und nahmen jede Frau, die sie kriegen konnten. Aber ein schneller Fick verschaffte Val keine Befriedigung und sie wollte keinen Schwanz in sich haben, der am selben Abend vielleicht schon in einer anderen Möse gesteckt hatte. Im Gegenteil, sie suchte einen Mann mit Fingerspitzengefühl, mit Raffinesse und Stil, der sich stundenlang mit ihr beschäftigte und nicht innerhalb von fünf Minuten fertig war, weil *er* dann bereits gekommen war.

Rhys Snowden schien ihren Vorstellungen sehr nah zu kommen. Er löste ein Verlangen in ihr aus, das sie in den letzten vierundzwanzig Stunden fast in den Wahnsinn getrieben hatte. Es war eine Qual gewesen, sich nicht selbst zum Höhepunkt zu streicheln. Mit seinen Andeutungen hatte er ihr Kopfkino so stark angeregt, dass sie sich vor Lust kaum auf etwas konzentrieren konnte. Das Arbeiten war ihr schwergefallen, sie hatte kaum einen Bissen vom Abendbrot herunterbekommen und schon die Autofahrt ins *Decadency* am Nachmittag war ein Risiko gewesen.

Aber eine weitaus größere Gefahr wartete auf sie hinter der Tür, an der sie zaghaft klopfte. Der Eingang zum Kontrollraum, in dem sie Rhys treffen würde, befand sich in einer fensterlosen Kammer, in der die Putzwagen der Raumpflegerinnen standen und die Reinigungsmittel und Utensilien lagerten.

Als Rhys ihr öffnete, lag wieder dieses verklärte Lächeln auf seinem Gesicht. Es ließ sie wissen, dass er ihre geheimsten erotischen Wünsche kannte, ohne dass Valentine sie ihm hatte verraten müssen. Aber gläsern für ihn zu sein machte ihr keine Angst, sondern verursachte ein erregendes Prickeln in ihrem ganzen Körper, denn er würde ihre Fantasien wahr werden lassen. Seit sie die Geschichten von Evangeline las, brannte heimlich das Verlangen in ihr, all diese Hemmungslosigkeiten auch einmal auszuprobieren. Sie träumte davon, sich jemandem vollkommen hinzugeben, sich ihm auszuliefern und Befehle von ihm zu erhalten, deren Nichteinhaltung lustvolle Strafen nach sich zog.

Sie wollte zum Dienen erzogen werden, Lektionen in Demut erhalten und gefesselt, geknebelt und benutzt werden. Bisher hatte sie nicht den richtigen Partner dafür gehabt, das hatte sich nun durch Rhys geändert.

Noch während sie eintrat, musterte sie ihn aus dem Augenwinkel heraus. Er trug eine elegante dunkel gestreifte Stoffhose und ein hellblaues Hemd mit breiten weißen Ärmelbündchen, wie ein Bankangestellter aus vergangenen Tagen. Der Kragen war ebenso hell und breit, stand jedoch offen. War es Rhys heiß? Val entspannte sich etwas bei dem Gedanken, dass er vielleicht ebenso aufgeregt war wie sie, nur wusste er es besser zu verbergen.

Bei jedem Schritt spürte sie ihren nackten Schoß. Rhys' Jacke hing an einem der Garderobenhaken zu ihrer Linken. Rechts stand ein kleiner, einfacher Tisch mit einem Stuhl. Die Wände waren ebenso schwarz gestrichen wie die Zimmerdecke. Selbst der Linoleumboden war anthrazitfarben. Es machte den Anschein, als wollte man diesen Raum in den

Schatten verstecken. Dabei schützte der Einwegspiegel ohnehin.

Rhys schloss die Tür und stellte sich dicht hinter Val. Sie wagte kaum zu atmen. Er berührte sie nicht und dennoch schien sie ihn zu spüren. Auf eine magische Art berührte er sie tief in ihrem Inneren.

Das Oberlicht schaltete er nicht an, sodass nur der Kerzenschein aus dem Separee diesen inoffiziellen Ort erhellte. Wahrscheinlich diente er üblicherweise dazu, das Glücksspiel zu beobachten, um rechtzeitig reagieren zu können, sollte einer der Spieler ausrasten, weil er verlor und meinte, ein anderer betrog. Überwachungskameras sah Val nämlich nirgends.

Erwartungsvoll standen die Frauen und Männer jenseits des Spiegels um den Roulettetisch herum. Sie waren nahezu nackt. Das bisschen Stoff, das einige noch anhatten, verhüllte ihre Geschlechter keineswegs, sondern es brachte sie erst recht zur Geltung.

Plötzlich kam sich Val in ihrem viktorianischen Kleid bieder und zugeknöpft vor, selbst ohne Unterwäsche. Allerdings war sie froh, dass die langen Ärmel die Einstiche in den Armbeugen verdeckten. Wie sollte sie sie Rhys erklären, ohne schwach zu wirken? Er suchte schließlich eine Sklavin, die stark genug war, sich ihrer devoten Neigung hinzugeben. Sie flüsterte: »Können sie uns hören?«

»Wenn du allzu laut schreien wirst, dann ja«, sagte er, den Mund nah an ihrem Ohr. »Ansonsten haben wir das Vergnügen, ihnen zu lauschen, denn es gibt verdeckte Mikrofone.«

Seine Stimme klang lüstern. Als er einen Schalter an der Wand drückte, waren seine Bewegungen so geschmeidig, wie die eines Jägers auf der Pirsch. Er brauchte sich nicht einmal zu bemühen, sondern alles an ihm strahlte eine Erotik aus, die Valentine faszinierte. Sie fragte sich, ob er auf alle Frauen solch eine Wirkung hatte oder nur auf sie.

Da er merkte, dass sie ihn begehrlich musterte, schaute sie rasch wieder auf die frivole Gesellschaft nebenan. »Hast du deine Freunde heute extra später bestellt als üblich, weil ich bis Mitternacht arbeiten musste? Gestern habt ihr euch doch schon am Abend getroffen.«

»So auch heute.« Er neigte sich von hinten über ihre Schulter, roch an ihrer Halsbeuge und kommentierte den Duft ihres Parfüms mit einem sinnlichen »Hm. – Das ist schon die zweite Spielrunde. Nach der ersten waren wir zum Dinner.«

Überrascht hob sie ihre Brauen. »Die zweite?«

»Glaubst du etwa, du wirst vor dem Morgengrauen von mir entlassen werden?« Er schnalzte tadelnd. »BDSM ist nichts, was man in fünf Minuten abhandelt, sondern eine bittersüße Tortur, die sich über Stunden hinzieht.«

Ihr Mund war trocken, das Schlucken fiel ihr schwer. Sollte sie ihm glauben? Er schaute ernst aus, aber da war ein Funkeln in seinen Augen, das Schalk sein mochte. Oder ein Zeichen für seine sadistische Vorfreude.

»Dafür ist die Belohnung umso größer. Du wirst Orgasmen erleben, die deine Sichtweise auf den Sex, den du bisher gehabt hast, ernüchtern werden. Deine bisherigen Höhepunkte sind nichts im Gegensatz zu denen, die ich dir schenken kann. Aber dafür musst du mir auch etwas geben, und zwar nicht nur deine Lust, sondern auch Vertrauen, Schweiß, Furcht, Schmerz und vielleicht sogar Tränen, wir werden sehen.« Sachte drehte er ihr Gesicht wieder zum Separee. »Nun schau zu und errege dich am Sextoy-Roulette. Es geht um eine obszöne Form des Wichtelns.«

Durch seine Ankündigung hatte sie eine Gänsehaut bekommen, die jedoch nicht unangenehm war. Noch nie zuvor hatte ein Mann so unverblümt über Erotik mit ihr gesprochen wie er. Und er würde es nicht nur bei Worten belassen. »Wie das zu Weihnachten?«

Sie spürte seinen Atem an ihrem Hinterkopf, als er erklärte: »Jeder hat ein hübsch verpacktes Toy mitgebracht. Auf der Roulettescheibe stehen diesmal die Namen aller Anwesenden, aber es muss immer eine Frau auf einen Mann folgen und darauf wieder eine Frau und so weiter. Einige im Zirkel sind nicht auf ein Geschlecht festgelegt, aber eben nicht alle, darauf nehmen wir Rücksicht.«

Erst jetzt bemerkte Val die in Glanzpapier eingepackten und mit Schleifen versehenen Schachteln, die auf einem Tisch an der Wand standen. Die ungenierte Nacktheit der Personen hatte sie abgelenkt. »Selbstverständlich kommen die Spielzeuge sofort zum Einsatz«, mutmaßte sie.

»Selbstverständlich.«

Ihre Ungeduld stieg, als ein Mann das Roulette drehte und eine Frau die Kugel in den Holzkessel warf. Einen Croupier gab es offenbar nicht, denn die Zirkelmitglieder wechselten sich ab. Der Spielleiter stand ja auch in diesem Moment so dicht hinter Valentine, dass sein Atem sie im Nacken kitzelte. Sie bekam vor Aufregung kaum Luft. Einerseits konnte sie es kaum erwarten, von ihm endlich berührt zu werden. Andererseits wäre das der Startschuss für ihre Session und vor dieser ersten Hürde fürchtete sie sich ein wenig. Konnte sie seine Erwartungen erfüllen? Ihre eigenen?

Die Plastikkugel verließ ihre Bahn am oberen Rand der Cuvette und rollte spiralförmig immer tiefer gen Boden, bis die Rhomben ihren gradlinigen Lauf störten. Die Metallplättchen in Rautenform brachten sie dazu, wild umherzuhüpfen. Schließlich blieb sie in einem der siebenunddreißig

Fächer liegen, über denen normalerweise Zahlen, nun aber Namen standen.

Val konnte die Anspannung der Spieler förmlich spüren. Hatte sie eben noch gedacht, sie wären froh, wenn der Kelch so lange wie möglich an ihnen vorüberging, so wurde sie nun eines Besseren belehrt.

Der rothaarige Mann, den die Kugel als Ersten gewählt hatte, begann einen höchstwahrscheinlich schottischen Freudentanz und strahlte übers ganze Gesicht. Er setzte sich auf den rustikalen Tisch mit dem Spielfeld aus grünem Filz und winkelte ein Bein an, sodass sein Kilt aufklaffte. Darunter trug er nichts. Offensichtlich stellte er sein Glied gerne zur Schau. Kein Wunder, es war so kräftig wie seine muskulöse Statur hatte erwarten lassen.

Er wählte eins der Pakete aus, jemand reichte es ihm und er riss es gierig auf. Mit leuchtenden Augen holte er den Gegenstand, der darin lag, heraus und hielt ihn hoch. Es handelte sich um einen Edelstahlgriff, an dessen oberem Ende sich ein Rädchen mit Nadeln befand.

»Ein Wartenbergrad«, wisperte Rhys.

Valentine kannte es aus einer von Evangelines erotischen Geschichten. Nachdem sie darüber gelesen hatte, hatte sie im Internet recherchiert. »Ich weiß.«

»Ach ja?« In seiner Stimme lag nicht nur Überraschung, sondern auch eine bedrohliche Nuance, als befürchtete er, sie könnte vor ihm verheimlicht haben, dass sie sich doch schon mit einem anderen Dominus eingelassen hatte. Aber er schwieg.

Nun war es an dem Schotten, die Kugel in die Schüssel zu werfen. Während sie rotierte, richtete sich sein Glied bereits etwas auf. Rote Flecken traten auf seinem Hals zum Vorschein.

Das Roulette wählte eine Schwarzhaarige aus. Sie hatte ihre kurzen Haare zurückgegelt, sodass die scharfen Kanten in ihrem Gesicht noch stärker hervortraten. Die dunklen Augen verliehen ihr etwas Düsteres, Geheimnisvolles. Im Gegensatz zu dem Mann vor ihr, ließ sie sich Zeit mit dem Auspacken ihres Präsents. Lasziv zog sie eine Analkette aus schwarzem Silikon heraus. Sie hielt sie in die Höhe, damit alle sie sehen konnten, öffnete ihren Mund und nahm sie auf. Dann zog sie eine Kugel nach der anderen zwischen ihren Lippen heraus. Valentine vermutete, dass sie sie befeuchten wollte, aber dann entnahm die Fremde ihrem Paket eine Tube Gleitgel und es war klar, dass sie die Anwesenden nur hatte anheizen wollen. Das hatte sie geschafft. Die kleine Gesellschaft wurde immer unruhiger. Sie verlagerten ihr Gewicht von einem Fuß auf den anderen und schauten ungeduldig zu den verbliebenen Päckchen.

Wie eine Pantherin stieg sie auf den Tisch und kroch über den rothaarigen Mann, der sich daraufhin auf den Rücken legte. Mit den Zähnen hielt sie die Kette fest, nahm das Nevenrad und strich damit über seinen Brustkorb. Sie musste immer fester zudrücken, denn der Schotte atmete heftiger. Ab und zu blieb sein rotbraunes Kraushaar zwischen den Spitzen hängen, worauf seine Peinigerin das Foltergerät nicht etwa vorsichtig entfernte, sondern grob daran riss. Ihr Sub sog jedes Mal vor Schmerz die Luft zwischen seinen Zähnen ein – und stöhnte erregt. Er wehrte sich nicht, sondern spreizte sogar noch einladend seine Beine. Doch seine Herrin ließ sich nicht von ihm manipulieren. Teuflisch grinsend rollte sie das Nadelrad über seine Nippel. Der Mann öffnete und schloss seine Fäuste. Die Flecken auf seinem Hals wurden größer. Seufzend wölbte er den Rücken, streckte sich dem Gerät entgegen, sodass sich die Spitzen noch tiefer in seine empfindliche Haut bohrten, und vergrößerte seinen Lustschmerz dadurch freiwillig.

Als sich einer der anderen Gäste räusperte, machte die Schwarzhaarige endlich das nächste Spiel. Begleitet vom Surren der Kugel über den Kessel, kroch sie tiefer und kratzte über den Schwanz ihres willigen Opfers. Im Schritt war der Schotte rasiert und es konnten sich keine Haare im Rad verheddern, aber das machte die Tortur nicht weniger schmerzhaft für ihn. Sein Körper bebte. Er suchte nach etwas, in das er seine Finger krallen konnte, fand jedoch nichts. Binnen kurzer Zeit stand sein Penis erigiert ab. Gerade, als sich die Frau seinen Hoden zuwandte, suchte das Coup den nächsten Mitspieler aus.

Der Mann war so dünn, dass Valentine seine Rippen zählen konnte. Der Netzbody, den er trug, hatte Schlitze an den Brustwarzen und im Schritt, aus dem bereits sein Schaft steif herausragte. Er fackelte nicht lange, nahm der Frau die Analkette ab und gab eine große Portion Gleitgel darauf. Während sie die Hodensäcke des Schotten piesackte, schob er eine Silikonkugel nach der anderen in ihre enge Öffnung, zog sie wieder heraus und stopfte sie erneut hinein. Die Frau ließ ihr Becken kreisen. Ohne damit aufzuhören, ihren Sub mit den Nadeln zu quälen, leckte sie über ihre Lippen, stöhnte und schloss kurz ihre Lider.

Valentine schaute abwechselnd auf den Schwanz des Mannes im Kilt und den Ringmuskel der Frau, die ihm eine bittersüße Lust verschaffte und gleichzeitig von jemand Drittem stimuliert wurde. Die Erregung der Frau ging auf sie über. Ihr Kleid schien ihr mit einem Mal zu eng. Sie bekam schlecht Luft und ihr war heiß.

Rhys' Befehl machte es noch schlimmer: »Streichele dich!«

Mit hochgezogenen Brauen sah sie ihn über die Schulter hinweg an.

»Tu nicht so entrüstet.« Amüsiert blinzelte er sie an. »Du hast dich gestern in der Damentoilette selbst angefasst und es war wohl kaum das erste Mal.«

Verlegen wandte sie sich ab, damit er nicht mitbekam, wie sie rot anlief. Im Separee suchte das Roulette bereits den nächsten Spieler aus. Der Mann, der die herbe Schönheit mit der Kette penetrierte, hatte offenbar in seinem Geschenk Nippelklemmen mit Gewichten erhalten, denn sie lagen neben der geöffneten Schachtel auf dem Tisch. Je mehr die Lust der Schwarzhaarigen anschwoll, desto kräftiger fuhr sie mit dem Wartenbergrad über das Geschlecht des Schotten, der inzwischen vor Schmerz oder Erregung ein hochrotes Gesicht hatte.

Diese Zügellosigkeiten zu beobachten, nur getrennt durch einen Einwegspiegel, und die Sexgeräusche zu hören, hatte Valentine längst feucht werden lassen. Ganz langsam zog Rhys den Reißverschluss ihres Kleids nach unten. Um ihn zu ärgern, streifte Val es jedoch nicht von ihren Schultern, sondern griff von oben hinein und umfasste ihren linken Busen. Ihre Spitze kribbelte intensiv. Sachte rieb sie mit dem Daumen über ihren Nippel und seufzte wohlig, wissend, dass Rhys ihr von hinten zuschaute.

Er hatte recht, sie hatte sich schon oft berührt, aber diesmal fühlte es sich völlig anders an. Der Exhibitionismus war wie eine Prise extra Chili, der einem gewöhnlichen Gericht eine neue Würze verlieh.

Etwas zu hastig raffte sie ihre Röcke und schob ihre Hand zwischen ihre Schenkel. Hörte sich Rhys' Atem nicht plötzlich lauter an? Spürte sie nicht etwas Hartes an ihrem Hintern? Zärtlich massierte sie ihre bereits leicht angeschwollenen Schamlippen, nicht nur um sich selbst anzumachen, sondern auch Rhys. Feuchtigkeit sickerte aus ihrer Öffnung. Val tauchte ihren Mittelfinger hinein und verteilte sie auf ihrer Scham. Ein Jubelschrei drang aus dem Separee in ihren privaten kleinen Darkroom, aber das Schmatzen kam von ihrem Schoß.

Eine splitternackte Blondine mit breiten Hüften und schweren Brüsten freute sich lautstark darüber, dem Netzbody die Nippelklemmen anlegen zu dürfen. Ihre Frisur und ihr Make-up legten nahe, dass sie als Marilyn-Monroe-Double arbeitete. Vielleicht hatte sie aber auch nur ein Faible für die Kultschauspielerin. Beim Umsetzen ihrer Aufgabe ging sie nicht gerade zimperlich vor. Zwar zwirbelte sie zunächst die Brustspitzen des Mannes, der sich vorbeugte und sich an der Taille der herben Dunkelhaarigen festhielt, und legte ihm die Klammern behutsam an, doch dann ließ sie abrupt die Gewichte fallen, sodass sie an seinen Warzen rissen. Seinen Aufschrei quittierte sie mit Gelächter und besänftigte ihn, indem sie seinen Schwanz wichste, bis er sich wieder beruhigt hatte.

Dann war sie selbst an der Reihe und beauftragte das Roulette, ihren Peiniger zu bestimmen. Während sie wartete, kaute sie auf ihren langen roten Fingernägeln herum, nun schon sichtlich weniger selbstsicher als noch zuvor. In der Zwischenzeit suchte sie sich ein Paket aus. Als sie eine Peitsche heraushob, schnappte sie nach Luft. Die Kugel fiel in ein Fach und der Mann, dessen Name darin stand, nahm ihr mit einem süffisanten Lächeln das Schlaginstrument ab. Sein Schopf wies schon einige graue Strähnen auf, aber sein Körper war durchtrainiert und seine ruhige Art zeugte von Erfahrung.

Marilyn saugte ihre Unterlippe ein und biss fest darauf. Obwohl sie zitterte, stellte sie sich hinter den Netzbody, der fortfuhr, die Schwarzhaarige mit der Analkette zu verwöhnen, und hielt sich an seinen Schultern fest. Beim ersten Hieb gab sie einen undefinierbaren Laut von sich, beim zweiten keuchte sie und der dritte entlockte ihr den ersten Schmerzensschrei.

Valentine machte sich Sorgen um die Frau, konnte jedoch nicht aufhören, zwei Fingerspitzen über ihre Klitoris kreisen zu lassen. Erst als sie bemerkte, dass ein Tropfen Feuchtigkeit an der Innenseite von Marilyns Beins herabfloss, entspannte sie sich und rieb noch schneller über ihren Kitzler.

Plötzlich packte Rhys ihr Handgelenk. »Habe ich dir erlaubt zu kommen?«

6

»Nein«, antwortete Val atemlos. Sein strenger Blick und sein Befehlston erregten sie. Nun wurde ihr erst bewusst, dass sie kurz vor dem Orgasmus gestanden hatte. So schnell.

»Ich werde das ab sofort übernehmen.« Ohne ihr wehzutun, bog Rhys ihr den Arm auf den Rücken und hielt ihn dort fest. Er legte seine Hand unter ihr Kinn und hob es so weit an, dass sie sich gerade hinstellen und ihren Kopf in den Nacken legen musste. Langsam glitt seine Hand über ihren Hals tiefer. Seine Fingerspitzen kreisten über ihr Dekolleté.

Valentine hielt die Luft an, als seine Hand unter ihr Kleid drang und sich um ihren Busen schloss. Er packte zu, nicht so stark, dass es schmerzte, aber dennoch stark genug, um sie seine Kraft spüren zu lassen. Endlich griff ein Mann beherzt zu, das hatte sie sich schon lange gewünscht. Liebevoll gestreichelt zu werden, gefiel ihr auch, aber es brachte ihr Blut nicht gerade in Wallung. Seit Kindestagen hatte man sie wie ein rohes Ei behandelt, hatte ihr nicht erlaubt, ihre Grenzen auszutesten. Wie sehr sie doch davon träumte, etwas zu wagen und ihre dunkle Seite auszuleben – geführt von einem starken, vertrauenswürdigen Mann.

LaszEiv knetete Rhys ihre Brust. Er massierte sie kraftvoll und zwirbelte dann die zarte Spitze ebenso kräftig. Instinktiv versuchte Val ihren Arm freizubekommen, doch Rhys hielt ihn hinter ihrem Rücken fest, und mit dem anderen musste sie ihr Kleid festhalten. Sie keuchte, biss die Zähne zusammen, da zunehmend schmerzte, was er tat, aber gleichzeitig prickelte es köstlich in ihrer Spalte. Sie zischte enttäuscht, als er von ihr abließ, denn es machte nicht den Anschein, dass er auch ihren anderen Busen verwöhnen wollte.

Er zog den Stuhl heran und wies sie an: »Stell deinen Fuß darauf und halte den Stoff deines Kleids hoch, damit dein Herr freien Zugang zu dem hat, was ihm gehört.«

Was er sagte und wie er es sagte, war wie Magie für Valentine. Aufgeregt befolgte sie seinen Befehl. Ihr Schoß pochte. Die Luft, die an ihre Mitte kam, schien mit einem Mal kühler zu sein. Hatte jemand die Klimaanlage aufgedreht? Lag es daran, dass sie nicht nur feucht, sondern regelrecht nass dort unten war? Oder an der Hitze in ihrem Geschlecht, die die Umgebungstemperatur kühler wirken ließ, als sie tatsächlich war?

Ungeniert, ohne zu zögern oder sich langsam heranzutasten, fasste er zu. Nicht brutal, das nicht, sondern eher als würde er ganz natürlich und selbstverständlich in Besitz nehmen, was sie ihm mit ihrem Einverständnis übereignet hatte: ihren Körper. Sie machte sich klar, dass sie für die Dauer ihrer Session sein Eigentum, seine Sklavin, war und er mit ihr tun und lassen konnte, was ihm beliebte. Diese Vorstellung war überwältigend! Und geil. Anders als die Heldin in »Exponate der Wollust« unterwarfen jedoch nicht Fesseln sie, sondern ihre Zusage, sich seinem Willen zu beugen, was immer er auch von ihr verlangen mochte. Das würde eine Herausforderung für sie werden, und sie musste sich auf einige Strafen vorbereiten.

Sein Griff wurde fester. Er zerrte an ihren Schamlippen, was Val an den Pussysucker in Evangelines Geschichte erinnerte. Auch an dem Häutchen, das ihre Klitoris schützte, zog er, jedoch sachter, wodurch es über ihren Kitzler rieb, der durch den Voyeurismus und das Masturbieren schon sensibilisiert war. Val konnte nicht anders, als kehlig zu stöhnen. Rhys führte Zeige- und Mittelfinger in sie ein und verteilte die Feuchtigkeit auf ihrer empfindlichsten Stelle. Nur kurz, dann tauchte er ein weiteres Mal in sie ein und fickte sie mit seinen beiden Fingern. Sein Atem kam stoßweise. Er drückte seinen harten Schwanz an ihren Hintern. Berauscht schloss Val die Lider und riss sie wieder auf, damit ihr nicht entging, was im Nachbarzimmer geschah.

Die Peitschenhiebe, die für Marilyn bestimmt waren, trafen auch hin und wieder den Netzbody, der daraufhin zusammenzuckte und sich an den Brustkorb langte, ohne jedoch die schaukelnden Nippelklemmen mit den Gewichten zu berühren. Sein Glied stand prall aus seinem Hosenschlitz hervor und verlor bereits die ersten Lusttropfen. Seine Miene war ebenso schmerzverzerrt wie die von dem Schotten, der unbarmherzig und am längsten von allen mit dem Nadelrad traktiert wurde. Doch statt Laute der Qual von sich zu geben, stöhnte er unentwegt. Die Schwarzhaarige mit den herben Gesichtszügen, die das Bindeglied zu ihnen darstellte, machte die anale Penetration offensichtlich so sehr an, dass sie ihren Kitzler mit der freien Hand massierte.

Der Kerl, der die Peitsche schwang, bekam gerade einen Microslip angelegt. Ein schwarzer Gurt staute die Blutzufuhr oberhalb der Hoden, ein enges Ledersäckchen hüllte seine Kronjuwelen und seinen Penis ein, sodass das Glied sich nicht aufrichten konnte. Der Mann wurde gleichzeitig erregt und seine Geilheit in die Schranken gewiesen. Welch eine bittersüße Tortur, dachte Val.

Die Frau, die den Phallus verpackte, hatte eine kindliche Statur. Sie war recht klein, hatte flache Brüste und eine schmale Taille. Ihre kupferroten Haare trug sie zu Zöpfen, wie

Dorothy in »Der Zauberer von Oz«, als wollte sie ihr Kleinmädchenimage unterstreichen. Sie zerriss das Papier um ihr Geschenk gierig und hielt jauchzend den Gegenstand hoch, der sich darin befand: Ein Doppeldildo aus Edelstahl. Aus dem Augenwinkel warf sie einen begehrlichen Blick auf den Mann in dem Kilt. Sie kroch zu ihm auf den Tisch, schob ihm eine Seite des Dildos zwischen die Lippen und setzte sich breitbeinig über seinen Kopf. Vorsichtig ließ sie sich hinab. Die andere Seite des Dildos glitt in ihre Möse hinein, sodass sie auf dem Gesicht des Schotten saß und dennoch von einem prallen Schwanz ausgefüllt wurde. Behutsam hob und senkte sie ihren Unterleib. Bald rann ihre Feuchtigkeit am Edelstahl herab und benässte den Mund des Rothaarigen. Ihr glockenklares Lachen bewies, wie gut ihr das gefiel.

Die Kindfrau bewegte sich immer schneller auf dem Schotten, dessen Geschlecht gleichzeitig von der herben Schönheit mit dem Wartenbergrad gefoltert wurde. Die Herbe kam in den Genuss der Analkette durch den Netzbody, der seinerseits durch Nippelklemmen mit Gewichten und den einen oder anderen Peitschenhieb, die eigentlich für Marilyn hinter ihm bestimmt waren, gequält wurde. Zahlreiche rote Striemen, die der ältere, aber attraktive Mann ihr zufügte, zierten den Rücken der Blondine. Das Schwanzgefängnis bekam er von Dorothy, wodurch sich der Kreis schloss.

Wie ein obszönes Gemälde, fand Valentine, die ihre eigene Lust kaum noch ertrug, aber Rhys gestand ihr einfach nicht zu, endlich zu kommen. Jeder aus dem Zirkel war mit einem Mitglied zugange. Im Separee fand ein einziger großer Fick statt!

Plötzlich drängte Rhys Val zum Tisch. Er packte ihren Nacken und drückte sie mit dem Bauch auf die Platte. Hastig hob er ihren Rock an. Er schob ein Knie zwischen ihre Beine und zwang sie auseinander. Da sie sich abstützen wollte, verstärkte er seinen Griff und presste ihren Oberkörper nach unten. Mit einem kraftvollen Stoß trieb er seinen Schaft in sie hinein. Erregt stöhnte Valentine, sie öffnete ihre Schenkel weiter und genoss seine Dominanz. Sie hatte schon befürchtet, aus Angst sie zu überfordern, würde er bei ihrer ersten Session zu sanft mit ihr umgehen und sie nicht vögeln. Glücklicherweise hielt er sich nicht zurück, sondern stieß hart, fast ein wenig grob zu. Genauso wollte sie es und nicht anders! Es war nicht nur ein Zeichen seiner Dominanz – eine barbarische Form der Unterwerfung – sondern auch seines Begehrens, das er nicht zügeln konnte.

Unnachgiebig rammte er seinen Schwanz in ihre Möse. Das Schmatzen machte Val an, genauso wie das Knallen der Peitsche, das Jammern und das porno-esque Stöhnen aus dem Separee. Leider brach der Orgasmus viel zu schnell für ihren Geschmack über sie herein. Rhys zog gerade ihren Kopf an den Haaren hoch, sodass sie weiterhin beobachten konnte, wie die Frauen und Männer sich gegenseitig folterten und anheizten, da zuckte sie auch schon so heftig, dass der Tisch unter ihr wackelte.

Offenbar dachte Rhys dasselbe, denn er sagte: »Du wirst lernen, deinen Höhepunkt hinauszuzögern. Ich werde dir dabei helfen.«

So, wie er das sagte, mit einer tiefen und vor Geilheit rauen Stimme, klang das wie eine Drohung. Er hörte keineswegs auf, sie zu nehmen, sondern fickte sie weiter, bis er mit einem Knurren, das viel zu animalisch war für seine überaus kultivierte Erscheinung, über ihr zusammenbrach.

Auch im Separee kamen die Mitglieder des Zirkels auf die eine oder andere Weise. Die Schwarzhaarige warf das Nadelrad auf den Tisch und bestieg den Schaft des Schotten, der nunmehr von zwei Damen geritten wurde. Mister Netzbody brachte sich durch stürmisches Onanieren selbst zum Koitus und ergoss sich auf den Kilt. Marilyn kam alleine durch den Lustschmerz. Ihr Peiniger riss sich den Ledersack vom Geschlecht. Er drückte die Blondine mit dem gepeitschten Rücken auf den Tisch, hob ihre Beine senkrecht an und nahm sie so temperamentvoll, dass sie ein weiteres Mal von einem Orgasmus erfasst wurde.

Valentine fragte sich, ob sie jemals so tabulos sein würde. Sich vor Zuschauern bedingungslos hinzugeben, Wollust wie Pein demütig hinzunehmen und sich vollkommen gehen zu lassen. Sie wusste nicht, woher Rhys die Tücher hatte, mit denen er zuerst ihr Geschlecht und dann seins abwischte. Vielleicht waren sie in seiner Hosen- oder Jackentasche gewesen. Glücklich und befriedigt ließ sie ihn gewähren, er entpuppte sich als fürsorglich und schickte sie nicht einfach weg, nachdem er sie genommen hatte.

Nachdem er seine Hose hochgezogen hatte, half er ihr, sich aufzurichten. Die Tücher warf er auf den Tisch. Zärtlich nahm er ihr Gesicht und streichelte ihre Wangen mit seinen Daumen. »Gut gemacht.«

»Danke.« Stolz lächelte sie.

»Hast du Fragen?« Da sie den Kopf schüttelte, fuhr er fort: »Fahr jetzt nach Hause und schlaf dich aus. Vielleicht gibt es morgen Punkte, die du mit mir besprechen möchtest. Denk in Ruhe über das Erlebte nach.«

Als er sie auf den Mund küsste, überraschte sie das so sehr, dass sie nicht reagierte. Seine Lippen blieben nicht lange auf den ihren, eventuell weil sie seinen Kuss nicht erwiderte. Im Nachhinein ärgerte sie sich maßlos über sich selbst, aber nun war es zu spät.

»Bis morgen.« Er ließ sie los und trat zurück.

Trotz des Kusses empfand Val nun die Distanz zwischen ihnen wie eine Kluft. An seiner Miene konnte sie nichts ablesen. War er sauer, da sie sich nicht dankbar in seine Arme gestürzt hatte? Oder hatte der Kuss die Session abgeschlossen, gehörte er einfach nur zu Rhys' Ritus und nun waren sie wieder Gast und Angestellte?

Verwirrt glättete sie ihr Kleid. Sie schenkte ihm ein letztes unsicheres Lächeln und ging zur Tür. Eigentlich wankte sie mehr. Ihr Sichtfeld verschwamm. Das Blut sackte in ihre Füße ab.

Nicht jetzt, dachte sie verzweifelt, streckte ihre Hand aus, um sich an der Wand abzustützen, und fasste ins Leere.

Rhys eilte herbei. Er schlang einen Arm um ihre Hüfte. »Setz dich, bis dein Kreislauf sich stabilisiert hat.«

»Es ist alles in Ordnung«, log sie. Ihr frivoles Kichern klang in ihren eigenen Ohren aufgesetzt. »Meine Beine fühlen sich nur an wie Gummi. Kein Wunder!«

Sorgenfalten zeigten sich auf seiner Stirn. Einige gewellte Strähnen klebten an seinen Schläfen. »Du solltest wirklich …«

»Es geht mir gut«, sagte sie etwas zu laut. Sie machte sich unwirsch von ihm frei und straffte ihren Rücken, um stärker zu wirken, als sie sich fühlte. »Ich möchte jetzt wirklich heim und schlafen.«

»Okay, ich bringe dich zur Umkleide.« Ganz Gentleman, hielt er ihr die Tür auf und bedeutete ihr mit einer Geste, vorzugehen.

»Danke.« Langsam schritt sie an ihm vorbei. Es ging ihr schon besser. Sie war wirklich erschöpft von ihrer Schicht und den aufregenden erotischen Erlebnissen. Aber das war nicht die Hauptursache für ihre Kraftlosigkeit.

Sie brauchte ihre »Medizin«.

7

Warum machte er sich etwas vor? Rhys redete sich ein, Valentine nicht hinterherzuspionieren. Aber warum hatte er dann unbedingt mit Jacob zu Mittag essen wollen, obwohl er am Abend ohnehin das *Decadency* aufsuchen würde? Sich zum Dinner zu treffen, hätte es auch getan. Und weshalb war er viel zu früh gekommen, wartete im Büro seines Freundes, der noch ein Einstellungsgespräch führen musste, und starrte durch das Fenster auf den Mitarbeiterparkplatz hinaus? Nur ihretwegen.

Er wusste, dass Val Spätschicht hatte. Diese endete um Mitternacht … und fing in wenigen Minuten an. Erneut schaute er auf seine Armbanduhr. Wo blieb sie denn nur? Sie war doch wohl nicht krank?

Ihr Schwächeanfall nach ihrer Session hatte ihn beunruhigt. Er hatte sie doch gar nicht hart rangenommen. Dennoch musste er wohl behutsamer mit ihr umgehen und sie genau beobachten, um sie nicht zu überfordern. Vielleicht brütete sie nur etwas aus. Womöglich war ein grippaler Infekt die Ursache für ihren Schwindel gewesen. Eventuell verheimlichte sie ihm aber auch den Grund.

Er wurde das Gefühl nicht los, dass sie wusste, was mit ihr nicht stimmte, aber nicht darüber reden wollte und deshalb vorgegeben hatte, ausgelaugt zu sein. Den Mitgliedern des frivolen Zirkels war in der vergangenen Nacht viel abverlangt worden. Val dagegen hatte gerade mal einen Hauch von

Unterwerfung gekostet. Er hatte noch so viel mehr mit ihr vor, er konnte es kaum erwarten, sie in der kommenden Nacht erneut zitternd vor Lust und Angst vor sich zu haben.

Rhys hatte Dinge für Valentine geplant, die sie bestimmt nicht für möglich gehalten hätte, jedenfalls nicht mit ihr selbst als Hauptdarstellerin. Er besaß die Dominanz und das Fingerspitzengefühl, immer ein wenig mehr zu verlangen, als die Sub meinte, geben zu können. Diese Macht erregte ihn! Mit seiner Erfahrung würde er Val an ihre Grenzen bringen, die sie bisher nicht einmal selbst kannte, und ein Stück weit darüber hinaus. Bald schon würde sie ihm aus der Hand fressen und es mit jeder Faser ihres Körpers genießen.

Ihre Haltung war so verdammt stolz und steif! Durch die Session in der vergangen Nacht war sie für eine kurze Zeit weich und sinnlich gewesen. Doch am Ende, nachdem ihr beinahe schwarz vor Augen geworden war, hatte sie sich wieder kühl gegeben. Das missfiel ihm! Sie sollte sich nicht vor ihm zurückziehen, sondern sich ganz auf ihn verlassen, wann immer sie mit ihm zusammen war.

Er gab einen mürrischen Laut von sich, trat an das Fenster und schob die Gardine ein Stück zur Seite. Vielleicht hatte er Valentine verpasst. Es konnte ja sein, dass sie nicht zu spät kam, sondern zu früh zur Arbeit erschienen war, längst im Aufenthaltsraum der Angestellten saß, und dort auf ihren Schichtbeginn wartete.

Rhys bohrte die Fingernägel in die Handballen, weil ihn seine eigene Ungeduld nervte. Wenn er wirklich der clevere Mann war, für den er sich hielt, würde er einen großen Bogen um Val machen, statt im Verborgenen zu warten, nur um zu beobachten, wie sie am Kasino ankam. Sie faszinierte ihn zu sehr, das war nicht gesund, weder für ihn, noch für Val.

Leider reizte sie ihn wie schon lange keine Frau mehr. Er

wollte ihrem Porzellanteint Kratzer zufügen, ihre blasse Haut mit Striemen zeichnen und sie so hart ficken, bis sie ihre steife Haltung aufgab und vor Geilheit zerfloss. Bei der Vorstellung, sie völlig aufgelöst zu sehen – verschwitzt, mit ruinierter Frisur und zerrissener Kleidung –, wurde er hart. Grob kniff er in seine Hoden, in der Hoffnung, seine Lust würde daraufhin in sich zusammenfallen, aber es funktionierte nicht, dabei war er nicht masochistisch veranlagt. Oder doch? Immerhin quälte er sich selbst mit Fantasien herum und erlaubte sich keinen Orgasmus. Nicht durch seine eigene Hand, das wäre fad gewesen. Er wollte in Valentine kommen. In all ihren Öffnungen.

Plötzlich fuhr ein Wagen vor und sie stieg aus. Auf der Beifahrerseite. Sie ging um das Auto herum, der Fahrer fuhr die Scheibe herunter und sie beugte sich hinab, um ihm einen Kuss zu geben.

Rhys knirschte so stark mit seinen Zähnen, dass seine Kiefer wehtaten. Wer war dieser Kerl? Er hatte graue Schläfen und schien ein oder zwei Mal zu oft einen Fast-Food-Laden angefahren zu haben, aber Rhys musste zugeben, dass er nett aussah. Das Lächeln, das er Val zum Abschied schenkte, wirkte herzlich. Seine Augen waren unproportional groß und strahlten Wärme aus.

Als Valentine auf den Hintereingang zuging, trat Rhys vom Bürofenster zurück, damit sie ihn nicht bemerkte. Sie konnte froh sein, dass sie sich erst um Mitternacht trafen. Hätte ihre Session jetzt stattgefunden, hätte er sie Bekanntschaft mit der Gerte machen lassen, und zwar nicht nur auf ihrem gepolsterten Hintern, sondern an Stellen, an denen es wirklich schmerzte.

Es machte für ihn keinen großen Unterschied, dass sie den Kerl nur auf die Wange geküsste hatte. Ihre Lippen gehörten ihm! Wie auch der Rest ihres Körpers. Sie hatte gefälligst nur ihn zu berühren. Fest packte er seinen Schwanz. Er konnte es kaum erwarten, ihren Mund in Besitz zu nehmen und mit jedem Stoß seine Regeln zu bekräftigen.

Aber dann wurde ihm klar, dass er damit seinen eigenen Grundsatz missachtete. Außerhalb der Sessions waren sie nicht aneinander gebunden. Jeder konnte tun und lassen, was er wollte. So war es besser, hatte ihn die Vergangenheit gelehrt. Er hatte sich geschworen, BDSM nur noch als Spiel zu betrachten. Woher kamen dann diese besitzergreifenden Gedanken? Was war nur los mit ihm?

Valentine, die erfreulich rosige Wangen hatte, betrat das Kasino. Die Hintertür fiel zu und ihr Fahrer düste davon.

Warum war sie nicht mit ihrem eigenen Auto zur Arbeit gekommen? Dass sie eins besaß, wusste er genau, denn er hatte sie beobachtet, als sie in der vergangenen Nacht losfuhr, um sicherzugehen, dass sie nicht auf dem Parkplatz erneut einen Schwächeanfall bekam. War es kaputt? Hatte sie einen Sugardaddy, einen Kerl, der sie aushielt, wie es nicht unüblich in Las Vegas war?

Plötzlich fiel ihm eine weitere Möglichkeit und eine Erklärung für ihr Schwindelgefühl ein. War der freundliche Mistkerl ihr Freund? War sie schwanger von ihm?

Als sich Rhys auf Jacobs Bürostuhl fallen ließ, keuchte nicht nur die Auflage, sondern auch er. Sollte Val ein Kind unter dem Herzen tragen, wäre es nicht nur unverantwortlich, sie weiter in die Welt von BDSM einzuführen, sondern auch völlig inakzeptabel. Rhys hatte wenige Tabus, aber auch er besaß moralische Schranken.

Seine Erektion verschwand binnen Sekunden. Er würde die Wahrheit herausfinden, auf seine eigene spezielle Art und Weise.

8

Vor Aufregung musste Valentine immer öfter zur Toilette, je weiter der Abend voranschritt. Es war ihr peinlich, ständig Kollegen zu bitten, ihren Spieltisch für sie zu übernehmen, während sie schon wieder austrat. Diesmal hatte ausgerechnet Rick sie vertreten. An sich war das nicht weiter schlimm. Wenigstens lächelte er die ganze Zeit. Die anderen Croupiers verdrehten eher die Augen, wenn Val sie fragte. Aber er starrte sie immer an, als wollte er sie mit seinem Blick ausziehen. Vielleicht tat sie ihm auch Unrecht und ihm brannte lediglich etwas auf der Zunge, das er nicht auszusprechen wagte. An sich war er ja ein netter Kerl. Offen, stets gut gelaunt und auf eine jungenhafte Art hübsch. Weibliche Teenager himmelten ihn bestimmt an. Für eine erwachsene Frau jedoch war er zu schüchtern, um attraktiv zu wirken.

Val beeilte sich, an ihren Platz zurückzukehren. Dort stellte sie fest, dass im Moment keiner der Kasinobesucher Baccara spielen wollte, und stieß erleichtert die Luft aus.

»Du hättest dir ruhig Zeit lassen können.« Wie eine Schildkröte zog Rick den Kopf zwischen seinen Schultern ein. »Linda sagt immer: Auf dem stillen Örtchen dauert es so lange, wie es eben dauert. Färbt sie sich eigentlich die Haare oder ist sie eine Naturblondine?«

Innerlich seufzte Valentine. Immer, wenn er nicht wusste, wie er ein Gespräch beginnen sollte, oder wenn er versuchte, sie aufzuhalten, redete er über ihre Kollegin, weil er wusste, dass Val sich mit ihr angefreundet hatte. Seine Absicht war leicht zu durchschauen. Auch jetzt machte er nicht etwa Platz für sie, sondern blieb hinter dem Tisch stehen. »Sie ist blond und hellt zusätzlich mit weißblonden Strähnen auf.«

Als ob einen Mann so etwas interessiert, dachte sie gerade, als sie Rhys unter den Gästen entdeckte. Sie fühlte sich, als träfe sie der Blitz! Snowden war schließlich der Grund für ihre häufigen Toilettengänge. Sie hatte erwartet, ihn erst um Mitternacht zu sehen. Nun stand er auf der gegenüberliegenden Seite des Raum und schaute sie so intensiv an, dass wie auf Kommando ihr Schoß zu prickeln anfing.

In seiner Haltung lag etwas Lauerndes. Er strahlte Gefahr aus, obwohl er nichts weiter tat, als sie mit diesem stechenden Blick und zusammengepressten Lippen anzusehen. Lässig, die Hände in die Hosentaschen seiner anthrazitfarbenen Stoffhose gesteckt, lehnte er gegen die Wand hinter dem Sic Bo. Doch Val nahm wahr, dass seine Kiefer mahlten und er die Coolness nur vortäuschte. Es hätte sie nicht gewundert, wenn er heimlich eine Faust in der Tasche machte. Als ein Kellner ihn ansprach, rührte er sich nicht. Er war angespannt wie ein Raubtier, das auf seine Beute lauert.

Hatte sie etwas falsch gemacht? War er heiß auf sie und konnte nicht abwarten, dass sie sich ihm ein zweites Mal unterwarf? War sein merkwürdiges Verhalten ein Zeichen für seine unbändige Gier nach ihr? Dieser finstere Blick war durchaus sexy. An diesem Abend trug er kein nostalgisches Outfit, sondern einen dunklen Anzug und darunter ein weißes Hemd, dessen oberste Knöpfe offen standen.

Ohne zu blinzeln schaute er Rick an. Er musterte ihn von der Stachelfrisur, die Mütter ihren Jungs im Kindergarten verpassten, damit sie wie kleine Rocker aussahen, bis zum Schritt, denn seine Beine verschwanden hinter dem Baccaratisch. War Rhys etwa eifersüchtig, weil sie sich mit einem Kollegen unterhielt? Stellte er sich, nur um sich besser zu fühlen, gerade vor, dass der Blondschopf einen kleinen Schwanz in der Hose hatte?

Irgendwie süß, dachte Valentine schmunzelnd, doch das Grinsen verging ihr, als Rhys sich wieder auf sie konzentrierte. Das gefährliche Funkeln in seinen Augen ließ erahnen, dass er nichts lieber wollte, als sie vor allen Besuchern, besonders vor Rick, übers Knie zu legen und ihr den Hintern zu versohlen.

Bei der Vorstellung erwachte ihre Spalte. Binnen Sekunden war Val ein einziges Pochen und Kribbeln und Pulsieren, sodass sie keinen Gedanken daran verschwendete, wie peinlich es war, dass Rick und sie sich seit Minuten schweigend gegenüberstanden, wie zwei verliebte Teenager, die zu scheu waren, miteinander zu sprechen. Dabei war Val mit ihren Gedanken einfach nur bei einem anderen Mann.

Rick räusperte sich verlegen. »Linda hat gesagt, du wärst in einem Spielkasino aufgewachsen.«

Schon wieder Linda. Valentine hatte es satt, über ihre Freundin zu reden, nur weil ihm kein besseres Thema einfiel, um eine Minute länger mit ihr, Val, zusammen zu sein. »Du sprichst wohl oft mit ihr.«

»Ich mag sie. Sie ist nett.« Verlegen räusperte er sich, dann zupfte er scheu an seiner Uniform herum, wie um zu prüfen, ob sie noch korrekt saß. »Sehr nett sogar.«

»Ich muss jetzt wirklich wieder an meinen Platz. Wenn Jacob sieht, dass du immer noch hinter meinem Tisch stehst …«

»Oh, ja, natürlich.« Als sie sich aneinander vorbeizwängten, bemühte er sich, ihr nicht zu nah zu kommen, was Val schon wieder höflich fand. Doch dann sagte er etwas, das einen wunden Punkt traf: »Warum arbeitest du nicht bei deinen Eltern? Dort wärst du doch bestimmt Managerin. Hier bist du nur eine Croupière.«

»Das geht dich nun wirklich nichts an. Jetzt lass mich. Ich muss arbeiten.«

Er riss seine Arme hoch, murmelte ein »Sorry« und verschwand endlich.

Während Valentine ihm hinterhersah, fragte sie sich plötzlich, ob ihr Vater ihn vielleicht bezahlte, um sie auszuhorchen, sie zu beobachten und um herauszufinden, wie sie sich machte. Das würde immerhin erklären, warum Rick ständig Kontakt zu ihr suchte. Wollte ihr Vater ihr vor Augen führen, wie viel schlechter es ihr nun, da sie auf eigenen Füßen stand, ging? Schon möglich, dass sie zu empfindlich reagierte. Aber ihr Dad hatte die Adresse des *Decadency* gekannt, dabei handelte es sich bei dem Kasino nicht um eins der großen, bekannt war es nur in äußerst begüterten Kreisen, zu denen ihre Eltern nicht zählten. Auf der anderen Seite war er vom Fach und sollte jede Spielhölle in Vegas kennen.

Eventuell hatte sie Rick Unrecht getan, indem sie ihn so harsch angegangen war. Vielleicht war er jedoch Augen und Ohren ihrer Eltern. Und die sollten ganz bestimmt nicht erfahren, dass sie freiwillig ihre Neigungen mit einem Fremden auslebte, der ihr die ungeheuerlichsten Dinge antat. Ihre Mom und ihr Dad wären schockiert über die Perversionen. Val dagegen konnte kaum noch an etwas anderes denken.

Sehnsüchtig schaute sie sich nach Rhys um, aber er war verschwunden. Sie malte sich aus, dass er gerade das Separee und ihren privaten kleinen Darkroom vorbereitete, und verspürte schon wieder den Wunsch, das WC aufzusuchen, nicht nur, weil sie vor Aufregung erneut einen Harndrang verspürte, sondern auch, um sich zwischen ihren Schenkeln abzutrocknen.

9

Valentine betrat die Höhle des Löwen mit einem mulmigen Gefühl. Der geheime Kontrollraum hinter dem Einwegspiegel von Rhys' Separee war nicht so finster wie seine Miene. Sie bekam eine Gänsehaut, als er die Tür hinter ihr schloss, und wusste nicht, ob vor Furcht oder vor Lust.

»Vielleicht ist heute kein guter Tag, um zu spielen.« Von einem plötzlichen Fluchtinstinkt getrieben, drehte sie auf dem Absatz um und wollte wieder gehen.

Aber Rhys stellte sich ihr in den Weg. Er blinzelte sie an und es lag nicht nur Begehren in seinem Blick. Dass er kein Wort sagte, machte sie nervös. Als er es doch tat, zuckte sie zusammen. »Geht es dir besser?«

»Auf jeden Fall.« Verlegen strich sie über ihre Armbeuge. Der Einstich tat noch weh. Sie hasste sich für ihre Schwäche, diesen Prinzessin-auf-der-Erbse-Defekt, aber sie würde wohl eher daran sterben, als davon kuriert werden.

Mit tiefer Stimme fragte er: »Bist du dir da ganz sicher?«

»Mir war nur schwindelig, weil das ganze Blut in meine Beine gesackt war.« Ihre Wangen brannten und sie schaute weg. Eine kleine blaue Sporttasche stand auf dem Tisch. Was mochte sich darin befinden?

Er fasste ihr Kinn und zwang sie, ihn wieder anzusehen. Seine Augen funkelten von einer dunklen Begierde, die Val erschauern ließ. »Du meinst wohl eher *zwischen* deine Beine«, sagte er, ohne belustigt zu klingen oder seinen Mund zu auch nur zu einem vagen Lächeln zu verziehen. »War deine Geilheit wirklich der einzige Grund?«

Sie nickte lediglich, weil ihr Mund plötzlich unangenehm trocken war. Anders als ihre Spalte, die durch das Verhör längst zum Leben erwacht wach. Es lag eine Spannung in der Luft, die nicht allein von den Ausschweifungen, die sie bald beobachten und selbst erleben würde, hervorgerufen wurde, sondern auch von der Bedrohung, die von Rhys ausging. Wenn jemand ihr Geheimnis aus ihr herauskitzeln konnte, dann er. Das musste sie unter allen Umständen verhindern, weil er sie sonst vermutlich nicht wiedersehen wollte, und sie war jetzt schon süchtig nach dem schamlosen Sex, den er mit ihr teilte. Süchtig nach ihm!

»Ich frage dich das jetzt ein einziges Mal und ich verlange eine ehrliche Antwort von dir.« Seine Brauen schoben sich zusammen, sodass eine tiefe Furche dazwischen entstand.

Ihr Brustkorb fühlte sich an, als läge ein Stein darauf. Sie bekam kaum Luft.

Alles Bedrohliche verschwand aus seinem Blick. Sie glaubte sogar, ein wenig Unsicherheit darin zu erkennen. Sein Ton war gefühlvoller als zuvor: »Bist du schwanger?«

Verdutzt krauste Valentine die Stirn. Sie hob die Brauen an und glaubte, sich verhört zu haben. Beinahe wäre sie in Gelächter ausgebrochen, doch sie konnte sich gerade noch beherrschen, denn aller Wahrscheinlichkeit nach hätte er sie dafür bestraft. Ein Teil von ihr wollte diese Erfahrung machen und ihn herausfordern. Der größere Teil war zu ängstlich, um seinen Zorn, auch wenn dieser weitgehend von erotischer Konsistenz war, absichtlich heraufzubeschwören.

Er trat so dicht an sie heran, dass kein Blatt Papier mehr zwischen sie gepasst hätte. »Nun?«

»Nein, ganz bestimmt nicht.« Sie schüttelte so heftig den

Kopf, dass sich eine Strähne aus ihrer Hochsteckfrisur löste. »Das ist die Wahrheit.«

Schnalzend legte er beide Hände auf ihre Schultern. »Hast du einen Test machen lassen?«

Val hatte genug von Ärzten! Sie suchte nur einen auf, wenn es gar nicht mehr ging. So wie heute Morgen. »Nein.«

»Wie kannst du dir dann sicher sein?« Sein Griff wurde fester.

Sie zögerte. Es war ihr unangenehm, ihm, der die Wollust in allen Facetten auslebte, zu gestehen, wie trostlos *ihr* Leben dagegen war. »Ich hatte lange keinen Freund mehr.«

»Was ist mit einem One-Night-Stand?« Das bedrohliche Vibrieren war in seine Stimme zurückgekehrt.

Es erinnerte Val an einen Löwen, der einen Rivalen mahnte, seinem Weibchen nicht zu nahe zu kommen. »Das ist nicht mein Ding.«

Endlich hellte sich seine Miene auf. Der ernste Zug um seinen Mund wurde milder. »Gut.« Mehr sagte er nicht dazu.

Er trat zurück, lehnte sich mit dem Rücken gegen die Wand und verschränkte die Arme vor dem Oberkörper. »Und jetzt zieh dich nackt aus. Lass nur die Schuhe an. Ich will begutachten, was mir gehört.«

Begutachten? Val schnaubte. Sie war doch kein Stück Vieh, das auf einem Markt zum Kauf angeboten wurde. Und dennoch erregte es sie, dass Rhys sich so unverschämt verhielt, dass er sie einer Prüfung unterziehen wollte und sie als sein Eigentum bezeichnete. War sie das nicht auch für die Zeit der Session? Eine Leibeigene, eine Sklavin, ohne eigenen Willen und ohne Rechte, dafür mit der Pflicht, ihm zu dienen. Und wenn er ihr befahl, sich zu entkleiden, dann hatte sie das gefälligst zu tun.

Vor Lust hätte sie sich am liebsten ihre Arbeitskleidung

heruntergerissen. Stattdessen öffnete sie den Reißverschluss langsam. Sie schob den Stoff über ihre Schultern und ließ ihn Stück für Stück zu Boden gleiten, amüsiert darüber, dass sie Rhys' Blut sichtlich – in zweierlei Hinsicht – zum Kochen brachte, weil sie sich mehr Zeit ließ, als ihm offenbar lieb war. Eine Wölbung zeichnete sich deutlich neben seinem Hosenschlitz ab und eine Zornesfalte trat auf seiner Stirn hervor. Er atmete immer heftiger und Val war sich nicht sicher, ob wachsende Erregung oder Wut der Grund dafür war. Wahrscheinlich ein bisschen von beidem.

Als sie aus ihrer Unterwäsche schlüpfte, fühlte sie sich so nackt wie nie zuvor. Denn Rhys konnte jetzt mit ihr tun und lassen, was er wollte, und das würde er auch. Sie lieferte sich ihm freiwillig schutzlos aus und gab ihm die Macht, sie zu erregen oder ihr an den empfindlichsten Stellen wehzutun. Unwillkürlich presste sie ihre Schenkel zusammen. Es war das erste Mal, dass er sie völlig entblößt sah. Ihm schien zu gefallen, was Val ihm anbot, denn er öffnete seinen Mund, als würde er nicht genug Luft bekommen.

Er stieß sich von der Wand ab, zog sein Jackett aus und hängte es über die Rückenlehne des Stuhls. Val wunderte sich, denn es gab ja einige Garderobenhaken gegenüber des Tischs, sie vermied es jedoch, der dunklen Ahnung in sich nachzuforschen.

Gemächlich schlenderte er um sie herum. Er umkreiste sie wie ein Jäger seine Beute und musterte ihre Rundungen. Sein lasziver Blick jagte ihr einen Schauer nach dem anderen über den Körper.

Plötzlich packte er ihren Oberarm und zeigte auf das Pflaster in ihrer Armbeuge. »Was hat das zu bedeuten?«

Ihr blieb fast das Herz stehen. »Ich war heute früh zur Blutabnahme.« Die Lüge kam ihr leicht über die Lippen, weil sie sie schon so oft benutzt hatte. »Reine Routine. Jährliche Kontrolle.«

»Okay.« Er legte seinen Kopf schräg und runzelte skeptisch die Stirn.

Glücklicherweise beließ er es dabei. Er griff jedoch in ihre Haare, dirigierte Val zum Tisch und drückte ihren Oberkörper auf die Platte. Umstandslos drang er mit dem Knie zwischen ihre Beine und zwang diese auseinander. Ihre Spalte klaffte auf. Hatte sie in einem Moment gehofft, er werde ohne Vorspiel in sie hineinstoßen, so wusste sie schon im nächsten, dass sie sich getäuscht hatte, denn er ließ von ihr ab.

»Bleib ja unten«, knurrte er und trat zurück. »Zieh deine Pobacken auseinander, sodass ich deine Möse betrachten kann.«

Entrüstet drehte sie ihr Gesicht, konnte ihn aber nicht sehen. Er stand irgendwo im toten Winkel hinter ihr. Ihre Scham schwoll bereits an. Sie hatte sich noch nie einem Mann auf so aufreizende Weise präsentiert, erst recht keinem, der noch vollkommen angezogen war. Durch die Feuchtigkeit, die aus ihrer Mitte herausrann, obwohl Val nichts weiter tat, als ihren Hintern herauszustrecken, spürte sie jeden Lufthauch dort unten.

Zögerlich legte sie ihre Hände an ihre Gesäßhälften.

»Weiter!«, wies er sie in scharfem Ton an. »Und fass tiefer an.«

Zitternd folgte sie seinem Befehl. Sie spürte das Ziehen sogar an ihren Schamlippen. Ob er in sie hineinschauen konnte? Ihr fiel das Atmen schwer. Sie schämte sich, nicht nur, weil die Haltung sie bloßstellte, sondern auch, weil Rhys sah, dass diese peinliche und demütigende Zurschaustellung ihres Geschlechts sie anmachte.

Valentine keuchte, als sein heißer Atem ihre Spalte streichelte. Das Gefühlschaos hatte sie abgelenkt, sodass sie gar nicht mitbekommen hatte, dass er sich hinter sie gehockt hatte. Tief und laut saugte er ihren Intimduft ein. Sie wünschte sich so sehr, dass er sie dort unten küsste. Einmal meinte sie, seine Zunge an ihrer Öffnung wahrzunehmen, aber sie musste sich getäuscht haben, denn er erhob sich bereits wieder.

Fürsorglich half Rhys ihr, sich aufzurichten. Er führte sie zum Spiegel und stellte sich hinter sie. Während sie ihn verfluchte, da er sie erregt hatte und offenbar vorerst nicht beabsichtigte, das Feuer in ihrem Schoß zu löschen, schlang er die Arme um ihre Hüften und streichelte ihren Venushügel mit seinen Fingerspitzen. Es lag etwas Teuflisches in seiner Zärtlichkeit, denn durch seine Liebkosungen beruhigte sich ihr Geschlecht nicht.

Seit sie das Geheimzimmer betreten hatte, hatte sie dem Separee hinter dem Spiegel noch keine Aufmerksamkeit schenken können. Rhys hatte sie abgelenkt. Nun erst stellte sie fest, dass einige der Mitglieder des Zirkels, die in der vorherigen Nacht am Spiel teilgenommen hatten, auch diesmal anwesend waren.

Der Schotte trug nichts, außer dicken Boots, als beabsichtigte er, im Adamskostüm durch die Highlands zu stapfen. Dorothy pflegte das Image der Kindfrau auch heute. Ihr lederner Minirock war so kurz, das er ihren Hintern nicht verhüllte, was ziemlich liederlich wirkte. Auch Mister Netzbody blieb seinem Motto treu, allerdings hatte er keinen Anzug, sondern nur Hotpants aus Maschen an, die sich in sein Glied bohrten, da es sich bereits aufrichten wollte. Marilyn hatte sich für ein weiß-blau kariertes Bustier mit Halbschalen entschieden, die ihre schweren Brüste lediglich ein wenig stützten. Überrascht bemerkte Val den passenden Slip aus demselben Stoff und mit offenem Schritt an der Schwarzhaarigen mit den herben Gesichtszügen. Waren die Ladys ein Paar? Oder hatten sie sich einen frivolen Scherz erlaubt, indem jede ein Teil eines Unterwäschesets genommen hatte?

Leitungen hingen vom Roulette herab. An deren Ende befand sich jeweils eine Haftelektrode. Die Männer und Frauen halfen sich gegenseitig dabei, sie auf ihre Geschlechter zu kleben, wobei jeder eine andere Stelle bevorzugte. Der Schotte wählte die Penisspitze, der mit den Hotpants dagegen einen seiner Hoden. Marilyn befestigte das Stimulationspad auf ihrer Brustwarze, die Kindfrau auf einer ihrer Schamlippen und die Schwarzhaarige auf ihrem Kitzler. Das Glücksspiel wirkte wie ein Krake, der mit seinen Tentakeln nach den Mösen und Schwänzen der um ihn herumstehenden Personen griff und sich an ihnen festsaugte.

Die Frauen und Männer schienen sich mit dem Coup zu verkabeln. Valentine verstand nicht, was für einen Zweck das haben sollte, und schaute Rhys über die Schulter hinweg stirnrunzelnd an.

Er schenkte ihr ein frivoles, aber warmes Lächeln. »Die Cuvette ist eine Sonderanfertigung. Ich habe sie nach meinen Wünschen umbauen lassen. In dem Sockel, auf dem die Schüssel steht, befindet sich ein Reizstromgerät. Die Intensität kann man an der Seite einstellen, das kannst du von hier aus nicht erkennen.«

»Ich begreife es immer noch nicht ganz.« Dass er unentwegt, ihren Schamhügel liebkoste, machte das Denken für sie nicht gerade einfacher.

»Wenn die Kugel in eine Kammer fällt, löst sie einen elektrischen Impuls aus.« Er amüsierte sich sichtlich darüber, dass sie die Augen aufriss und nach Luft schnappte. »Es ist jedes Mal reines Glück, wer in den Genuss kommt.«

Val keuchte, denn sie stellte sich dieses vermeintliche *Glück* sehr schmerzhaft vor.

Vermutlich erkannte er an ihrer gerümpften Nase, das sie wenig erbaut davon war, denn er beruhigte sie: »Am Anfang ist die Impulsstärke niedrig eingestellt und nicht mehr als ein Zwicken. Nachdem die Kugel zehnmal rotiert ist, wird jedoch die Intensität erhöht. Die Mitspieler können selbstverständlich jederzeit aussteigen. Allerdings bleibt ihnen dann in dieser Nacht verwehrt, zum Orgasmus zu kommen. Nur die letzten beiden dürfen sich vor den Augen aller vergnügen. Der Rest geht leer aus.«

»Daran halten sich alle?« Deutliche Skepsis schwang in ihrer Stimme mit. Ihr würde es ganz klar schwerfallen, die Finger von sich zu lassen, nachdem sie über einen längeren Zeitpunkt erregt worden war. Obwohl Rhys sie in der vergangenen Nacht gevögelt hatte, hatte sie sich den Tag über nur mit Mühe davon abhalten können, sich selbst von der quälenden Erregung zu erlösen, die ihr ständiger Begleiter war, seit sie Rhys kennengelernt hatte.

»Wir unterliegen einem Ehrenkodex und vertrauen einander voll.« Fest packte er ihren Venushügel, als wollte er sie ermahnen, es ebenso zu halten. »Bleiben zwei gleichgeschlechtliche Spieler übrig, dürfen sie entscheiden, ob sie ein wenig homoerotischen Spaß haben wollen oder eine Ménage-à-trois mit der letzten ausgeschiedenen Frau, beziehungsweise dem letzten ausgeschiedenen Mann. Und jetzt strecke deine Arme aus!«

Was meinte er? Während er zu der kleinen Sporttasche ging und etwas herausnahm, tat sie wie befohlen. Unruhig verlagerte sie ihr Gewicht von einem Fuß auf den anderen. Vor ihr rotierte die Kugel das erste Mal durch die Rouletteschüssel und es klang beunruhigend. Je tiefer sie sank, desto schneller lief sie, wie ein sich steigernder Trommelwirbel. Vals Herz passte sich dem Rhythmus an. Als sie einen Aufschrei hörte, flog sie herum. Doch da lachte Mr. Hotpants bereits verlegen. Offensichtlich hatte der Stromstoß weniger wehgetan, als er erwartet hatte, und er schämte sich nun über seine übertriebene Reaktion. Das Netz drückte sich stark in seinen erigierten Schaft. Darunter konnte Val die Elektrode auf seinem Hoden erahnen. Der dünne Mann machte das nächste Spiel. Sein Hals wies rote Flecken auf.

Valentine schrak zusammen, denn Rhys war längst wieder zu ihr zurückgekehrt.

»An deinem Gehorsam müssen wir noch arbeiten.« Grimmig blinzelte er sie an, aber sie glaubte, an dem Glimmen in seinen Augen auch eine gewisse Vorfreude auf die kommende Strafe zu erkennen.

Rasch hielt sie ihm ihre Handgelenke hin, worauf er ihr sogleich zwei Stahlmanschetten anlegte, die dick wie ihre Unterarme und ziemlich schwer waren. Es kostete sie Kraft, sie hochzuhalten. Ösen befanden sich daran. Rhys fädelte einen schwarzen Bindfaden, der durch die indirekte Beleuchtung aus dem Nebenraum nicht sonderlich gut auszumachen war, durch beide und band die Enden zusammen. Fragend schaute sie ihn an. Was sollte das bewirken? Eine richtige Fesselung war das nicht. Es brauchte nicht viel, um den Faden zu zerreißen.

»Und wir fangen gleich damit an, deine Fügsamkeit zu trainieren.« Laszive zwirbelte Rhys den Faden. »Sollte er reißen, wirst du schmerzhaft erfahren, dass es dir nicht guttut, ungehorsam zu sein.«

Ein Kreischen aus dem Separee ließ Valentine zusammenzucken. Es untermauerte auf schauerliche Weise Rhys' Worte. Val riskierte einen Blick und empfand Mitleid mit Dorothy, die wimmernd über das Pad auf ihrer Klitoris rieb. Doch dann fiel ihr auf, dass die Kindfrau selig lächelte.

Rhys zwang Valentine, ihn wieder anzusehen. »Hast du mir nichts zu sagen?«

»Nein. Doch … ich meine, ja. Danke, Sir«, stammelte sie unsicher und abgelenkt durch das Reizstrom-Roulette und die unerwarteten Reaktionen der Spieler. Ihr war heiß. In einer Sekunde wünschte sie sich eine Elektrode an ihre empfindsamste Stelle, in der nächsten wollte sie schützend ihr Kleid vor ihren Körper halten. Aber die Entscheidung lag ohnehin nicht bei ihr und Rhys hatte andere Pläne für sie, denn er legte ihr nun eine Art Stahlkragen um den Hals.

»Acht Kilo, die mit jeder Minute schwerer zu werden scheinen.« Er drückte die beiden Hälften zusammen, sodass der Schließmechanismus in ihrem Nacken einrastete. »Damit du dir permanent meiner Macht über dich bewusst bist. Als würde ich meinen Arm um deinen Hals legen und deine Handgelenke gepackt halten.«

Stattdessen hatte er so die Möglichkeit, andere Dinge mit ihrem Körper anzustellen. Val hielt ihre Handgelenke hoch, als würde sie ein rohes Ei dazwischen balancieren. Theoretisch stellte es kein Problem dar, den Bindfaden nicht zu zerreißen. Praktisch würde Rhys es ihr unmöglich machen, ihn über die Session zu retten, da war sie sich sicher.

Er drehte sie zum Spiegel, damit sie mitbekam, was im Separee geschah. Eng schmiegte er sich an ihren Hintern. Seine Wölbung fühlte sich so hart an, dass Val beeindruckt von seiner Selbstkontrolle war. Statt seiner Lust nachzugeben und sie sofort zu nehmen, hielt er sich zurück – und das fiel ihm sicherlich nicht leicht – und zögerte nicht nur ihren, sondern auch seinen Koitus heraus.

Im Nachbarraum brüllte der Schotte auf. Offenbar hatte

die Kugel ihn für den letzten Stromstoß auserkoren. Er ließ sich nach vorne fallen und stützte sich auf dem Spieltisch auf. Seine Muskeln traten vor Anspannung hervor, während sein Gesicht rot anlief. Sein Glied zuckte. Die Elektrode löste sich an einer Ecke von seiner Eichel, worauf sich die Schwarzhaarige vor ihn kniete und sie sofort wieder anklebte. Lasziv schaute sie zu dem Mann auf. Sie leckte über seine Penisspitze und verdrehte so genüsslich ihre Augen, dass Val vermutete, die herbe Schönheit hatte einen Lusttropfen gekostet.

Als Nächstes suchte das Roulette Marilyn aus. Sie keuchte lediglich, hob die Hand zu ihrem Busen und senkte sie wieder, ohne ihre Brustwarze, die von dem Pad verdeckt war, berührt zu haben.

Plötzlich kniff Rhys Valentine in den Nippel. Sie gab einen missbilligenden Laut von sich, denn es hatte zwar nicht wehgetan, aber sie hatte sich erschreckt. Aus einem Reflex heraus hatte sie ihre Arme hochgerissen. Mit Schrecken stellte sie fest, dass er Faden zwischen den Stahlmanschetten jetzt straff gespannt war.

10

Sie hielt ihre Hände wieder näher zusammen, sodass der Faden locker herabhing, und warf Rhys über die Schulter hinweg einen bösen Blick zu.

Da zwackte er auch schon eine ihrer großen Schamlippen. Diese pochte daraufhin besonders intensiv und fühlte sich heiß an.

Erneut blinzelte Val ihn an. Da nickte er in Richtung des Separees. Erst jetzt nahm sie wahr, dass Dorothy bereits die Nächste gewesen war, die die lustvolle Reizstrombehandlung erhalten hatte. Während die Kindfrau noch die Zähne zusammenbiss, tasteten sich schon ihre Finger zu der Elektrode vor, als wollte sie prüfen, ob sie noch richtig saß. Doch das täuschte sie nur vor, ahnte Val, denn sie strich beiläufig mehrmals über ihren Kitzler.

Auch Rhys streichelte Valentine. Aber er meinte es nicht so gut mit ihr, wie Dorothy mit sich selbst, denn er liebkoste ausschließlich ihre Oberschenkel und ihren Venushügel, nie ihr Geschlecht. Das trieb sie fast in den Wahnsinn! Er fasste sie nur intim an, um sie den Schmerz, den die Mitglieder des Zirkels durch das Glücksspiel erfuhren, genau an denselben Stellen spüren zu lassen. Val besaß zwar keine Erfahrung mit Reizstrom, konnte sich aber denken, dass die bittersüße Tortur, die Rhys ihr zugedacht hatte, nur halb so schlimm war wie das, was die illustre Gruppe im Zimmer nebenan durchmachte. Rhys übertrieb es nie. Er zwirbelte ihre Brustspitzen zwar fest, sodass Val scharf die Luft einsog, doch sobald er losließ, spürte sie nur noch Geilheit. Wenn er einige Sekunden lang Daumen und Zeigefinger auf ihre Klitoris presste, schloss sie ihre Lider und meinte dennoch, Blitze direkt vor sich einschlagen zu sehen. Gab er ihre intimste Stelle wieder frei, stöhnte sie, sowohl erleichtert als auch erregt.

Sobald die Stromstärke am Roulette höher gestellt wurde, kniff auch er fester zu, aber bis dahin hatte sich Valentine schon an die Intensität des Schmerzes zuvor gewöhnt und fühlte sich bereit dazu, mehr zu ertragen. Der mutige Teil von ihr sehnte sich sogar danach, einen Schritt weiterzugehen.

Es gab nur ein Problem – den Bindfaden.

Je berauschter sie wurde, desto schwerer fiel es ihr, sich darauf zu konzentrieren, die Handgelenke nicht zu weit auseinander zu halten. Manchmal zuckte sie, wenn Rhys seine Fingernägel zum Einsatz brachte und sie in ihre Nippel bohrte oder wenn er beim Wegziehen zwischen ihren Beinen wie zufällig ihre Schamlippen kratzte. In einem Moment wollte sie ihn zum Teufel wünschen und wenige Sekunden später schon um mehr betteln. Doch sie tat weder das eine noch das andere, sondern sie schwieg. Alles, was aus ihrem Mund drang, war Stöhnen und Keuchen. Wie eine gehorsame Lustsklavin nahm sie hin, was ihr Herr ihr schenkte. Sie tat das nicht bewusst. Vielmehr war es eine natürliche Reaktion, als hätte sie ihre Bestimmung gefunden. Im Grunde, wurde ihr klar, tat Rhys ihr nur das an, was sie seit Langem herbeigesehnt hatte.

Offensichtlich wurde toleriert, wenn sich die Spieler streichelten, denn inzwischen ließen sich alle, nachdem der Strom ihre Intimstellen gezwackt hatte, selbst Zärtlichkeiten zukommen. Beruhigend kreisten ihre Fingerspitzen über das Stimulationspad oder liebkosten eine Stelle direkt daneben.

Manche rieben auch ihren Kitzler oder ihren Schwanz, doch niemand brachte sich zum Höhepunkt.

Aber es gab für jeden eine Grenze der Erträglichkeit. Nacheinander stiegen die Spieler aus, trotz der beruhigenden Selbstbefriedigung. Mit einem enttäuschten Seufzer rissen sie sich die Elektrode vom Leib, traten zurück und ließen sich mit grimmigen Mienen auf die Stühle fallen. Valentine empfand Mitleid mit ihnen, denn sie würden, so Rhys, in dieser Nacht keine Erlösung ihrer Lust finden, die durch das Roulette über einen langen Zeitraum angestachelt worden war.

Unerwartet zog Rhys Valentine vom Spiegel fort. Er drängte sie mit dem Rücken gegen die Wand, hob ihre Arme an, was Val dazu veranlasste, mit aufgerissenen Augen auf den Bindfaden zu starren, und wickelte das Garn einmal um einen der drei Garderobenknaufe. Nun musste sie noch mehr aufpassen! Jede noch so zaghafte Bewegung konnte den Zwirn zerreißen und eine Strafe nach sich ziehen, die weitaus mehr wehtat als das Kneifen vorhin.

Er stützte sich rechts und links neben ihrem Kopf ab und kaum mit seinem Gesicht so dicht an sie heran, dass sein Atem ihren Mund kitzelte. »Ich werde dich jetzt schlagen. Überall.«

Valentine runzelte ihre Stirn. *Überall*, was sollte das heißen? So, wie sie jetzt stand, kam er ja nicht einmal an ihren Hintern heran. Spanking war das Erste, an das sie gedacht hatte. Nun fiel ihr ein, dass manche Herren ihre Dienerinnen ohrfeigten, um sie zu erniedrigen. Rhys würde doch wohl nicht ihre Wange mit seinem Handabdruck zeichnen? Unruhig verlagerte Val ihr Gewicht von einem Fuß auf den anderen. Die High Heels drückten mit einem Mal. Ein unwohles Gefühl breitete sich in ihrem Magen aus.

»Und mehr.« Sinnlich fuhr er mit seinen Fingern an ihrer Seite auf und ab.

Was meinte er nun wieder damit? Fieberhaft dachte sie darüber nach, was er mit ihr vorhaben könnte, und kämpfte gegen den Kitzel an, den er immer dann verursachte, wenn er ihrer Achselhöhle nah kam. Ängstlich schaute sie zu ihrer hauchdünnen Fesselung auf, verärgert darüber, dass er sie, Val, in Gefahr brachte. Im nächsten Moment machte sie sich bewusst, dass sie allein ihm die Macht über sich verlieh, worauf ihr Ärger sogleich verpuffte. Sollte es ihr zu viel werden, konnte sie jederzeit das grausame Safeword – Loser – aussprechen. Wollte sie das? Auf keinen Fall! Obwohl dieses Gefühlschaos wie ein Sturm in ihr wütete, war ihr dennoch eines ganz klar: Sie wünschte sich, nirgendwo anders zu sein als bei Rhys. Er kettete sie mit seiner dunklen Lust an sich und ließ ihre Fantasien wahr werden.

Als seine flache Hand ihren Busen traf, tauchte sie aus ihren Gedanken auf. Erst durch den sanften Schmerz war sie wieder vollkommen im Hier und Jetzt. Ihr Geist war hellwach, hochkonzentriert und in Alarmbereitschaft. Valentine konnte kaum fassen, dass Rhys sie an dieser intimen Stelle schlug. Immer wieder. Das Klatschen klang obszön. Das Wackeln ihrer Brüste war ihr peinlich. Ihr Stöhnen noch mehr. Ein köstliches Ziehen breitete sich in ihrem Oberkörper aus. Seine Hiebe wurden fester. Die letzten drei Male taten sie wirklich sehr weh, doch Rhys ließ ihr dazwischen mehr Zeit, um sich zu erholen, als zuvor.

Immer wieder schaute Val zu dem Faden auf. Sie versuchte, sich an dem Knauf festzuhalten, aber das ließ Rhys nicht zu.

»Lass das!« Seine Hand klatschte auf ihren Bauch, nicht barbarisch, aber sie spürte es dennoch bis in ihre Eingeweide. Es war ihr, als würde er auf mystische Weise in sie hineingreifen und ihre Organe anfassen, um ihr zu beweisen, dass er ihren gesamten Körper kontrollierte.

Während Valentine skeptisch beobachtete, wie er einen Stuhl holte und neben sie stellte, kitzelte ein Schweißtropfen sie, der dort herablief, wo Rhys sie zuvor mit seinen Fingern gekitzelt hatte. Es wurde zunehmend mühsamer, die schweren Manschetten hochzuhalten. Sie wusste nicht, wie lange sie das noch schaffen konnte. Der Metallring um ihren Hals drückte schwer auf ihren Nacken und ihre Schultern. Sie fühlte sich erschöpft und hätte sich am liebsten einfach zu Boden gleiten lassen. Aber noch riss sie sich zusammen. Sie fürchtete sich vor einer Strafe, war jedoch auch ein wenig neugierig darauf, wie genau diese aussah und ob sie sie würde ertragen können.

Behutsam stellte Rhys ihren linken Fuß auf den Stuhl. Da sie eine schlimme Befürchtung hatte, versuchte sie, ihre Schenkel wieder zu schließen, um ihre empfindlichste Stelle zu schützen.

Doch er zwang ihre Beine auseinander, legte eine Hand unter ihr Kinn und übte sanften Druck aus. »Ich könnte auch einfach an deinem Arm ziehen, damit der Bindfaden zerreißt.«

Sie rang nach Luft. »Das wäre nicht gerecht!«

»Was gerecht ist und was nicht, liegt allein im Ermessen deines Herrn.«

Sie presste ihre Lippen aufeinander, damit sie ihre Verwünschungen nicht aussprach. Wann immer ihm danach war, konnte er eine Bestrafung provozieren. Sie war seinen Launen hilflos ausgeliefert. *Loser.* Nein, sie würde die Reißleine wirklich nur im Notfall ziehen, das hier war keiner.

Mit einem diabolischen Lächeln setzte er Schlag um Schlag auf ihren Oberschenkel. Das Klatschen übertönte fast die

Schmerzensschreie im Nebenzimmer. Je näher Rhys ihrer Möse kam, desto schneller pochte ihr Herz. Sie ballte ihre Hände zu Fäusten, prüfte das Garn und schaute wieder bang an sich hinab. Die Haut auf ihren Brüsten, ihrem Bauch und ihrem Schenkel war gerötet und warm. Sie prickelte angenehm. Das Blut rauschte durch ihre Spalte, allein vor Furcht, weil die Hiebe inzwischen dicht an ihrer Scham waren. Valentine zuckte jedes Mal zusammen. Lusttropfen rannen an ihren Beinen hinab, wofür sie sich weitaus mehr geschämt hätte, wäre die Angst davor, dass Rhys ihr Geschlecht schlagen könnte, nicht so gewaltig gewesen.

Ihr Brustkorb hob und senkte sich aufgeregt. Der Zwirn spannte sich. Im Separee spielten die letzten drei Personen darum, in dieser Nacht einen Orgasmus haben zu dürfen, in dem sie einer höheren Dosis Reizstrom trotzten als ihre Konkurrenten.

Als Rhys' flache Hand ihre Möse traf, gab Valentine einen erstickten Aufschrei von sich. Sie musste husten, sodass Rhys mit seinem zweiten Schlag etwas wartete. Doch sobald sie wieder ruhig atmete, legte er sofort nach. Val war unfähig, mitzuzählen. Die Lust überwältigte sie. Der Tabubruch war wie Öl, das man ins Feuer goss. Aber die bittersüße Behandlung wurde zunehmend unangenehmer. Sie schob ihr Becken zur Seite, aber da sie an der Garderobe festgebunden war, hatte sie zu wenig Spielraum. Natürlich hätte sie den Faden zerreißen können, doch so leicht gab Val nicht auf und hielt tapfer durch, erstaunt über ihre Leidensfähigkeit und die Geilheit, die die Qual in ihr hervorrief.

Rhys hörte so abrupt auf, wie er angefangen hatte. Zurück blieb ein stürmisches Pulsieren. Ihr Schoß schien in Flammen zu stehen. Hätte Rhys sie jetzt gefickt, wäre sie innerhalb weniger Stöße gekommen.

Doch er hielt ihr Kinn fest, schenkt ihr ein warmes Lächeln und küsste sie auf den Mund, so zärtlich, wie sie es nach seinen Androhungen und wohldosierten Grobheiten nicht erwartet hatte. Er schmeckte köstlich, so durch und durch männlich, gehaltvoll und schwer wie die Zigarren, die ihr Vater bei besonderen Gelegenheiten rauchte.

Plötzlich spürte sie einen Schmerz an der Leiste. Nur kurz. Dann ein Brennen. Instinktiv senkte Val ihre Arme, riss sie jedoch rechtzeitig wieder hoch, bevor das Garn riss. Ihr Puls raste vor Schreck.

Rhys lachte leise und verführerisch in ihren Mund hinein und löste sich von ihr. Er präsentierte ihr einen Ring, den er am Zeigefinger trug und der über zwei spitz zulaufende Fortsätze verfügte, die über seinen Finger hinausragten. »Ein Catnail.«

Überrascht und unsicher, was sie davon halten sollte, betrachtete Valentine das Folterinstrument. Ihre Prüfung war offenbar noch lange nicht vorbei. Dabei hatte sie so sehr gehofft, Rhys würde endlich gierig über sie herfallen.

Sachte strich er damit über ihren Busen und hinterließ zwei parallel laufende rote Spuren auf ihrer Haut. »Dein blasser Teint schreit förmlich danach, gezeichnet zu werden.«

Als sich die Stahlkrallen ihrer Brustspitze näherten, zitterte Val. Doch Rhys war gnädig mit ihr und übte kaum Druck aus, während er mit den Spitzen ihren Warzenhof umrundete. Behutsam schabte er über ihren Nippel, aber das alleine reichte schon, um Val schneller atmen zu lassen. Gequält verzog sie ihr Gesicht. Als er mit den Katzenkrallen über ihren Bauch tiefer fuhr, stieß sie erleichtert die Luft aus. Doch kaum hatte sie sich etwas entspannt, hinterließ er einen Kratzer, aus dem sogar ein winziger Blutstropfen austrat.

Bang beobachtete sie, wie Rhys sachte ihren Venushügel

mit dem Catnail streichelte. Es tat überhaupt nicht weh. Quälend war nur die Angst, er könnte zwischen ihre Schenkel gleiten. Und das tat er dann auch. Allerdings traktierte er bisher nur ihren Oberschenkel. Sie bebte immer mehr. Der Faden zwischen den Handmanschetten spannte sich, sie führte ihre Arme wieder zusammen und vergaß bald erneut, darauf zu achten. Unbarmherzig ritzte Rhys ihre Haut ein, allerdings nur oberflächlich. Dann und wann schabte er über ihre äußeren Schamlippen, jedoch stets nur mit der Rückseite der Stahlkralle. So gnädig, wie das im ersten Moment auf Val wirkte, so teuflisch war es in Wirklichkeit, erkannte sie irgendwann. Denn er schonte sie gar nicht, sondern heizte ihre Angst an. Wann würde er sie auch die Spitze der Katzenkrallen an ihrer empfindlichsten Stelle spüren lassen? War es nicht nur eine Frage der Zeit? Falls sie nicht vorher den Zwirn zerriss. Dann würde er bestimmt diese Tortur abbrechen, um sie für ihren Ungehorsam zu bestrafen.

Um sich von dieser nagenden Furcht abzulenken, spähte sie ins Separee. Dort nickten sich gerade die beiden verbliebenen Mitspieler zu, der Schotte und Mr. Netzpants, und winkten Marilyn zu sich. Anscheinend zogen sie eine Ménage à trois einem homoerotischen Zweier vor.

Sie entfernten die Elektroden. Der Schlanke öffnete einige Druckknöpfe im Schritt seiner Hose, worauf ein Schlitz entstand, aus dem sein Schaft herausschnellte und sich aufrichtete, und legte sich mit dem Rücken auf den Roulettetisch. Lachend stieg die Blondine auf den Tisch, kniete sich in Höhe seines Glieds über ihn und senkte ihr Becken Stück für Stück darauf hinab. Kaum dass sie ganz auf ihm saß, fickte sie ihn einige Male und verdrehte genüsslich ihre Augen. Dann lehnte sie sich nach vorne, schmiegte sich an Mr. Hotpants, der die Arme innig um sie schlang, und spreizte gleichzeitig mit den Händen ihre Pobacken. Der Schotte kniete sich zwischen die Beine des Mannes, verrieb Speichel auf seinem Phallus und führte seine Penisspitze zu Marilyns Ringmuskel. Ganz langsam drang er mit der Eichel ein. Er wartete einige Herzschläge. Dann glitt er weiter hinein. Erneut verharrte er regungslos. Er zog sich zurück und stieß geschmeidig seinen Schwanz bis zur Hälfte hinein. Beruhigend kraulte er ihren Rücken. Ihre Miene verzog sich, aber Val konnte nicht sagen, ob vor Schmerz oder vor Lust, vermutlich beides.

Als der Schotte sie unter den Blicken der ausgeschiedenen Zirkelmitglieder sanft anal nahm und dabei immer tiefer eindrang, keuchte Marilyn. Nach einer Weile hob sie ihr Becken an und der Netzbody fickte sie von unten. Sie schloss die Lider und schien es einfach nur noch zu genießen, dass ihre beiden Öffnungen gleichzeitig penetriert wurden.

Neidisch sah Valentine dem obszönen Treiben zu und erregte sich daran. Ihr privater Liveporno. Noch nie hatte sie solche Zügellosigkeiten beobachtet, und dann auch noch aus der Nähe. Sie zerfloss beinahe bei dem Anblick. Ihre Feuchtigkeit benetzte die Innenseiten ihrer Oberschenkel. Deshalb merkte sie erst, dass Rhys sie nicht mehr mit dem Catnail kratzte, als er schnaubte und zu seiner Tasche ging. Aufgebracht warf er den Ring mit den Stahlkrallen hinein, ob er etwas entnahm, konnte Val nicht sehen.

»Wenn ich mit dir spiele, erwarte ich, dass du dich auf mich konzentrierst. Mal sehen, ob dich das hier dazu bringen wird, ganz bei mir zu sein.« Als er zu ihr zurückkehrte, trat er so fest auf, als wollte er etwas oder jemanden unter seinen Schuhsohlen zermalmen.

Rhys öffnete seine Hose und ließ sie achtlos fallen. Imposant ragte sein praller Schwanz, den Val bisher nur von hinten gespürt, aber nicht gesehen hatte, von seinen Lenden ab. Er trug keinen Slip und schien frisch rasiert zu sein. Ohne zu zögern presste er sie gegen die Wand. Mit einem lustvollen Seufzer schob er sie hoch, indem er seine Arme unter ihre Oberschenkel führte. Die Muskelstränge an seinem Hals traten hervor, als er Val auf seinen Schaft herabließ.

Erschrocken hielt sie sich an seinen Schultern fest. Dadurch zerriss der Faden, doch Rhys war zu aufgebracht und erregt, um es zu bemerken. Sie schwebte in der Luft und wurde lediglich von Rhys gehalten. Und seinem harten Glied, auf dem sie saß. In geschickten Wellenbewegungen schaukelte sein Unterleib vor und zurück. Zuerst drang er so sanft in sie ein, dass die sich langsam steigernde Lust sie schier verrückt machte. Sie wollte es härter und schneller, war aber seinem Willen machtlos ausgeliefert und konnte nichts anderes tun, als sich an ihm festzukrallen.

Doch er atmete immer heftiger, nicht allein vor Anstrengung, sondern weil er immer erregter wurde, was Val daran erkannte, dass er die Lider schloss, eine Ader auf seiner Schläfe hervortrat und dass er jedes Mal, wenn er in ihre feuchte Öffnung hineinglitt, stöhnte. Rhys war so unglaublich schön, wenn er geil war! Er ließ sich fallen, ging ganz in diesem Moment der Wollust auf und pumpte leidenschaftlich. Val liebte es, ihn zu betrachten, doch bald war sie kaum mehr dazu in der Lage, weil er sie nun mit stürmischen Stößen rasch auf den Höhepunkt zutrieb.

Berauscht krallte sie ihre Finger in seinen Nacken, aber ihn schien das nicht zu stören oder er spürte es nicht einmal. Sie schwebte auf seinen starken Armen, während er die ganze Arbeit tat und sie hemmungslos vögelte. Mit »Liebe machen«, wie sie Sex mit ihren Exfreunden bisher nur kennengelernt hatte, hatte das zwar nichts zu tun, trotzdem glomm eine Wärme in Valentines Innerem, die bei einem anonymen Fick, so vermutete sie, nicht vorhanden gewesen wäre. Dabei kannte sie Rhys doch gar nicht. Sie wusste nichts von ihm. Doch er tat mit ihr, was er wollte, und erfüllte dennoch ihre geheimsten erotischen Wünsche. Aber war das nicht zu gut, um wahr zu sein?

Als der Orgasmus durch sie hindurch brandete, drückte sie Rhys' Gesicht in ihre Halsbeuge. Sie hielt sich an ihm fest, wie jemand, der kurz vor dem Ertrinken stand und in letzter Minute ein Stück Treibholz zu greifen bekam. Sie glaubte, das ekstatische Pochen seines Herzens und das Pulsieren seines Schwanzes in ihrer Mitte zu spüren. Vielleicht war es auch nur ihr eigener Puls und ihre Möse. Als der Höhepunkt kein Ende nehmen wollte, wurde ihr eins bewusst: Blümchensex allein würde sie nie wieder befriedigen.

Erst als Rhys nach Luft japste, bemerkte sie, dass auch sie ihm den Atem raubte.

11

Vor Verärgerung ballte Rhys seine Hand zur Faust. Hatte er es doch geahnt! Er spähte ein letztes Mal durch den Türspalt auf den Parkplatz hinaus, dann schloss er den Personaleingang leise. Es war unschwer zu erraten, auf wen der Mann wartete, der dort draußen im Wagen saß und lautstark Hillbilly Musik hörte. Denn es handelte sich um denselben Kerl, der sie zu Schichtbeginn hergefahren hatte.

Seine Valentine.

Erneut wehrte sich Rhys gegen diesen besitzergreifenden Gedanken. Während der Session gehörten ihr Körper und ihre Gefühlswelt ihm. Darüber hinaus war sie ein freier Mensch. So sollte es auch sein. Genauso wollte er es. Nichts lag ihm ferner als eine feste Beziehung.

Es war unfair, aber er fühlte sich wie ein wildes Tier, das zwar selbst ungebunden umherstreifte, aber eine Beute ins Visier genommen hatte, die ihm zustand – ausschließlich ihm. Er hatte Val bereits mit seinem Duft markiert und er teilte seine Beute nicht.

Das ist doch widersinnig, schalt er sich selbst. Seine Gedanken verwirrten ihn.

Alles in ihm sträubte sich dagegen, sich an eine Frau zu binden. Trotzdem wollte er Val an sich fesseln und zwar mit den dicksten und schwersten Ketten, die er auftreiben konnte. So funktionierte SM aber nicht. Stets hatte er sich verantwortungsvoll verhalten, und so sollte es auch bleiben. Er würde nicht mehr von seiner Lustdienerin verlangen, als er selbst bereit war zu geben. Seit damals hatte sich sein Verlangen auf erotische Treffen beschränkt, auf das Ausleben von speziellen und äußerst delikaten Neigungen, die gegensätzlich waren und gerade deshalb perfekt ineinandergriffen wie Zahnräder.

Noch nie hatte er einer Gespielin hinterherspioniert. Er kam sich vor wie ein verliebter Gockel, dabei war er zu einem Gefühl wie Liebe gar nicht mehr fähig und das war gut so. Was tat er hier eigentlich? Er machte sich zum Narren und wurde seinen Grundsätzen untreu.

Deshalb zog er die Notbremse und wandte sich von der Hintertür ab, um einen Nachttrunk mit Jacob einzunehmen.

Plötzlich kam Valentine auf ihn zu. Das erste Mal sah er sie in Straßenkleidung. Die Absätze ihrer Riemchenschuhe klackerten auf dem Boden. Eine Röhrenjeans schmiegte sich eng an ihre langen, schlanken Beine. Ein rosafarbener Büstenhalter schimmerte durch den weißen Stoff ihres Trägershirts. Über der Schulter trug sie eine große, bunte Handtasche.

Brummig verschränkte er die Arme vor dem Brustkorb. »Ab sofort wirst du darauf achten, dass du entweder einen BH in derselben Farbe wie dein Oberteil auswählst oder, noch besser, ein Shirt aussuchst, das blickdicht ist.«

Val blieb vor ihm stehen und hob die Augenbrauen. Mit gerunzelter Stirn schaute sie an sich herab. »Die Farbe ist doch dezent.«

»Man siehst die Cups.« Und auch ein wenig von dem, was seinem Blick vorbehalten sein sollte. Ungeniert schob er Zeige- und Mittelfinger in ihren Ausschnitt und zeichnete ihre Hügel nach.

»Aber …«

Sachte zwickte er in ihren Busen. »Habe ich mich klar ausgedrückt?«

»Ja, Sir.« Val keuchte. Ihr Blick flackerte, als würde in ihrem Inneren die Flamme, die er durch seinen wilden Ritt gelöscht hatte, schon wieder brennen.

Herrje, er verhielt sich ja, als wäre die Session noch nicht vorbei. Dabei beschränkte er die Unterwerfung seiner Sub immer auf den Abend. Nie länger! Er lebte seine Dominanz nur in Spielbeziehungen aus. Diese auf vierundzwanzig Stunden an sieben Tagen die Woche auszudehnen, war seiner Meinung nach ungesund, sehr ungesund – eine tödliche Gefahr.

Vals Augen bekamen einen ihm wohlbekannten Glanz. Es würde nicht viel brauchen, um sie auf die Knie zu zwingen und erneut in einen Strudel aus Angst, Lust und bittersüßem Schmerz hineinzuziehen. Diese Gewissheit verschaffte ihm ein wenig Genugtuung. Nur mit Mühe, denn allzu gerne hätte er dem Kerl da draußen Valentine vor der Nase weggeschnappt, ließ er sich nicht von diesem Machtgefühl verführen. Das Risiko war zu groß, ebenfalls von der Strömung mitgerissen zu werden und die Kontrolle zu verlieren.

Er hätte zur Seite treten und sie gehen lassen sollen, doch sein Ego brachte ihn dazu, sie mit dem Rücken gegen die Wand zu drängen. Nicht brutal, aber dennoch recht grob legte er seine Hand an ihre Kehle und drückte von unten gegen ihren Kiefer, sodass sie ihren Hals strecken und ihn ansehen musste. »Ich hätte nicht gedacht, dass du eine Biene bist, die von Blume zu Blume fliegt.«

»Wie bitte?« Weder versuchte sie, seinen Arm wegzuziehen, noch sich zu befreien, sondern sie unterwarf sich ihm, was das Blut in seine Lenden pumpte.

»Du ziehst sofort weiter zur nächsten Verabredung, obwohl du noch feucht zwischen den Schenkeln bist.«

»Wie kommst du darauf?« Sie hatte Probleme zu sprechen, doch er ließ nicht locker. Sollte sie ruhig seine Wut spüren und ebenso seine Erektion. Er presste sein Geschlecht an ihren Unterleib, worauf sie vor Erregung schwerer atmete. »Wer ist der Kerl auf dem Parkplatz, dein privater Taxifahrer?«

Ihr Lachen amüsierte ihn keineswegs, es steckte ihn auch nicht an, sondern es brachte ihn schier zur Weißglut. Als sie jedoch sagte: »Mein Dad«, spürte er, wie Scham ihn übermannte, und ließ von ihr ab.

Er glaubte keine Sekunde, dass sie ihn anlog, denn sie strahlte eine entwaffnende Ehrlichkeit aus. Wie dumm er gewesen war, wurde ihm erst jetzt klar. In seiner Eifersucht hatte er bloß an einen Nebenbuhler denken können. Nun schämte er sich in Grund und Boden, auch dafür, grob zu ihr gewesen zu sein, denn nicht nur Lust hatte ihn dazu verleitet, sondern auch purer Egoismus und der Teil seiner Dominanz, der dunkel und gefährlich war.

Schmunzelnd trat sie an ihn heran und küsste ihn auf die Wange, was ihn derart erstaunte, dass er sich nicht rührte. Sie machte nicht den Fehler, ihn auf seine Eifersucht anzusprechen, sondern sagte lediglich: »Ich habe keinen Freund und auch sonst niemanden, mit dem ich ausgehe. Mein Wagen hat Probleme gemacht. Ich musste ihn heute früh in die Werkstatt bringen. Erst morgen Vormittag kann ich ihn wieder abholen. Deshalb habe ich meinen Dad gebeten, mich zur Arbeit zu bringen und abzuholen.«

»Entschuldige.« Die Worte schienen an seinem Gaumen zu kleben. »Ich …«

»Schon gut.« Sie schaute ihn an, als erwartete sie, dass er sie küssen würde, doch er wagte es nicht. Nicht ihretwegen, sondern wegen der unüberschaubaren Konsequenzen. Ein Dominus musste immer die Kontrolle behalten. Das war in einer Beziehung unmöglich. Und ein Kuss gehörte in die Welt von Liebenden, nicht in den Mikrokosmos von Dominanz und Unterwerfung. Aber er hatte sie schon geküsst. Wahrscheinlich war das ein Fehler gewesen. Er hatte ein falsches Zeichen gesetzt.

Sie lächelte unsicher, machte einige Schritte auf die Tür zu und drehte sich noch einmal um. »Was ist mit dir?«

»Was meinst du?«

»Bist du liiert?«, fragte sie mit überraschend fester Stimme.

Er schüttelte den Kopf. »Das spielt keine Rolle.«

»Für mich schon.«

Sein Herz pochte. Er fürchtete, sie machte sich falsche Hoffnungen.

Doch sie meinte es glücklicherweise anders. »Ich möchte mit keinem Mann schlafen, der in festen Händen ist. Das kann ich nicht. Und will es auch nicht. Nicht nur meinetwegen, sondern ebenso wegen der anderen Frau.«

»Und wenn ich eine offene Beziehung führe?«, fragte er grimmiger als beabsichtigt.

»An so etwas glaube ich nicht. Das geht über kurz oder lang immer schief.« Plötzlich veränderte sich ihre Miene. Sie wirkte verunsichert. »Hast du andere Sklavinnen neben mir? Nicht die Mitglieder des Zirkels, sondern Subs, die du erziehst?«

Er wünschte, sie würde gar nicht darüber nachdenken. Selbst das ging ihm schon zu weit. »Das musst du nicht wissen.«

»Doch, bitte.« Eng drückte sie die Tasche an ihren Bauch.

»Es würde nichts an unserer Vereinbarung ändern«, bemühte er sich, so neutral wie möglich zu erwidern.

»Vereinbarung? Das klingt so«, sie schnaubte, »geschäftlich.«

»Ich führe dich in die Welt von BDSM ein, du unterwirfst dich meinem Willen, ich lasse dich auf lustvolle Art und

Weise leiden und schenke dir für deinen Gehorsam Höhepunkte, die dir auf ewig im Gedächtnis bleiben werden. Danach trennen sich unsere Wege wieder. Nichts, was da draußen passiert«, er zeigte zur Tür, »wer wir sind oder was wir tun, ist wichtig zwischen uns. Es zählt einzig und allein, was in unserem privaten Darkroom geschieht – ob du mir gehorchst, ob ich Lust darauf habe, dich zu bestrafen, selbst wenn du folgsam bist, und ob du trotz der Furcht, der Ungewissheit, der Schmerzen und der Anstrengung wiederkommen möchtest. Ist das der Fall?«

Sie nickte so eilig, dass er beinahe geschmunzelt hätte, aber er zügelte sich, um ihr keine falschen Signale zu schicken.

»Dann vergiss, wer du im Alltag bist, und frage auch nicht, wer ich bin, denn während der Session definieren wir uns anders.« Er erkannte die Skepsis in ihrem Blick. Wie er nun mit seinem Daumen über ihre Unterlippe fuhr, hatte nichts Sinnliches. Es wirkte viel zu professionell, zu routiniert und zu distanziert für die Situation. Beinahe schämte er sich. »Sieh das als Vorteil. Du kannst dich vollkommen fallen lassen und sein, wer du sein möchtest. Jetzt fahr heim. Schlaf gut.«

»Ja«, sagte sie kaum hörbar. »Gute Nacht.«

Er verließ sie übereilt, bevor sie misstrauisch nachhaken konnte, warum er sie nach dem Mann gefragt hatte, der auf dem Parkplatz auf sie wartete, wenn es doch keine Rolle spielte. Aber er hatte nicht nur sie, sondern auch sich selbst an seine Regeln erinnern müssen. Er hatte ja gesehen, wozu er fähig war.

Rhys wollte Valentines Leben nicht aufs Spiel setzen!

12

Rhys hatte ihr wehgetan. Nicht mit seinem Griff an ihren Hals, sondern mit seinen Worten: *»Ich führe dich in die Welt von BDSM ein. Danach trennen sich unsere Wege wieder.«*

So lautete ihr Deal, ja. Aber wenn er sich nur während der Sessions für sie interessierte und nicht darüber hinaus, warum hatte er dann etwas dagegen, wenn sie sich mit anderen Männern traf?

Das fragte sich Valentine, als sie das Lenkrad ihres Kleinwagens fester packte und Gas gab, um über die Kreuzung zu kommen, bevor die Ampel auf Rot umschlug. Wenn sie jetzt aufgehalten werden würde, konnte sie ihr Vorhaben vergessen und gleich nach Hause fahren.

Immer wieder ging sie in Gedanken das letzte Gespräch mit Rhys durch. Sie war verwirrt über seine Schroffheit gewesen, aber nicht so sehr, dass ihr seine Unsicherheit verborgen geblieben wäre. Doch seine harsche Zurechtweisung hatte ihr deutlich gemacht, dass er ihr nichts über sich erzählen würde, egal wie sehr sie nachbohren würde.

In letzter Sekunde bretterte Val über die Kreuzung. Plötzlich bogen gleich zwei Autos vor ihr auf den Parkplatz einer der unzähligen Hochzeitskapellen ein, für die viele Gäste extra anreisten, da man in Nevada schnell und unkompliziert heiraten – aber auch sich scheiden lassen – konnte. Nun hatte sie keinen Sichtschutz mehr. Abrupt bremste Val ab, froh darüber, dass niemand hinter ihr fuhr, denn derjenige wäre garantiert aufgefahren. Ihr Herz raste, als sie sich absichtlich zurückfallen ließ und einem Pick-up, der an einer Tankstelle darauf wartete, sich in den Verkehr einzufädeln, mit Lichthupe signalisierte, dass sie ihn vorlassen würde.

Erleichtert über den neuen Puffer stieß Valentine die Luft aus. Glaubte Rhys etwa, dass sie ihn attraktiver fand, wenn er der geheimnisvolle Dominus blieb? Dass die Tatsache, er könnte abseits des *Decadency* ein langweiliger Geschäftsmann mit einem normalen Alltag sein, sie ernüchtern würde? Sie hatte die Pubertät lange hinter sich gelassen und träumte keineswegs von einem Ritter auf einem weißen Ross, sondern war sich sehr wohl bewusst, dass Rhys Snowden ebenso auf die Toilette gehen musste wie der Rest der Bevölkerung. Mochte er im Alltag auch nichts Besonderes sein, so blieb er doch besonders für sie, weil seine strenge Hand und sein fantasievolles Liebesspiel sie erregten, wie kein Sex zuvor.

Das Ziffernblatt auf ihrer Armbanduhr verschwamm, als Val nachschaute, wie spät es war. Müde rieb sie über ihre Lider. Ihre Augen brannten. Normalweise schlief sie um drei Uhr morgens längst. Aber sie hätte ohnehin keine Ruhe gefunden. Immer wieder stellte sie sich vor, wo und wie Rhys lebte. Dabei ging es ihr nicht um seinen Status, sondern sie hätte gerne mehr über ihn als Mann erfahren. Welche Farbe mochte er am liebsten? Wohnte er modern oder rustikal? Las er die Times oder eher erotische Bücher oder gar beides? Kochte er selbst oder hatte er Personal? Weißwein oder Rotwein? Hausschuhe oder bloße Füße? Schlafanzug oder nackt? Dinge, die man über jemanden, an den man ständig denken musste, wissen wollte.

Vor einigen Wochen hatte sie sich entschieden, selbstständig zu werden und ihr Leben anzupacken. Deshalb war sie bei ihren überfürsorglichen Eltern ausgezogen, und darum hatte sie sich in dieser Nacht von ihrem Vater zwar nach Hause fahren lassen, war aber dort sofort in ihr eigenes Auto gestiegen und zurück zum Kasino gefahren. Erfreulicherweise brauchte sie nicht lange zu warten, bis er das Gebäude verließ.

Ihr Puls beschleunigte sich, als sie in eine Stichstraße mit Eigenheimen einbog, denn sie ahnte, dass sie ihr Ziel beinahe erreicht hatte. Ihr Wagen war gar nicht defekt gewesen. Sie hatte lediglich »ihre Schwäche« vor Rhys verheimlicht, indem sie ihn angelogen hatte. In Wahrheit hatte ihr Dad sie am Vormittag zu der Einrichtung gebracht, in der sie ihre »Medizin« bekam, und danach zur Arbeit, weil ihr nach dem »Doping« manchmal etwas schwindelig war.

Was sie jedoch wirklich dazu veranlasste, Rhys in diesem Moment in ihrem Fahrzeug heimlich zu folgen, war, dass die Vorstellung sie quälte, eine andere Frau könnte die Hauptrolle in seinem Leben spielen. Wenn er keine Ehefrau, keine Freundin oder Lustdienerin hatte, warum sagte er das nicht einfach? Bewies seine Verschwiegenheit nicht, dass er sich neben ihr noch mit jemand anderem traf? Wie würde sie reagieren, wenn sich herausstellte, dass er verheiratet war?

Plötzlich hielt er an. Er stellte sein chromglänzendes Coupé am Straßenrand ab. Damit hatte Valentine nicht gerechnet. Sie drosselte das Tempo, konnte aber nicht wenden, ohne Rhys aufzufallen.

Warum fuhr er nicht auf eines der feudalen Anwesen? Besaß er keinen Schlüssel für eins der Tore? Hatte er womöglich Val im Rückspiegel entdeckt und wollte sie nun stellen?

Sie kannte Weeping Willow, wenn auch nur von der Durchfahrt. Weiße, mit Stuck verzierte Häuser, in denen gut Betuchte wohnten, aber keine Superreichen, machten dieses Viertel aus. Gepflegter englischer Rasen in den Vorgärten.

Die Grundstücke wurden nicht von Mauern eingerahmt, wohl aber von Zäunen. Lebte Rhys womöglich gar nicht hier, sondern besuchte nur jemanden? Nachts um drei Uhr? Hatte er spontan Sehnsucht nach seiner Geliebten verspürt?

Langsam, um keine Aufmerksamkeit zu erregen, fuhr Valentine an ihm vorbei. Sie wagte kaum zu atmen. Nicht auszudenken, wenn er sie erwischte! Vermutlich würde er sie nie wiedersehen wollen und sich vielleicht sogar bei Jacob Bilbray über sie beschweren. Er stieg gerade aus. Glücklicherweise warf er einen Blick auf das herrschaftliche Gebäude hinter sich. Als er sich umdrehte, um die Fahrertür zu schließen, war sie schon an ihm vorbei. Nervös schaute sie in den Rückspiegel. Er sah ihr hinterher! Ihr Herz setzte einen Schlag aus. *Oh, nein*, dachte sie und keuchte. Doch da wandte er sich ab und schloss das Gittertor auf, um sogleich hindurchzugehen.

Laut stieß Val die gesamte Luft aus ihren Lungen aus. Sie fuhr rechts ran und stellte den Motor aus. Einen Moment lang massierte sie ihre Schläfen und versuchte, sich zu beruhigen. Dann begann das Grübeln erneut. Rhys hatte einen Schlüssel zu dem Anwesen, folglich musste er dort zu Hause sein. Blieb noch die Frage, warum er draußen parkte. Ihr blieb nichts anderes übrig, als zu prüfen, welcher Name auf dem Klingelschild oder dem Briefkasten stand.

Ihr schlechtes Gewissen meldete sich. Ging das, was sie hier tat, nicht zu weit? Aber zum einen plante sie ja nicht, bei ihm einzubrechen, und zum anderen trug er selbst die Schuld daran, dass sie sich wie eine Stalkerin verhielt. Täte er nicht so geheimnisvoll und wäre er nicht so verschlossen, müsste sie ihn auch nicht bespitzeln, um herauszufinden, wer dieser Mann war, der sie verzaubert hatte.

Aufgeregt verließ sie ihr Fahrzeug. Sie wünschte, sie hätte

sich die Zeit genommen, zu Hause ihre Pumps gegen Turnschuhe zu tauschen. Ihre Füße taten weh und das Klacken der Absätze klang unangenehm laut in der Stille der Nacht. Die *Sin City* pulsierte zwar vierundzwanzig Stunden lang, doch die Geräusche aus dem Zentrum mit seinen Wolkenkratzern, Kasinos und Hotelburgen waren in diesem exklusiven Viertel am Stadtrand bloß ein entferntes Hintergrundrauschen. Deshalb schlich sie auf Zehenspitzen zu der Tür im Zaun, durch die Rhys verschwunden war. An der Seite fand sie ein Klingelschild aus schwarzem Metall, auf dem in Bronze ein Name geschrieben stand, den Val zwar noch nie gehört hatte, von dem sie dennoch sofort Magenschmerzen bekam.

Lana Sycamore.

Eine Frau. Valentines schlimmste Befürchtung wurde wahr! Insgeheim hatte sie gehofft, dass sich alles ganz harmlos verhielt und sich dieses Gebäude als Rhys' Wohnsitz herausstellen würde. Doch er lebte nicht hier, zumindest nicht offiziell.

Lag er längst in Lanas Armen und flüsterte ihr ins Ohr, wie sehr er sie liebte? War das Spiel mit Val, seiner Teilzeit-Sub, nur zum Aufheizen gedacht, eine Art externes Vorspiel, wie die Treffen mit dem frivolen Zirkel, und widmete er sich nun seiner wirklichen Sklavin?

Val hielt sich den Bauch. Sie fühlte sich, als hätte jemand sie geboxt. Ihr wurde übel. Wie sich herausstellte, war sie nur ein Zeitvertreib für Rhys Snowden. Diese Erkenntnis traf sie heftiger als erwartet. Gleichzeitig kam sie sich so dumm vor, wie ein Teenager, der einen Star anhimmelte. Ihre Stunden mit ihm im Darkroom kamen ihr rückblickend tatsächlich wie ein Traum vor. Zu schön, um wahr zu sein. Zu kurz. Sie machten Appetit auf mehr. Aber dieses »mehr« verbrachte er offenbar lieber mit der mysteriösen Lana. Sie gehörte höchstwahrscheinlich zu seinem Alltag, während er Val nur heimlich an einem Ort traf, den vermutlich bis auf Jacob kaum jemand kannte.

Valentine ärgerte sich über den Schmerz, der ihr Innerstes zusammenkrampfte. Zwischen Rhys und ihr ging es nur um Sex. Wann hatte sich das bei ihr geändert?

Plötzlich knackte die Gegensprechanlage. »Bleib, wo du bist! Wage es ja nicht, wegzulaufen. Hast du gehört, Valentine?«

13

Erschrocken richtete sie sich kerzengerade auf. Ihr Herz blieb beinahe stehen. »Ja, Sir«, antwortete sie automatisch. Sie schaute vom Haus zu ihrem Wagen. Sollte sie doch abhauen? Das würde allerdings bedeuten, dass sie sich im *Decadency* nicht mehr blicken lassen konnte.

Rhys hatte verärgert geklungen. Genauso sah er auch aus, als er keine drei Sekunden später aus dem Vordereingang trat und über die Zufahrt zu ihr gestapft kam. Er riss das Tor auf, baute sich vor ihr auf und stemmte die Hände in die Seiten. Mit gerümpfter Nase starrte er sie so intensiv an, dass Val wünschte, im Boden zu versinken. Doch dann verbot sie sich, sich klein zu machen, denn sie befanden sich nicht in ihrem Spielzimmer, sondern auf der Straße, und dort begegneten sie sich auf Augenhöhe.

Tief atmete sie durch. Ihre Stimme klang fest, als sie sagte: »Schrei mich ja nicht an!«

Überrascht über ihre Kampfansage hob er die Brauen. Wahrscheinlich hatte er erwartet, dass sie den Kopf einziehen und seinem Blick ausweichen würde. Aber sie stand nicht als Lustsklavin vor ihm und unterwarf sich nur in einem erotischen Kontext. Natürlich fühlte sie sich ein wenig schuldig, aber sie war kein Häufchen Elend.

»Das habe ich nicht verdient«, fügte sie hinzu. Schließlich hatten nicht niedere Beweggründe sie dazu getrieben, ihm hinterherzufahren, sondern Verliebtheit.

»Was fällt dir ein, mir zu folgen?«

Sie zuckte mit den Achseln. »Ich war neugierig.«

»Diese Diskussion hatten wir in der Nacht schon.« Eine Zornesfalte erschien zwischen seinen Brauen. »Alltag und Darkroom sind zwei verschiedene Welten.«

»Und die müssen angeblich unbedingt getrennt bleiben«, sagte sie vorwurfsvoll.

Mit der Hand fuhr er durch seine Haare. »Das macht es dir einfacher, Valentine, dich fallenzulassen.«

»Wenn ich es einfach wollte, würde ich mich nicht demütigen und züchtigen lassen«, schoss es aus ihr heraus, bevor sie darüber nachdenken konnte. Ihre Wangen brannten, aber sie stand zu ihrer Aussage.

Obwohl seine Miene ernst blieb, glaubte sie, ein Lächeln in seinen Augenwinkeln zu erkennen. »Glaub mir, du willst den Dominus in mir, nicht den Mann, der ich im wirklichen Leben bin.«

»Für mich ist das ein und dieselbe Person.« Es fiel ihr schwer, keinen Flunsch zu ziehen, aber sie war kein Mädchen mehr, sondern eine erwachsene Frau, die das erste Mal in ihrem Leben wusste, was sie wollte: Rhys Snowden. Bisher hatte sie sich von ihren Eltern lenken lassen, hatte in deren Unternehmen gejobbt, hatte das studiert, was gut für die Familie war, und hatte ihre eigenen Bedürfnisse dabei hintangestellt. Eine eigene Wohnung war ein erster Schritt gewesen, sich von der alten, ziellosen Val ohne eigene Identität zu lösen. Ihrer sexuellen Neigung nachzugehen der zweite. Nun begehrte sie diesen Mann, und das Verlangen, den Menschen hinter dem *Sir* kennenzulernen, wurde stärker, je höher er den Schutzwall um sich herum baute.

Seufzend ließ er seine Arme hängen. »Niemand läuft dauerdominant durch den Tag.«

Also befürchtete er tatsächlich, sie könnte enttäuscht sein von seinem wahren Ich. Seine Unsicherheit, die er unter seiner Verärgerung verbarg, machte ihn wieder sympathisch. Und ließ neue Hoffnung in ihr aufkeimen, sie könnte ihn doch noch umstimmen. »Ich würde so gerne mehr als deine sexuellen Vorlieben kennen.«

»Und selbst die kennst du bisher nur ansatzweise.« Seine Stimme klang mit einem Mal rau wie Schmirgelpapier und sexy.

Es lag eine erotische Drohung in seinen Worten, die Valentine eine wohlige Gänsehaut bereitete. »Was ist so schlimm daran, mal einen Kaffee zusammen trinken zu gehen?«

»Das ist alles, was du möchtest?« Er rümpfte die Nase, als würde er ihr nicht glauben.

»Für den Anfang«, sagte sie ausweichend, denn sie ahnte, dass sie die ganze Hand wollte, würde er ihr erst den kleinen Finger reichen.

Alles in ihr drängte nach *mehr*.

Mehr Unterwerfung.

Mehr Lustschmerz.

Mehr Zeit mit ihm.

Mehr Zuneigung.

Mehr Aufmerksamkeit von ihm über den Darkroom hinaus.

Verächtlich schnaubte er, doch es wirkte gekünstelt auf sie, bloß ein weiterer Stein, mit dem er die Mauer um sich herum erhöhte. »Sollen wir händchenhaltend über den Strip schlendern? Ist es das, was dir vorschwebt?«

So, wie er das sagte, hörte es sich lächerlich an, wie zwei Teenager, die spazieren gingen, um allen ihre Liebe zu demonstrieren, Eiscreme kauften und sich gegenseitig lecken ließen. Der indirekte Speichelaustausch als erotischer Kick.

Banal im Gegensatz zu den Erlebnissen, die sie bereits geteilt hatten.

»Möchtest du, dass ich dir von meinem Stress im Job erzähle, von der Sorge um meinen Großvater, der im Altenheim dahinsiecht, damit ich menschlicher auf dich wirke und wir uns näher kennenlernen?«

Sie horchte auf, weil er ihr in der Hitze seiner Gefühle versehentlich etwas über sich verraten hatte. BDSM schien für ihn nicht nur sexuelle Befriedigung zu sein, sondern auch ein Ausgleich zu seiner Arbeit und den Alltagsproblemen, eine Art frivoler Blitzableiter. Bisher hatte sie gedacht, er stände über den Dingen, weil er so selbstbewusst und stark auftrat. Nun ahnte sie, dass hinter der Fassade ein gefühlvoller und verletzlicher Mann steckte. Am liebsten hätte sie sich in seine Arme geworfen und ihn nach seinem Grandpa gefragt, doch dazu kam sie nicht.

»Aber um es miteinander zu treiben, brauchen wir nichts über den anderen zu wissen, außer seinen Tabus und Faibles«, spie er ihr förmlich vor die Füße.

Zu hören, dass sie nur ein Fick für ihn war, tat weh. Aber er sagte das so, als müsste er sich das selbst einreden. In seinem Blick war jegliche Wut erloschen. Er sah aus wie ein verwundetes Tier.

»Soll ich dir meinen Keller zeigen, um dir zu beweisen, dass ich keine Leiche versteckt habe und du mir vertrauen kannst?« Er verschränkte die Arme vor seinem Brustkorb und ging damit weiter auf Distanz. »Zu dumm nur, dass ich gar nicht in diesem Haus wohne.«

Warum besaß er dann einen Schlüssel? Und wer war Lana Sycamore? Sie winkte ab. »Darum geht es doch nicht.«

»Worum dann?«

Zögerlich antwortete sie: »Emotionale Nähe.« Eine andere

Bezeichnung fiel ihr nicht ein, zumindest keine, die sie gewagt hätte, auszusprechen.

Plötzlich bekam seine Stimme einen behutsamen Klang: »Du hast kein Recht, etwas von mir zu verlangen, das ich nicht bereit bin zu geben.«

Das Kartenhaus mit ihren Hoffnungen fiel zusammen.

»Verlieb dich nicht in mich.« So einfühlsam, wie er das sagte, brach er ihr fast das Herz.

Verlegen wich Valentine seinem Blick aus. Sie hatte vergessen, dass er sie vom ersten Zusammentreffen an durchschaut hatte. Während er sich in einer Festung verbarrikadierte, standen ihre Türen und Fenster für ihn weit offen.

»Schwärme für mich wie eine Schülerin für ihren Lehrer, den sie ausschließlich im Unterricht sieht und von dem sie nichts anderes weiß, als dass er ihr mehr beibringt, als jeder andere es könnte.«

Würde sie es fertigbringen, ihre Gefühle, die nun schon einmal da waren, erkalten zu lassen? Val wusste nicht, ob sie es schaffen konnte, Lust und Liebe zu trennen. Sie hatte reinen Sexbeziehungen nie etwas abgewinnen können. Nun schien sie in einer solchen gefangen zu sein, denn ihr kam es vor, als könnte sie weder vor, noch zurück.

Rhys packte ihr Kinn und zwang sie, ihn anzusehen. »Wenn du mir noch einmal folgst, ist unser Deal hinfällig. Hast du das verstanden?«

Sie nickte schweigend, weil sie Angst hatte, in tausend Stücke zu zerbrechen, sollte auch nur ein weiteres Wort über ihre Lippen kommen. Unter keinen Umständen wollte sie ihn verlieren, aber dass er sie auf Distanz hielt, schmerzte mehr als jeder Peitschenhieb es konnte. Dieser Schmerz verging über kurz oder lang, der Striemen verheilte. Rhys' Entscheidung klang jedoch endgültig.

Erschöpft wischte sie sich mit den Handflächen übers Gesicht. »Dann wirst du dich weiterhin mit mir treffen?«

»Ja, allerdings wirst du eine Prüfung bestehen müssen.«

Überrascht krauste sie ihre Stirn. Warum trennte er sich nicht einfach von ihr? Wieso hielt er an ihr fest? Rhys Snowden blieb ein Mysterium und es reizte sie trotz allem immer noch, dieses zu enträtseln.

»Du musst mir beweisen, dass du dich ab sofort zusammenreißen und mich nicht mehr stalken wirst.« Langsam zog er seine Mundwinkel nach oben. »Diese Disziplin wirst du mir demonstrieren, in dem du morgen um acht Uhr in der Früh nackt und mit verbundenen Augen mitten in Skelleton stehst und brav wartest.«

»Tagsüber?« Das konnte er nicht ernst meinen! Ihr Verstand reagierte mit Entsetzen, ihre Mitte jedoch prickelte köstlich.

Genugtuung spiegelte sich auf seinem Gesicht wieder. »Damit jeder deinen schönen Körper sehen kann.«

Sie war doch kein Freiwild! Bisher hatte er sie nicht einmal den Mitgliedern seines illustren Zirkels vorgestellt. Hatten sie es nicht langsam angehen lassen wollen, um sie nicht zu überfordern? Aber sie hatte ihm ja gesagt, dass sie es nicht einfach haben wollte, sondern es sie erregte, erotische Hürden zu nehmen. Das hatte sie nun davon. »Woher soll ich wissen, dass du es bist, der sich an mir bedient, und nicht ein Tourist?«

»Weißt du nicht.« Sein selbstzufriedenes Grinsen wurde breiter. Immerhin kehrte die Wärme in seinen Blick zurück und er trat hinter seinem Schutzwall hervor.

Sie machte sich ernsthaft Sorgen. Die meisten Urlauber schauten sich zwar nur Rhyolite an, die berühmteste der Geisterstädte. Skelleton dagegen war hauptsächlich unter Einheimischen bekannt, da es dort nicht viel zu sehen gab.

Die Häuser waren fast vollkommen zerfallen und die Natur eroberte die Ruinen zurück. Dennoch wurden dort ab und zu Partys gefeiert, Jugendliche hingen dort ab, wenn sie Schule schwänzten, und einige der schmierigeren Tourguides fuhren mit ihren Gruppen jede noch so langweilige Attraktion an, um Geld zu scheffeln.

»Zeig mir, wie sehr du mit mir zusammen sein willst.« Er neigte sich vor und für einen Moment sah es so aus, als wollte er sie küssen. Doch er schaute ihr lediglich tief in die Augen und richtete seinen Oberkörper sogleich wieder auf. »Bleibst du fern, weiß ich, dass du mit meinen Konditionen nicht einverstanden bist, und unsere Wege trennen sich für immer. Erscheinst du jedoch, werde ich dir zeigen, dass meine Variante die richtige ist, und dir genau das geben, was du brauchst.«

Damit wandte er sich ab und verschwand wieder im Haus der fremden Frau.

Eifersüchtig starrte Valentine zu dem Fenster hinüber, hinter dem Licht eingeschaltet wurde. Noch auf der Fahrt nach Weeping Willow wäre sie fast hinter dem Lenkrad eingeschlafen. Jetzt war sie ironischerweise hellwach.

Sie musste nachdenken.

Sie musste eine Entscheidung treffen.

Sie musste den Namen Lana Sycamore vergessen. Doch das schien ihr unmöglich.

14

Je näher der Feierabend kam, desto unruhiger wurde Valentine. Sie würde nach Hause fahren, noch eine halbe Stunde fernsehen und dann ins Bett gehen, alleine, so wie in der Zeit, bevor sie Rhys Snowden kennengelernt hatte. Das kam ihr nun langweilig und banal vor. Höchstwahrscheinlich würde sie ohnehin nicht schlafen können. Ihre Gedanken kreisten um Rhys. Warum wollte er sie in dieser Nacht nicht sehen? Warum machte er eine Pause? Verbrachte er den Abend mit dieser mysteriösen Lana?

Sie schaute auf die Armbanduhr, eine Wanduhr gab es im Kasino nicht, damit die Spieler jegliches Zeitgefühl verloren. Denn je länger sie im *Decadency* blieben, desto mehr Geld setzten sie ein. Halb elf. Ein letztes Mal bat sie Rick, ihren Spieltisch zu übernehmen.

»Du hast aber eine schwache Blase heute«, frotzelte er. »Linda verdrückt sich heute auch ständig. Heckt ihr beiden etwas aus?«

Überrascht schaute sie ihn an. Was meinte er damit? »Nein.«

»Ach, komm schon, mir kannst du euer kleines Geheimnis anvertrauen.« Verschwörerisch dämpfte er seine Stimme. »Was ist es?«

»Du spinnst ja.« Ihr wurde heiß. Sie wandte sich von ihm ab und eilte auf die Tür zu, die zu den Separees und den Personalräumen führte. Niemand durfte etwas von ihrer erotischen Liaison mit Rhys erfahren, das gehörte zur Abmachung. Schon weil Jacob sonst stinksauer sein und sie vermutlich feuern würde.

Verliebe dich nicht in Rhys Snowden, hatte er sie gewarnt, ausgerechnet er, wo er doch mit Rhys befreundet war. Seine Worte fielen ihr wieder ein, als sie durch den Korridor auf das Spielzimmer des frivolen Zirkels zuging. Davor blieb sie stehen und lauschte. Hier hatte alles angefangen. Sehnsüchtig hatte sie davorgestanden, so wie jetzt. Doch inzwischen hatte sich ein weiteres Gefühl hinzugesellt. Heimlich, still und leise hatte es sich in ihren Brustkorb eingenistet. Es wuchs und gedieh, wie aber Val durch die Kollision mit Rhys in Weeping Willow erfahren hatte, fiel ihr Verlangen nach mehr als nur Sex bei ihm nicht auf fruchtbaren Boden.

Warum war er dann eifersüchtig gewesen, als er gesehen hatte, dass ein fremder Mann, ihr Vater, sie von der Arbeit abgeholt hatte? Entweder maß er mit zweierlei Maß oder er drehte sich wie ein Fähnchen im Wind, wusste nicht, was er wollte. Vielleicht lag das in seiner Natur. Möglicherweise war sein Charakter ebenso ambivalent wie seine Augenfarbe. War seine Seele nun giftgrün und schmutzig wie Brackwasser oder rein wie das Blau des Ozeans?

Egal, was der Grund für sein wankelmütiges Verhalten war, es machte Valentine traurig und zunehmend sauer.

Kein einziges Geräusch drang aus dem Separee zu ihr. Es schien immer noch leer zu sein. Offenbar traf sich die Runde in dieser Nacht nicht. Wenn jetzt immer noch kein einziger von ihnen hier war, würde auch niemand mehr kommen. Sie hatte das Spielzimmer fast stündlich überprüft. Nun gab sie die Hoffnung auf, wenigstens Rhys' Anblick für einen kurzen Moment zu erhaschen, um an seiner Reaktion festzustellen, ob er noch verärgert war oder ob seine Augen wieder strahlten, wenn er sie sah.

Sich vorzustellen, dass er Spaß hatte – mit *ihr* –, während sie sich quälte, machte Val fuchsig. Ihr latenter Masochismus bezog sich einzig und allein auf ihre erotische Neigung und die Sessions. Aber Rhys brachte ihr inneres Gleichgewicht ins Wanken. Das missfiel ihr. Es machte sie unglücklich.

Ihre Zufriedenheit war an Rhys gekoppelt. Ihre Gedanken kreisten permanent um ihn und den Darkroom. Sie hatte keine Lust mehr, sich mit ihren Freunden zu treffen, die Bürgermeisterwahl interessierte sie nicht und sie ertappte sich öfter dabei, wie sie Löcher in die Luft starrte.

Sex konnte süchtig machen, besonders wenn man ihn mit einem wahren Künstler auslebte. War sie bereits dabei, sich in BDSM zu verlieren? Oder hatte das bittersüße L-Wort sie erwischt?

Valentine gefiel nicht, dass Rhys sich in ihrem Herzen eingenistet hatte. Aber noch mehr missfiel ihr, dass er nicht genauso verrückt nach ihr war wie sie nach ihm.

Um ihn aus ihrem Kopf zu bekommen, wenigstens für ein paar Stunden, entschloss sie sich, auszugehen, wild zu feiern und die Nacht durchzutanzen. Erneut prüfte sie die Uhrzeit. Die meisten ihrer Freunde hatten einen völlig anderen Rhythmus als sie, deshalb würde es schwer werden, jemanden zu finden, der spontan und an einem Wochentag nach Mitternacht noch mit ihr die Klubs der *Sin City* unsicher machte.

Seufzend wandte sie sich ab, um zurück ins Kasino zu gehen, und sah gerade noch, wie Linda in den Gang zu ihrer Rechten abbog. Natürlich! Ihre Freundin hatte ebenfalls um Mitternacht frei. Sie hatten darüber gesprochen, mal wieder zusammen feiern zu gehen. Vielleicht hatte die lebenslustige Blondine ja noch nichts vor.

Valentine beeilte sich, ihr zu folgen. Kam es ihr nur so vor, oder schlich Linda durch den Flur? Die Kellnerin öffnete den

Eingang zur Kantine nicht ganz, sondern schlüpfte durch einen Spalt, der gerade so groß war, dass sie hindurchpasste, und schloss die Tür leise hinter sich.

Irritiert blieb Val stehen.

Das Abendessen im Aufenthaltsraum war schon vor Stunden abgeräumt worden. Ob sie sich dort mit jemandem traf? Das schien Val abwegig, denn keiner der Angestellten machte um diese Zeit Pause. Entweder hatte ihre Schicht gerade erst begonnen oder sie endete um vierundzwanzig Uhr.

Zögerlich setzte Val ihren Weg fort. Sie steckte ihren Kopf in das Zimmer, um sich rasch zurückziehen zu können, sollte sich Linda mit einem Mann verabredet haben. Doch die Stühle waren leer. Ihre Freundin war nirgends zu sehen.

Zuerst krauste Valentine überrascht ihre Stirn, dann lachte sie innerlich über sich selbst. Wahrscheinlich bediente sich Linda gerade an den Speisen, die vom Dinner übrig geblieben und in den Kühlschrank gestellt worden waren. Hinter den Tischen befand sich zwar eine kleine Industrieküche, jedoch wurde dort nie gekocht. Jacob hielt es für wirtschaftlicher, Essen liefern zu lassen, als Küchenpersonal einzustellen, hatte er ihr erklärt. Das *Decadency* war im Vergleich zu den Hotelkasinos *The Mirage*, *Caesar's Palace*, zum *Bellagio* und dem *MGM* ein Winzling und zudem eine reine Spielbank ohne Übernachtungsmöglichkeit für die Gäste. Daher blieb die Anzahl der Angestellten pro Schicht überschaubar.

Plötzlich hörte Val ein Geräusch, das sie nicht zuordnen konnte. Es handelte sich um ein Klatschen. Oder doch eher um einen Schlag? Es passte nicht an diesen Ort. Vielleicht war das der Grund, warum sie es nicht identifizieren konnte. Grübelnd trat sie ein.

Sie öffnete ihren Mund, um nach ihrer Freundin zu rufen, doch eine Vorahnung hielt sie davon ab. Linda musste sich in dem Teil der Küche, der im Dunkeln lag, aufhalten. Warum? Und was tat sie dort, das diese Laute verursachte?

Vorsichtig beugte sich Valentine über den Tresen und spähte in den gefliesten Nachbarraum. Er schien um die Hälfte kleiner zu sein als das Speisezimmer, aber das täuschte, denn er ging hinter der Wand nach rechts weiter. Val sah Linda nicht sofort, da die Küche nur indirekt von dem gedimmten Oberlicht, das über den Tischen glomm, erhellt wurde. Als Erstes fiel ihr ein helles Flackern auf. Eine brennende Kerze stand auf der Arbeitsplatte, die entlang der hinteren Wand lief, und Val dachte schon, wie merkwürdig das doch war, als sie etwas bemerkte, das weitaus seltsamer war. Es war Linda selbst.

Mit geschlossenen Augen rieb sie ihre rasierte Möse an der Ecke des Tischs, der die Mitte des Raums markierte. Sie hatte ihre Brüste aus dem Dekolleté gehoben und trug keine Unterwäsche. Den Saum ihres Kleids raffte Linda mit der linken Hand, während sie in der rechten einen Pfannenwender hielt und damit auf ihren Busen schlug.

Valentine blieb die Spucke weg. Unfähig sich zu bewegen, blieb sie, wo sie war, und schaute ihrer Freundin zu, wie sie sich gehenließ. Gegen Lindas Art zu masturbieren wirkte ihr Streicheln auf der Damentoilette des Kasinos geradezu einfallslos.

Erregt stöhnte Linda bei jedem Hieb auf ihre Brüste. Diese waren nicht sehr zielgerichtet, vermutlich weil die Lust sie übermannt hatte. Wenn sie jedoch zufällig ihre Brustspitzen traf, sog sie jedes Mal scharf die Luft zwischen ihren Zähnen ein, nur um sogleich zu seufzen und ihren Unterleib heftiger kreisen zu lassen. Die Ecke des Tischs drückte sich so tief in ihren Schoß, dass die Schamlippen wie Blütenblätter aufgezwungen wurden und sich an das Edelstahl schmiegten.

Plötzlich riss sie die Augen auf, worauf Val sich an die Wand presste, damit ihre Freundin sie nicht bemerkte. Sie traute sich nicht, die Kantine zu verlassen, weil sie befürchtete, das Rascheln ihres Kleids oder das Klacken ihrer Absätze würde sie verraten. Außerdem drückte ihre Neugier wie Blei auf ihre Füße und trieb sie nun dazu, sich erneut vorzuneigen. Ihre eigenen Brüste prickelten. Ihr Schoß pochte und Rhys spukte in ihren Gedanken herum.

Linda raffte gerade ihren Rock an den Hüften zusammen und setzte sich mit dem nackten Hintern auf einen Küchenstuhl. Erst als sie die Kerze von der Arbeitsplatte nahm und einen kurzen Blick auf einen Zettel warf, der daneben lag, bemerkte Val ihn. Was hatte das zu bedeuten?

Lächelnd spreizte Linda ihre Schenkel. Trotz des schwachen Lichts konnte Val ihr Geschlecht, gerötet von der Reibung und vor Erregung, ausmachen. Schwer atmend legte die den Griff des Pfannenwenders auf ihre Spalte und rieb behutsam auf und ab. Ihre prallen Lippen schmiegten sich um ihn. Linda seufzte leise. Mit zitternden Fingern hielt sie die Kerze über ihre Scham.

Überrascht riss Valentine die Augen auf. Sie presste die Hand auf den Mund und ihre Beine aneinander, weil das Pulsieren in ihrem Schoß stetig weiter anschwoll. Offensichtlich war sie nicht die einzige Angestellte des *Decadency*, die sich vom Lustroulette im Separee hatte inspirieren lassen.

Als Linda die Kerze zögerlich neigte, hielt Val die Luft an. Ein Tropfen bordeauxfarbenes Wachs fiel auf die Möse der Blondine, Linda keuchte und rieb den Griff des Bratenwenders kräftiger über ihre Klitoris. Noch immer ängstlich, aber mit leuchtenden Augen, beträufelte sie ihre äußeren Schamlippen. Je erregter sie wurde, desto ungestümer masturbierte sie mithilfe der Backschaufel. Bald wurde ihre Spalte von zahlreichen roten Punkten gesprenkelt, die zunehmend ineinanderflossen.

Neidisch zwackte Val in ihren Venushügel, doch der Stoff ihres Kostüms dämpfte den Kniff zu sehr. Sie hätte gerne gewusst, was ihre Freundin in diesem Moment empfand und wie sich der Lustschmerz anfühlte. Doch eins wollte sie nicht: sich selbst wehtun. Das konnte sie sich nicht vorstellen. Anders als Linda brauchte sie Unterwerfung für den Kick. Das hatte sie bereits durch Rhys' Erziehung gelernt. Sie dankte ihm im Stillen dafür und wurde sich bewusst, dass sie noch nicht von ihm ablassen konnte.

Linda stöhnte immer lauter. Stürmisch rieb sie den Pfannenwender über ihren Kitzler und hielt die Kerze nun tiefer über ihre Möse. Ihr Gesicht verzerrte sich abwechselnd vor Qual und vor Geilheit. Schließlich gab sie einen Seufzer von sich, der aus den Tiefen ihrer Eingeweide zu kommen schien, und ihr Körper zuckte ekstatisch. Sie ließ das Küchengerät fallen. Scheppernd kam es auf den Bodenfliesen auf.

Infiziert von Lindas Lust und halb in Tagträumen von heißen Treffen mit Rhys versunken, gab Valentine einen Laut von sich, und ihre Freundin schaute zu ihr herüber.

»Val!« Entsetzt schloss Linda ihre Schenkel.

15

Sie stellte beschämt die Kerze ab und strich ihren Rock glatt. Dann beeilte sie sich, ihre Brüste zurück in den Ausschnitt zu stopfen. Beim Aufstehen stieß sie mit dem Ellbogen gegen die Kerze. Diese fiel um, rollte über die Platte und fiel zu Boden, wo sie erlosch. Etwas zu hektisch machte Linda einen Schritt nach vorne. Sie trat versehentlich auf die Kerze, fiel nach hinten und plumpste zurück auf den Stuhl. Ihr verlegenes Lachen schallte durch die Küche. Sie zuckte mit den Achseln und blieb sitzen. »Ach, was soll's.«

Weil Valentine ein Geräusch auf dem Gang hörte, ging sie um die Theke herum zu Linda, damit man sie nicht sofort sah, sollte jemand die Kantine betreten. »Es tut mir leid. Ich wollte nicht … Aber ich konnte auch nicht …«

»Wie bei einem Unfall, meinst du wohl.« Verschmitzt zwinkerte die Blondine und richtete ihre Haare. »Man will nicht hinschauen, aber man muss.«

»So war das nicht gemeint. Das klingt ja, als wäre es schrecklich gewesen, dabei war es … schön.« Valentines Wangen brannten.

»Schön?« Linda entspannte sich sichtlich. »Bist du nicht schockiert?« Ihr Teint war rosig, aber nicht allein aus Verlegenheit, weil sie dabei ertappt worden war, wie sie sich auf außergewöhnliche Weise Lust verschafft hatte. Val vermutete, dass ihre Freundin immer noch von ihrem Orgasmus erhitzt war. »Nicht mehr als darüber, was im Separee vor sich geht, wo du servierst. Ich habe einen Blick auf das obszöne Treiben darin werfen können.« Dabei beließ sie es. Sie wollte nicht zu viel ausplaudern und ihr Arrangement mit Rhys vorerst unerwähnt lassen, zumal sie befürchtete, dass es ohnehin bald hinfällig war. Bei dem Gedanken verspürte sie einen Stich in der Magengrube.

Linda strahlte verklärt. »Das, was ich dort zu sehen bekomme, ist anregend. Aber nicht jeder kann etwas damit anfangen.«

»Ich schon.« Das erste Mal in ihrem Leben gestand Val jemandem ihre Neigung. Es fühlte sich gut an. Befreiend!

Die zwei Wörter fielen wie Steine in einen Brunnen. Angespannt lauschte man auf den Einschlag. Einen Moment lang sahen sie sich schweigend an. Dann zogen sich ihrer beider Mundwinkel immer weiter nach oben.

Damit ihre Freundin nicht glaubte, sie wäre ihr um Längen voraus und könnte ihr womöglich Ratschläge geben, fügte Valentine hinzu: »Ich habe nicht so viel Erfahrung, wie du vielleicht denkst, hauptsächlich habe ich SM-Bücher von der britischen Autorin Evangeline gelesen. Ich kann sie dir ausleihen.«

»Gerne.« Plötzlich packte Linda ihre Handgelenke und zog Val verschwörerisch zu sich heran. »Du hast dich schon mal von einem Dom disziplinieren lassen?«

Zögerlich nickte Val. Sie war zwar glücklich, eine Gleichgesinnte gefunden zu haben, wusste aber nicht, wie sie das, was sie mit Rhys verband, beschreiben sollte. Aus seiner Sicht handelte es sich um eine reine Spielbeziehung. Zumindest behauptete er das. Seine Eifersucht passte jedoch nicht zu dieser Aussage. Außerdem verlagerte er ihre Treffen vom Darkroom in die Wüste. Nach draußen. In die reale Welt. Wo jeder, der zufällig vorbeikam, sehen konnte, was sie trieben. Und dass sie zusammengehörten. Kein schützender Kokon mehr, der ihr Geheimnis wahrte. Und sie selbst begann mehr für ihn zu empfinden, als gut für sie war. Wie hatte sie sich nur in so kurzer Zeit so tief verlieben können? Das bekräftigte sie nur in der Annahme, dass sie etwas Besonderes teilten.

Am Anfang hatten sie dasselbe gewollt, nun offenbar nicht mehr. Dadurch geriet ihr Abkommen in Gefahr. Keine guten Aussichten.

»Du tust es immer noch, habe ich recht? Man sieht es dir an. Wie ist es? Nun sag schon!« Lindas Stimme überschlug sich fast. Sie krallte ihre Finger in den Stoff über ihrem Schoß, als wäre sie schon wieder erregt.

»Geil. Ein Rausch der Sinne. Man weiß nicht, wo oben und wo unten ist.« Unbeabsichtigt geriet Val ins Schwärmen. »Man schwebt, selbst wenn man gefesselt ist. Die eingeschränkte Bewegungsfähigkeit trägt sogar noch dazu bei, den Höhenflug zu steigern. Man konzentriert sich vollkommen auf den Moment. Alles andere verblasst, wird unwichtig. Man löst sich vom Alltag, vergisst seine Sorgen.« Sie vergaß sogar ihre »Schwäche«, und das kam sonst praktisch nie vor. »Jeglicher Stress fällt von einem ab. Ich habe noch nie besseren Sex gehabt, und das nicht *trotz*, sondern *wegen* der Erniedrigung und der Qual.« Jetzt, da sie es aussprach, kehrte die Scham doch wieder zurück, deshalb winkte sie ab. »Ach, es ist schwer zu beschreiben.«

»Hast du ein Glück!« Seufzend hob Linda den Pfannenwender und die Kerze auf und legte beides auf den Arbeitstisch. Als sie den Zettel sah, stockte sie. Etwas zu hastig steckte sie ihn ein. »Bisher träume ich nur davon. Sonst würde ich ja nicht mich selbst … Du wirst es niemandem erzählen, oder?«

»Selbstverständlich nicht!«

»Mir ist das so peinlich!« Linda schlug die Beine übereinander und lehnte sich mit dem Rücken gegen die Wand. Verlegen kicherte sie, und Valentine stimmte mit ein. »Du hast doch gesagt, du bist Single.«

»Bin ich auch.« Und auch irgendwie doch nicht, fügte Val in Gedanken hinzu. Sie fühlte sich Rhys zugehörig, aber er wollte sie nicht, zumindest nicht ganz, sondern nur die Lustsklavin in ihr. Aber würde ihr das auf Dauer reichen? Konnte sie sich damit abfinden? »Es ist kompliziert.«

»Ist es das nicht immer?« Verstohlen sah Linda sie an, als grübelte sie über etwas nach. Das Rascheln des Papierstücks war zu hören. Sie musste es in ihrer Tasche kneten.

»Der Zettel«, begann Val behutsam. »Du hast neulich bei Schichtanfang auch einen vor mir versteckt. Erinnerst du dich? Als Rick mich auf dem Parkplatz abgefangen hatte.«

Kess zwinkerte die Kellnerin. »Die Schildkröte steht echt auf dich.«

Val wollte jetzt nicht über den anhänglichen Kollegen sprechen. »Ich habe es bemerkt, jedoch nichts dazu gesagt. Jeder hat seine Geheimnisse. Aber jetzt mache ich mir doch Sorgen um dich. Ist alles in Ordnung?«

Linda schmunzelte verklärt. Während sie über ihre Unterlippe leckte, holte sie den Schnipsel heraus. Langsam faltete sie ihn auseinander und glättete ihn mit ihren Daumen. »Ich habe auch einen Verehrer. Er steckt mir heimlich Nachrichten zu. Zuerst waren sie frivol, dann heiß und jetzt sind sie obszön. Ich bin süchtig danach!«

Valentines Augen weiteten sich. »Wer ist es?«

»Er hat sich mir noch nicht zu erkennen gegeben.« Lapidar zuckte Linda mit den Achseln, als wäre es ihr egal.

Aber das nahm Val ihr nicht ab, denn Lindas Miene wirkte verkniffen. Sie rieb ihre Handflächen aneinander. »Ein mysteriöser Bewunderer? Wie aufregend!«

»Wüstling, trifft es eher.« Linda gluckste. »Die Worte, die er an mich richtet, würde eine andere Frau als versaut bezeichnen. Trotzdem hat er Stil. Er geht nie unter die Gürtellinie oder überschreitet die Grenzen des guten Geschmacks. Weißt du, was ich meine?«, fragte sie und hob die Brauen. »Er verpackt schmutzige Sachen in gehobene Sprache. Keine Ahnung, wie er das schafft. Ich könnte es nicht. Aber ich stehe voll drauf!«

Val verstand ihre Freundin sehr gut, erkannte sie doch Rhys in der Beschreibung wieder. Er verhielt sich wie ein Gentleman, fickte jedoch wie ein Raubtier – eine Mischung, die selten und kostbar war. Ein Teil von ihr wollte das Thema nicht vertiefen, doch die Neugier siegte. »Wer könnte nur dahinterstecken?«

»Ich tippe auf einen der Kerle im Separee.« Gedankenversunken knetete Linda ihre Unterlippe. »Ganz bestimmt sogar.«

Vals Magen zog sich zusammen. Ihre Knie wurden weich. Da kein zweiter Stuhl in der Küche stand, setzte sie sich kurzerhand auf eine der Arbeitsflächen. »Wie kommst du darauf?«

»Weil seine erotischen Anweisungen eindeutig in die SM-Richtung gehen. Wer sonst sollte wissen, dass mein Interesse von den tabulosen Spielen in dem Raum geweckt worden ist? Jemand muss meine Blicke bemerkt und richtig gedeutet haben.«

Das klang in Vals Ohren nachvollziehbar, zumal sich der illustre Zirkel in dieser Nacht nicht traf und die Mitglieder somit Zeit für anderweitiges Amüsement hatten. »Anweisungen?«

Erst färbte sich Lindas Hals puterrot, dann ihre Wangen. Rasch steckte sie den Zettel wieder ein. »Er hat mir geschrieben, was ich gegen Schichtende machen soll. Und wo. In der Küche lagen schon der Pfannenwender und die Kerze bereit.«

»Meinst du, er hat dir zugesehen?« Plötzlich fühlte es sich an, als wären sie nicht alleine. Eben noch war Valentine selbst eine heimliche Beobachterin gewesen und nun, da sie in die Küche zu ihrer Freundin getreten und somit auf der Bildfläche aufgetaucht war, hatte man sie eventuell selbst ins Visier genommen. Oder hatte der mysteriöse Fremde nicht nur die Akteurin, sondern auch die Voyeurin bereits die ganze Zeit im Blick gehabt, während Linda seine Befehle umgesetzt hatte? Verunsichert schaute sie sich um. »Und weiß jetzt, dass wir über ihn sprechen?«

Mit einem Nicken deutete Linda auf das Küchenfenster. Dahinter lag nur Schwärze. Aber wenn man draußen stand und in die indirekt beleuchtete Küche sah, konnte ein Zuschauer auf seine Kosten kommen. »Er schreibt, er möchte mich Schritt für Schritt an SM heranführen. Daher denkt er sich immer neue Spiele aus, die ich mit mir selbst durchführen soll. Erst harmlose, inzwischen immer heftigere. Na, ja, du hast es ja selbst gesehen.« Nervös nestelte Linda an den beiden Schlaufen, die den Saum ihres Kleids in Kniehöhe zusammenrafften. »Aber das hat sicher bald ein Ende.«

Das alles klang nach demselben Spiel von Distanz und dunkler Verführung, wie Valentine es am eigenen Leib erfahren hatte. »Was meinst du damit?«

»Oh, Val, du musst mit mir kommen!« Plötzlich sprang Linda von ihrem Stuhl auf. In ihrer Hast trat sie auf den Saum ihres Kleids und knickte mit dem Fuß um, aber sie gewann rechtzeitig ihr Gleichgewicht zurück, bevor sie hinfallen konnte. »Bitte begleite mich. Ich stehe das sonst nicht durch.«

Verständnislos schüttelte Valentine den Kopf und streckte

die Hände nach ihrer Freundin aus, um sie aufzufangen. Sie hatte keine Ahnung, wovon Linda sprach.

»Er will mich treffen.« Unruhig trat der blonde Wirbelwind von einem Fuß auf den anderen, permanent, als stände der Boden in Flammen. »Auf einem Maskenball im *The Venetian*.«

Val dagegen fand, dass die Temperatur in der Kantine um einige Grad gefallen war. »Dort will er sich dir zu erkennen geben?«

»Ich weiß nicht, ob er seine Maske lüften wird, aber er möchte mich auf der Party dominieren, denn es ist ein Erotik-Event. Es gibt kleinere Darbietungen. Sklaven und Sklavinnen werden vorgeführt. Spontan finden sich Paare oder mehrere Personen zusammen und haben Sex vor aller Augen. *Alles kann, nichts muss*, lautet das Motto. Das wäre das erste Mal mit ihm … überhaupt jemals als Sub. Mein Traum könnte wahr werden. Ich bin so aufgeregt.« Als Linda an ihrer Nagelhaut knabberte, wirkte sie wie ein Mädchen im Körper einer sexy Frau.

Mit all den Menschen auf dem Kostümfest konnte jedenfalls nichts passieren, das beruhigte Val. Es war sicher dort, anders als wenn sich ihre Freundin mit ihrem Herrn auf einem Hotelzimmer getroffen hätte. Allerdings mit Publikum auch doppelt so aufregend. Bei der Vorstellung, an der Veranstaltung teilzunehmen, lief ein Prickeln über ihren Rücken. »Wie kannst du ihn erreichen, um ihm mitzuteilen, ob du kommst oder nicht?«

»Gar nicht. Das ist es ja. Bisher habe ich nur an seinen Reaktionen gemerkt, dass er mir zuschaut. Er wies mich an, mich auf dem Angestelltenparkplatz in meinem Auto zum Höhepunkt zu streicheln. Es war erregend, mir vorzustellen, dabei beobachtet zu werden. Aber zu dem Zeitpunkt wusste ich ja nicht, ob er es wirklich tat. Also testete ich ihn.« Linda wickelte eine blonde Haarsträhne um ihren Finger. »Als er mir schrieb, ich wäre die geborene Sklavin, weil ich mich auf den Sitz gehockt, den Hintern angehoben und so masturbiert hatte, dass er es sehen konnte, hatte ich Gewissheit. Das ist die Art und Weise, wie wir kommunizieren.« Als sie die Strähne losließ, wellte sie sich zu einer Locke. »Ich sende ihm Botschaften durch meinen Körper und meinen Gehorsam und er denkt sich immer neue Prüfungen für mich aus. Auch hier in der Küche lief ich immer Gefahr, entdeckt zu werden. Und nun ist es passiert.«

»Meinst du, er ist sauer, weil ich dich erwischt habe und jetzt über euch Bescheid weiß?«

»Du musst mit mir zu der Party kommen und ihm versichern, dass du schweigen wirst. Bitte.«

»Er wird sich nicht zu erkennen geben, wegen mir, einem Störfaktor.«

»Doch, bestimmt. Wir werden ja alle drei Masken tragen und anonym bleiben. Und sobald er beruhigt ist, kann ich endlich mit ihm spielen, so richtig.« Linda schlang ihre Finger ineinander und schlug flehentlich die Augen nieder.

Wie konnte Val ihrem Glück im Weg stehen! »Okay, ich mach's.«

Jauchzend fiel Linda ihr um den Hals. Valentine umarmte sie und lächelte, hatte aber ein schlechtes Gewissen, denn sie begleitete Linda nicht nur aus Freundschaft, sondern auch aus eigennützigen Gründen.

Evangeline hatte durch ihre erotischen Geschichten Vals Neugier auf Ausschweifungen geweckt und Rhys hatte sie mit ersten Schritte in die Welt des BDSM angefüttert. Nun gierte sie danach, weitere Erfahrungen zu machen. Eine Chance wie diese würde sich ihr so schnell nicht wieder bieten, sie musste sie einfach ergreifen.

Außerdem wollte sie Rhys eins auswischen. Wenn er darauf bestand, dass sie eine reine Spielbeziehung führten, die sich auf die einzelnen Sessions beschränkte, musste er auch akzeptieren, dass sie sich ohne ihn amüsierte. Dass er das schlechter konnte, als ihm lieb war, hatte sie dank ihres Vaters bereits erlebt. Sie freute sich schon diebisch darauf, ihm nach der Party im *The Venetian* unter die Nase zu reiben, was für einen grandiosen Spaß sie ohne ihn gehabt hatte!

Nicht ganz ohne die leise Hoffnung, er würde seine Meinung darüber, wie sie zueinander standen, ändern.

Aber vor allen Dingen wollte sie Lindas mysteriösen Dominus kennenlernen. Nicht nur um festzustellen, ob er einen vertrauenswürdigen Eindruck machte. Sondern weil sie herausfinden musste, ob Rhys Snowden hinter dem geheimnisvollen Zettelschreiber steckte. Es gab zu viele Hinweise, die auf ihn deuteten. Das bereitete ihr Bauchschmerzen.

16

Mit seinen Millionen blinkender Lichter wirkte Downtown nachts wie ein großer, bunter Vergnügungspark, in dem sich an jeder Ecke Spaß fand. Jetzt allerdings, kurz nach sieben Uhr am Morgen, sah Las Vegas grau aus wie jede andere Metropole, die gerade erwachte. Nur die Angestellten huschten bereits wie fleißige Bienen umher, um die *Sin City* auf Hochglanz zu polieren und den schönen Schein für die Gäste, die noch ihren Rausch ausschliefen, wiederherzustellen.

Aufgeregt steuerte Valentine ihren Wagen von der Innenstadt ins Randgebiet. Sie fror in der Morgenkühle. Dennoch hatte sie sich in der Früh für ein enges, weißes Trägerkleid entschieden, denn im Laufe des Vormittags würde es mit nahezu 45 Grad erneut brütend heißt werden. Trotz Strickjacke bedeckte Gänsehaut ihren Körper. Ihre Brustspitzen stießen hart gegen den Stoff, jedoch nicht nur vor Kälte, sondern auch vor Erregung.

Nach dem Gespräch mit Linda hatte sie ernsthaft überlegt, das Treffen mit Rhys abzusagen. Sie kannte zwar nicht einmal seine Telefonnummer – eigentlich wusste sie rein gar nichts von ihm –, aber Jacob hätte ihr sicherlich weitergeholfen und ihm ihre Nachricht überbracht. Doch das Verlangen nach ihm und der außergewöhnlichen Lust, die im Moment nur er ihr geben konnte, spülte sie erneut in seine Arme.

Sie begehrte ihn! Sie wollte ihn nicht so schnell aufgeben. Dennoch blieb sie auf der Hut. Ganz bestimmt würde sie nicht alles mit sich machen lassen, nur um in den Genuss zu kommen, von ihm dominiert zu werden. Sie hatte Grenzen, nicht nur was sexuelle Tabus betraf, sondern auch emotionale.

Die Möglichkeit, ihn auf Linda anzusprechen, hatte sie verworfen. Warum sollte er die Wahrheit sagen, falls er ihr Verführer war? Das würde seinem Grundsatz widersprechen und das Spiel mit den Zettelanweisungen zerstören. Nein, eine Konfrontation schien ihr nicht sinnvoll. Sie musste bis zum Maskenball warten und den geheimnisvollen Dominus stellen.

Wehmütig schaute sie aus dem Fenster. Ihr wurde bewusst, dass dies heute für sie die letzte Session mit Rhys sein könnte.

Als sie die letzten Häuser hinter sich ließ und auf eine namenlose Straße einbog, die fernab der bekannten Route 66 und des ehemaligen Highway 91 lag, wurde ihr mulmig. Sie würde noch eine halbe Stunde fahren müssen, bis sie Skelleton erreichte, hatte also eindeutig viel zu viel Zeit, um darüber nachzudenken, was in der Geisterstadt geschehen würde. Die Mojave-Wüste bot nicht die geringste Ablenkung. Die Landschaft war karg. Bis auf ein paar Agavengewächse und Kakteen gab es nichts zu sehen.

Val fuhr das Fenster ein Stück weiter herunter und ließ sich den frischen Wind um die Nase wehen. Sie trug ihre roten Locken offen. Die wehenden Strähnen kitzelten sie im Nacken. Das Prickeln, das sie erzeugten, floss ihren Rücken hinab, direkt zwischen ihre Gesäßhälften. Ihre enge Öffnung kribbelte und Val befürchtete, bereits feucht zu sein, bevor sie überhaupt in Skelleton ankam.

War Rhys noch sauer, dass sie ihm bis zu Lana Sycamores Haus hinterherspioniert hatte? Würde er sie seine Verärgerung spüren lassen oder hatte er ihr längst verziehen? Allein bei dem Gedanken an die mysteriöse Unbekannte erschauderte sie unangenehm und schloss das Seitenfenster wieder. Val würde ihm an diesem Morgen beweisen, dass sie die richtige Sklavin für ihn war, die einzige, die er brauchte.

Aber schon als sie am Rand der Geisterstadt parkte und ausstieg, zweifelte sie an ihrem Mut. Es gab keinen Hinweis darauf, dass jemand in der Nähe war. Eigentlich hätte Val das beruhigen sollen, doch sie empfand die Stille als unheimlich.

Erst jetzt fiel ihr ein, dass auch Rhys sich überlegt haben könnte, dem Treffen fernzubleiben. Vielleicht war er Lindas Dom und hatte sie zusammen in der Küche beobachtet. Ihm muss klar gewesen sein, dass seine Lustdienerin Val über ihr Spiel aufgeklärt hatte. Das konnte ihn dazu veranlasst haben, sowohl Linda als auch sie als Subs abzuschreiben, weil er durch ihr Gespräch die Kontrolle über den Verlauf der Beziehungen verloren hatte.

Würde er sie umsonst warten lassen, nackt und mit verbundenen Augen, immer in Gefahr, von einem Fremden entdeckt zu werden? So unwahrscheinlich Letzteres auch war, Val hatte trotzdem Angst davor.

Zögerlich ging sie über die einzige Straße der Geisterstadt, einen holprigen Sandweg. Bald bedeckte eine feine Staubschicht ihre Schuhspitzen. Vorsichtig machte sie einen Schritt nach dem anderen, als befürchtete sie, schlafende Geister zu wecken. Von den Holzbauten, die den Weg säumten, standen größtenteils nur noch die Seitenwände. In einigen wenigen Fällen wölbten sich noch rudimentäre Dächer über die Hausskelette, aber sie sahen einsturzgefährdet aus. Die wenigen Fensterscheiben, die die Zeit überlebt hatten, waren blind und schmutzig.

Valentine kehrte zu ihrem Fahrzeug zurück. Mit zitternden Händen zog sie sich aus. Nur ihre roten High Heels behielt sie an. Immer wieder schaute sie über ihre Schultern zurück, aber an diesem Ort schien es kein Leben zu geben. Rhys musste noch unterwegs sein.

Zweifelnd, ob sie noch ganz bei Trost war, nahm sie den schwarzen Schal vom Beifahrersitz. Während sie ein Ende an ihre Brüste drückte wie ein Schutzschild, ging sie den Weg zurück und überlegte, wo sie sich hinstellen sollte. Bei jeder Bewegung strich die kühle Seide, die von ihrem Busen herabhing, über ihren Venushügel. Am liebsten hätte sie sich im Schatten einer der Ruinen positioniert, aber Rhys' Anweisung lautete »mitten in Skelleton«. Er würde mit ihrer Wahl nicht einverstanden sein und sie für die Missachtung seines Befehls bestrafen.

Kurz dachte sie darüber nach, ihn absichtlich zu reizen. Die Vorstellung erregte sie. Doch dazu fehlte ihr der Mut. Außerdem stand ihre Beziehung zurzeit ohnehin auf wackeligen Beinen.

Mitten auf dem Weg blieb Valentine stehen. Der Moment war gekommen. Sie musste sich nun die Augen verbinden und in einer möglichst devoten und sexy Pose auf ihren Herrn warten. Wie lange würde das sein? Minuten? Gar eine Stunde? Würde er sie schmoren lassen, um ihr zu zeigen, welche Macht er über sie besaß? Dass er sie dazu bringen konnte, die verwunderlichsten Dinge zu tun? Dass sie sich freiwillig vor ihm erniedrigte, nur damit er ihre Fantasien wahr machte?

Plötzlich wurde sie von Panik erfasst. Sie wandte sich um und lief zu ihrem Wagen. Hektisch riss sie die Fahrertür auf. Sie klemmte, wie meistens, daher riss sie grob an ihr, bis sie aufschwang. Doch sie stieg nicht ein, sondern stützte sich am Dach ab und ließ ihren Kopf hängen. Ihr Brustkorb hob und senkte sich. Sie bemühte sich, ruhiger zu atmen, doch ihr rasender Puls erschwerte das.

Was tat sie hier eigentlich? War sie verrückt geworden, sich das anzutun? Dann wiederum gewann die Gewissheit Oberhand: Verrückt wäre sie, wenn sie auf dieses Erlebnis, das Rhys ihr ermöglichte, aus bloßer Feigheit verzichten würde.

Ihre Gedanken und Gefühle wirbelten durcheinander. Sie fühlte sich, als stände sie auf dem *Stratosphere Tower* kurz vor ihrem ersten Sky Jump. Es schien der pure Wahnsinn zu sein, sich darauf einzulassen, immerhin handelte es sich um den höchsten Sky Jump der Welt. Aber nur so erlebte man den ultimativen Kick. Wie der Springer durch Gurte gesichert war, war auch Val nicht völlig schutzlos. Sie hatte immer noch das Safeword. *Loser*, rief sie es sich in Erinnerung. Kein schöner Begriff, das hatte Rhys absichtlich so ausgewählt, dennoch würde sie ihn aussprechen, sollte das Spiel in Ernst umschlagen oder die Session sie über ihre Grenzen hinausführen.

Ihr wurde bewusst, dass das Risiko kalkuliert war. Sie brauchte keine Kleidung als Schutz, denn sie besaß ein magisches Wort.

Als sie sich wieder auf die Straße stellte, fühlten sich ihre Beine wie Gummi an. Feuchtigkeit benetzte ihre Schamlippen. Versehentlich stieß sie an ihre Brustspitzen. Wie empfindlich sie waren! Vals Verstand signalisierte ihr Furcht, doch ihr Körper antwortete, so verwirrend wie faszinierend, mit Lust darauf.

Wenn ich es einfach wollte, würde ich mich nicht demütigen und züchtigen lassen, hatte sie impulsiv zu Rhys gesagt. Für ihren Geschmack hatte er diesen Hinweis etwas zu ernst genommen.

Mit einem Lächeln band sie den Schal um ihren Kopf. Sie schloss die Lider und schob den Stoff über ihre Augen. Es wurde dunkel. Aber nur für sie selbst.

Das Adrenalin rauschte durch sie hindurch. Sie führte ihre Hände hinter den Rücken und fasste ihre Unterarme. Ihre Brüste schoben sich automatisch vor. Val meinte, eine Brise an ihren harten Nippeln zu spüren, war sich aber nicht sicher, ob sie sich das nur einbildete.

Tief atmete sie ein, stellte sich breitbeinig hin und stieß dann alle Luft auf einmal aus ihren Lungen aus. Ihre Lippen spannten, die oberen, weil sie trocken waren, die unteren vor Lust. Ihr kam eine merkwürdige Idee und sie fragte sich, ob Rhys sie nicht um seinetwillen dieser Prüfung unterzog, sondern nur ein Instrument ihrer Fantasien war. Tat er nicht genau das, was sie sich wünschte? Er schraubte die Hürde, die sie überwinden musste, bei jeder Session etwas höher. Dadurch blieb das Spiel aufregend und abwechslungsreich. Im Grunde wollte sie genau das!

Doch diesmal befürchtete sie, nicht stark genug für die Aufgabe zu sein. Sich ihm im Darkroom derart schutzlos auszuliefern, hätte sie schon Kraft gekostet, da sie nicht sehen konnte, was auf sie zukam. An diesem offenen und öffentlichen Ort nackt, blind und alleine zu stehen, trieb ihr den Schweiß aus den Poren. Sie kam sich vor wie ein Stück Fleisch in der Auslage eines Metzgers, an dem ein Schild stand: Greif zu und bediene dich.

Inzwischen zitterte sie so stark, dass sie es bedauerte, High Heels gewählt zu haben, um besonders sexy zu sein. Die Gänsehaut war beinahe schmerzhaft, ihre Poren waren geweitet und machten ihre Haut hochempfindlich. Ein erregender Zustand und gleichzeitig beängstigend. Wäre Rhys bei ihr, hätte sie es genossen, sich ihm auszuliefern. Sehr sogar! Bei ihm fühlte sie sich sicher. Doch er schien noch nicht da zu sein und somit fehlte das Netz, das sie auffing, sollte etwas Unvorhersehbares geschehen.

Hatte sie nicht gerade einen Lufthauch an ihrer Schulter gespürt? Stand vielleicht schon jemand hinter ihr?

Just in den Moment, als sie sich umdrehen wollte, legte sich eine Hand zwischen ihre Schulterblätter.

17

Val gab einen Aufschrei von sich und blieb stocksteif stehen. Sie versuchte, die Berührung intensiver wahrzunehmen, um herauszufinden, ob es Rhys war, der sich ihr lautlos genähert hatte, doch ihre Haare dämpften den Kontakt.

Offenbar war der Fremde – oder handelte es sich um eine Frau – auch der Meinung, dass ihr Schopf störte, denn er band ihre roten Locken zusammen und steckte den Zopf mit einer Spange hoch. Erneut fasste er sie am Rücken an und diesmal übte er mehr Druck aus.

Val ahnte, was er von ihr erwartete. Sie sollte Haltung annehmen und sich ihm sowohl demütig als auch erotisch präsentieren. Doch wie konnte sie das, wenn sie nicht einmal wusste, mit wem sie spielte? »Rhys?«

Die Finger glitten höher. Er packte ihren Nacken, als wollte er sie mit dieser Geste davor warnen, weitere Fragen zu stellen.

Sie tat es trotzdem. »Rhys, bist du das?«

Als er von ihr abließ, war sie überrascht. Er entfernte sich zwei Schritte von ihr. Musterte er sie? Überlegte er, ob er die Session fortsetzen wollte, da sie so rebellisch war? Oder holte er gerade, ebenso so geräuschlos, wie er sich angeschlichen hatte, ein Schlaginstrument aus einer Tasche, um sie für ihren Ungehorsam zu bestrafen?

Er unterzog sie dieser emotionalen Qual, um ihre Disziplin zu testen, vermutete sie. Sie wäre enttäuscht von sich selbst, wenn sie so leicht aufgäbe. So lange hatte sie davon geträumt, auf einen Mann zu treffen, der sie nicht wie die Prinzessin auf der Erbse behandelte. Außerdem wollte sie ihrer »Schwäche« den Stinkefinger zeigen und über sich hinauswachsen.

Deshalb senkte sie devot ihren Kopf und verschränkte wieder die Arme hinter ihrem Rücken.

Doch schon, als er knapp über ihrem Venushügel über ihren Bauch strich, zuckte sie zusammen. Sie war so in Grübeleien und ihren inneren Kampf vertieft gewesen, dass sie nicht gehört hatte, wie er sich ihr erneut genähert hatte. Tief sog sie die Luft ein, in der Hoffnung, Rhys' Aftershave zu riechen. Vergeblich.

Wie ein Raubtier auf Beutezug umkreiste er sie. Er berührte sie mal an ihrer Hüfte, mal an der Rückseite ihres Oberschenkels und dann an der Stelle zwischen Brust und Achsel, was sie zum Kichern brachte.

Als er ihren linken Busen anfasste, biss sie die Zähne zusammen. Mit der ersten intimen Berührung kehrten ihre Bedenken zurück. Immerhin war sich Val jetzt sicher, dass es sich um einen Mann handelte. Die Größe der Hand ließ keinen Zweifel zu. Drohend lag sie auf ihrer Brust. Diese simple Geste machte ihr wieder bewusst, dass er mit ihr tun und lassen konnte, was ihm gefiel. Lust oder Schmerz, Streicheln oder die Finger in das empfindsame Gewebe bohren, es lag allein bei ihm. Er war sich klar darüber, er wusste, was er tat und was er damit bei ihr bewirkte. Folglich musst er Erfahrung als Dominus haben. Einen Touristen schloss sie daher aus. Aber das bewies noch lange nicht, dass sie Rhys vor sich hatte.

Plötzlich tauchte ein neuer Gedanken in ihrem Kopf, wo so viel Chaos herrschte, auf. Konnte es sein, dass er jemand anderen geschickt hatte? Einen der Männer aus dem Zirkel zum Beispiel: Mr. Netzbody oder den Älteren, der so viel Gelassenheit ausstrahlte? Doch Val wollte sich nicht einmal dem attraktiven Schotten ausliefern. Sie hatte bereits einen Herrn! Ihm gehörte ihr Körper und, das gestand sie sich das erste Mal offen ein, auch ihr Herz. Wenn er sie, seine ergebene Lustsklavin, jedoch an einen anderen Meister verlieh, würde er ihre Abmachung brechen.

»Rhys?« Sie horchte, doch sie hörte nur das Rauschen ihres Blutes in ihren Ohren. »Bist du das?«

Warum antwortete er denn nicht? Stattdessen massierte er ihren Busen. Sie schämte sich, dass es sie erregte, obwohl sie sich innerlich dagegen sträubte. Ihre Möse pochte, aber es kam Val falsch vor.

»Bitte, sag etwas.« Ihre Stimme klang weinerlich, das erschreckte sie. »Nur ein einziges Wort, damit ich dich erkenne.«

Schweigend nahm er seine Hand von ihrer Brust und legte sie auf ihre Schulter. Warum Valentine sich von ihm auf ihre Knie drücken ließ, wusste sie selbst nicht. Vielleicht weil sie durch und durch eine Sub war. Außerdem war sie nach Skelleton gekommen, um zu gehorchen. Aber nicht jedem x-beliebigen Mann. Nur Rhys!

Das Geräusch des Reißverschlusses, der dicht vor ihrem Gesicht geöffnet wurde, ließ sie erschaudern. Finger vergruben sich in ihren Haaren. Eine Hand zog ihren Kopf an ein Geschlecht heran, von dem Val nicht wusste, wessen es war.

Ihre Alarmglocken schrillten so laut, dass sie wild um sich schlug. Sie boxte auf den Mann ein, traf aber nur seinen Schenkel, da er sich rechtzeitig weggedreht hatte. Er musste sich vor sie gekniet haben, denn als er sie mit seinen Armen fest umschloss und so lange festhielt, bis sie sich nicht mehr wehrte, befand er sich auf derselben Höhe mit ihr.

Zärtlich küsste er ihren Schopf, ihre Schläfen, ihre Wangen und, nachdem er den Schal gelöst hatte, auch ihre Lider.

Rasch öffnete sie ihre Augen. »Rhys!«

»Wer sonst?«, fragte er. Eine Sorgenfalte teilte seine Stirn. »Du hättest nur das Safeword auszusprechen brauchen und ich hätte die Session abgebrochen.«

»Ich … war so … gefangen«, stammelte sie und wunderte sich selbst am meisten über diesen Aussetzer, wo sie sich doch kurz zuvor noch die Reißleine – *Loser* – in Erinnerung gerufen hatte, »dass ich nicht daran gedacht hatte.«

»Ich hätte deine Verzweiflung erkennen müssen.« Sachte kreiste sein Daumen über ihr Kinn. Er sah elegant aus in seinem einfachen schwarzen Hemd. »Aber ich habe gar nicht in Erwägung gezogen, dass deine Angst so groß sein könnte. Warum? Was ist passiert?«

»Ich hatte Angst, du könntest jemand anderen geschickt haben.« Nun, da sie Gewissheit hatte, dass ihre Sorge unberechtigt war, entkrampfte sie sich.

Rhys' Gesicht kam immer näher. Ihre Lippen trafen sich und es lag so viel Gefühl in diesem Kuss, dass auch der Rest an Anspannung von Valentine abfiel. Er schmeckte himmlisch. Nach kalten, frischem Quellwasser genau das Richtige in einer Wüste.

Nachdem er sich von ihr gelöst hatte, schüttelte er den Kopf. »Das hätte ich niemals getan! Du bist *meine* Sklavin.«

Meine! Dieses Wörtchen blieb in ihrem Gehörgang kleben. Die Bedeutung hallte in ihr wider. Innerlich seufzte sie zufrieden.

»Es bestand nie Gefahr für dich. Du warst die ganze Zeit in Sicherheit. Jacob hat mich hier herausgefahren, damit du meinen Wagen nicht entdecken und wissen konntest, dass ich schon da war. Seit sieben Uhr warte ich auf dich.« Er zwinkerte. »Wäre jemand Fremdes vorbeigekommen, hätte ich dich abgefangen und die Session abgesagt oder an einen anderen Ort verlegt.«

Rhys hatte über sie gewacht und sie beschützt, diese Eröffnung zauberte ein Lächeln auf ihr Gesicht. Jetzt erkannte sie, dass alles nur ein Spiel mit der Angst gewesen war. Normalerweise fand sie das reizvoll, aber in dieser Umgebung und nach dem Streit mit ihm hatte die Unsicherheit über die Lust gesiegt.

»Jetzt weißt du jedenfalls, dass du mir hundertprozentig vertrauen kannst, und ich weiß, wo eine deiner Grenzen liegt.« Um seine Worte zu unterstreichen nickte er ernst. »Komm, ich fahre dich in deinem Wagen heim.«

Valentine hinderte ihn daran, aufzustehen und sie auf ihre Füße zu ziehen. Stattdessen hielt sie ihn fest. »Was ist mit unserer Session?«

Überrascht hob er die Brauen. »Du möchtest doch wohl nicht fortfahren?«

»Warum nicht?«

»Die Stimmung ist zerstört. Du bist zu aufgewühlt.« Er fuhr mit den Fingern durch seine welligen Haare, die so lang waren, dass sie seine Ohren verdeckten und über dem Hemdkragen lagen, und zerzauste sie dadurch nur noch mehr. »Es wäre unpassend in diesem Setting, denn du verbindest es mit etwas Negativem.«

Sie sparte sich eine Diskussion, denn ihr war nicht nach Reden zumute. Nun, da er bei ihr und die Situation geklärt war, gewann das Verlangen nach Rhys wieder die Oberhand. Ihn unter halb gesenkten Lidern hervor anblickend, nahm sie seine Hand und führte sie an ihre feuchte Möse.

Die Angst war verflogen, zurück blieb nur noch Lust. Das Risiko, Einheimische oder Touristen könnten sie bei ihren

Ausschweifungen erwischen, hatte aus diesem neuen Blickwinkel etwas Reizvolles. Ein zusätzlicher Kick! Val lief nicht Gefahr, von einem Unbekannten begrapscht oder Schlimmeres zu werden, denn Rhys trat nicht nur als ihr Folterknecht in Erscheinung, sondern auch als ihr Ritter in glänzender Rüstung.

Rhys tauchte einen Finger in ihre Öffnung, hob ihn an und benässte ihre Unterlippe. Lüstern leckte Valentine sie ab, während sie ihn die ganze Zeit ansah.

»Also, hat es dich doch ein wenig angemacht.« Nachdem er sich erhoben hatte, half er ihr beim Aufstehen.

»Es zu leugnen, macht wohl keinen Sinn.«

»Nein, die Beweise würden die Lüge entlarven.« Seine Fingerknöchel strichen seitlich über ihre Brüste immer tiefer bis zu ihren Hüften. »Bemerkenswert!«

»Wie nass ich trotz echter Angst bin?« Ihre Wangen brannten nicht einmal, als sie das sagte. Sie wurde selbstbewusster, stellte sie fest, und es gefiel ihr.

»Das meinte ich nicht. Jede andere Frau hätte nach diesem schlechten Start nur noch weg gewollt. Aber du stehst schon wieder und lächelst.« Er zog sie an sich, saugte an ihrem Mundwinkel, als hätte er dort einen Rest ihrer Feuchtigkeit entdeckt, und küsste sie abermals. »Du bist stärker als viele andere Subs.«

Und stärker, als sie aufgrund ihrer »Schwäche« selbst geglaubt hatte. Vielleicht beeinträchtigte diese sie weniger, als sie immer gedacht hatte. Die Symptome waren zweifelsohne echt. Aber durch Rhys gewann sie den Eindruck, dass sie sie leichter weggesteckt hätte, hätten ihre Eltern ihr mehr Zuversicht und Vertrauen in ihre eigene Kraft gegeben.

Er trat einen Schritt zurück. In seinem Blick, mit dem er ihren nackten Körper von oben bis unten musterte, lag plötzlich eine attraktive Arroganz. »Erwarte nicht, dass ich dich schonen werde!«

Valentine war keineswegs entsetzt. Ihr Puls beschleunigte sich. Es pochte sehnsüchtig zwischen ihren Schenkeln. Die Härchen in ihrem Nacken stellten sich auf. Eine erotische Furcht ergriff sie, aber im Gegensatz zu vorhin fühlte sich diese richtig an: nicht lähmend, sondern erregend.

Lächelnd spreizte Val ihre Beine. Sie schaute demütig zu Boden und führte ihre Hände hinter ihren Rücken.

Die eigentliche Session begann erst jetzt. Und diesmal würde Val sie mit jeder Faser genießen können.

18

Provokant spannte er den schwarzen Schal zwischen seinen Händen. Obwohl er nichts weiter tat, malte sich Valentine aus, was er damit alles anstellen könnte. Sie wollte nicht erneut ihre Augen damit verbinden lassen, sondern das außergewöhnliche Setting genießen, das Rhys für ihre Session ausgewählt hatte.

Innerlich seufzte sie erleichtert, als er dicht an sie herantrat und ihre Handgelenke hinter ihrem Rücken zusammenband. Während er das tat, ließ er einen fingerbreit Platz zwischen sich und ihr, was Val gemein fand, denn sie hätte ihn so gerne gespürt. Er schien ihre Gedanken zu erraten, vielleicht spiegelte sich ihre Sehnsucht auch auf ihrem Gesicht, denn er schmunzelte.

Zärtlich streichelte er die Ansätze ihrer Brüste. Er ließ sich Zeit, während er immer enger werdende Kreise zog. Seine Fingerspitzen kamen ihren Brustwarzen stetig näher, aber so quälend langsam, dass Val das Kribbeln kaum aushielt. Unruhig verlagerte sie ihr Gewicht von einem Fuß auf den anderen. Warum fasste er sie denn nicht endlich dort an, wo es am intensivsten prickelte?

Ungeduldig streckte sie ihm ihren Busen hin, worauf er sich wieder entfernte, was sie mit einem Schnauben quittierte. Zur Strafe für diese Missbilligung kniff er in ihr weiches Fleisch. Aber der Schmerz verflog rasch und zurück blieben Wärme und das Gefühl von tausend Ameisen auf ihrer Haut.

Sie straffte den Rücken, um Rhys zu signalisieren, dass sie alles hinnehmen würde, was er ihr schenken wollte, ob nun Lust oder Qual, und öffnete ihren Mund ein kleines Stück, weil ihr das Atmen schwerer fiel.

Hitze stieg in ihre Wangen und durchglühte ihren Schoß. Auf magische Weise spürte sie die Berührungen von Rhys in jeder Faser ihres Körpers. Während sich seine Fingerspitzen wieder ihren Brustwarzen näherten, wünschte sich ein Teil von ihr, dass er endlich schneller machen würde, und ein anderer, dass die bittersüße Folter ewig dauern würde. Denn je mehr Zeit er sich ließ, desto erregter wurde sie.

Endlich erreichte er ihre Nippel. Doch anstatt sie zu zwirbeln, strich er lediglich hauchzart über die Warzenhöfe. Nicht mehr und nicht weniger.

Ihre Brustspitzen kribbelten so stark, dass Valentine fast wahnsinnig darüber wurde. Wenn ihre Hände nicht gefesselt gewesen wären, hätte sie selbst an ihnen gezupft, nur um diese nagende Geilheit loszuwerden, die sich in ihr angesammelt hatte, wie Wasser in einem Behälter, der kurz vor dem Überlaufen stand.

Behutsam kratzte er mit seinen Fingernägeln über die sensiblen Höfe. Vals Nippel reagierten darauf wie elektrisiert. Sie pochten vor Verlangen, endlich berührt zu werden. Das Blut strömte in die Spitzen hinein, sodass sie hellrot leuchteten, Signallampen gleich, doch Rhys dachte nicht daran, Val von ihrem Leid zu erlösen.

Zu ihrer Überraschung ließ er von ihr ab. Er griff in seine Hosentasche und holte eine Nagelfeile hervor. Vals Augen weiteten sich. Was zur Hölle hatte er damit vor?

Es handelte sich um eine Polierfeile, bei der das Schleifpapier auf einem kissenartigen Untergrund klebte. Man korrigierte damit Unebenheiten, Kratzer und Verfärbungen und verlieh dem Nagel mehr Glanz. Dass sie lediglich eine feine Körnung besaß, beruhigte Valentine keineswegs, zumal Rhys sie an ihren linken Busen hielt.

Er drückte sie gegen ihre Brustspitze und tat, als überlegte er, wie er vorgehen sollte. Dass er damit nur ihre Furcht schüren wollte, war ihr klar. Leider änderte das nichts daran, dass sie genau so reagierte, wie er es wünschte. Ungläubig schüttelte sie ihren Kopf, da sie nicht fassen konnte, was er vorhatte. Ihr Brustkorb hob und senkte sich. Die Härchen in ihrem Nacken stellten sich auf. Ihr Mund war trocken. Das Blut rauschte durch ihre Spalte und machte sie dort unten so empfindsam, dass es sich anfühlte, als würde sich die Luft wie eine warme Hand auf ihren Schoß legen.

Ebenso wie die Wüstenluft, über der die Sonne bald ihren Zenit erreicht haben würde, steigerte sich auch die Hitze in ihr.

Obwohl Val wusste, dass sie sich mit ihrem Herrn alleine in Skelleton aufhielt, hatte sie den Eindruck, aus den verfallenen Häusern heraus von zahlreichen Augen beobachtet zu werden. Vielleicht waren es auch die Gebäude selbst. Wie verkrüppelte Monster aus Holz säumten sie die einzige Straße in der Geisterstadt. Die blinden oder zerstörten Fenster, so stellte sich Val vor, waren ihre deformierten Augen, die alles mitbekamen. Ein lustvoller Grusel überkam sie. Eine Gänsehaut überzog ihren Körper.

Vorsichtig rieb Rhys mit der Feile über ihre Brustwarze. Ein leichter Schmerz breitete sich darin aus. Sie verzog das Gesicht und krümmte sich, worauf Rhys sie ermahnte: »Nimm Haltung an! Eine Sklavin muss sich ihrem Meister stets hübsch wie eine prachtvolle Blüte präsentieren und nicht dastehen, wie ein windschiefer Baum.«

»Ja, Sir«, brachte Val mühsam heraus. Sie kämpfte gegen

den Drang an, einfach einen Schritt zurück zu machen und so der Folter zu entkommen. Zwar schaffte sie es, sich wieder aufrecht hinzustellen, doch sie rollte ihre Schultern nach vorne, um der unangenehmen Reibung zu entkommen.

»Mach keinen Buckel! Ich möchte nicht den Glöckner von Notre-Dame vor mir haben, sondern Esmeralda.« Seine Stimme klang scharf, aber es schwang ein erotischer Unterton mit.

Vals Blick fiel auf Rhys' Hose, die sich in der Mitte wölbte. Ein Lächeln stahl sich auf ihre Lippen, das Rhys unglücklicherweise dazu veranlasste, ihre Nippel härter zu polieren, wohl weil er glaubte, sie könnte noch ein wenig mehr von seiner bittersüßen Behandlung ertragen. Diese tat immer mehr weh. Ihr Nippel schien zu glühen. Inzwischen verfluchte Val Rhys im Stillen, aber sie tat nichts, um ihn zu stoppen. Das Safeword stahl sich in ihre Gedanken, doch sie presste die Zähne zusammen, denn sie wollte es auf keinen Fall aussprechen. Nicht, um Rhys oder sich selbst etwas zu beweisen, sondern weil Rhys' Unbarmherzigkeit sie geil machte.

Nach einer gefühlten Ewigkeit ließ er ihre Brustspitze in Ruhe.

Zurück blieb ein erregendes Brennen. Es handelte sich dabei nicht um Schmerz, sondern vielmehr um ein Feuer, das nicht nur ihren Oberkörper entflammte, sondern auch ihre Möse. Zudem berührte es etwas tief in ihrem Inneren, das Val nicht zu bestimmen vermochte. Ihre Seele, falls es so etwas überhaupt gab? Einen dunklen Ort in ihr, den jeder Mensch in sich trug? Die meisten Menschen verleugneten ihn, weil er pechschwarz und abgründig war. Erschreckend und faszinierend. Gefährlich und verführerisch. Sowohl Hölle als auch Paradies.

Bevor ihre Grübeleien weiter ins Philosophische gleiten konnten, widmete sich Rhys auch schon ihrer rechten Brustspitze. Sachte polierte er die Ränder, als wollte er sie noch runder machen, als sie ohnehin schon waren. Schmerzhaft wurde es für Valentine erst beim Reiben über die Kuppe. Scharf sog sie die Luft zwischen ihren Zähnen ein. Sie hob immer wieder kurz ein Bein an und stand dort wie ein Flamingo. Warum sie das tat, wusste sie selbst nicht. Dieses Zappeln half ihr leidlich, die Tortur zu ertragen. Aber sie war stolz, dass sie sich weder von Rhys losriss, noch die Flüche, die ihr auf der Zunge lagen, aussprach.

Im Grunde wollte sie es ja nicht anders. Sie wünschte sich, lustvoll zu leiden, weil es sie geil machte. Diese Einsicht machte es ihr allerdings nicht leichter, die Qual zu ertragen. Die natürliche Reaktion auf Schmerz war nun mal Flucht. Innerlich kämpfte sie gegen den Drang an, ihren Fuß anzuheben, um Rhys einen Tritt gegen das Schienbein zu verpassen. Vielleicht erklärte das ihren Flamingo-Tanz.

Nachdem er aufgehört hatte, die oberste Schicht ihres Nippels abzufeilen, fühlte dieser sich an, als würden Flammen an ihm züngeln. Der Schmerz kehrte in kurzen Impulsen zurück, doch dieser Nachhall wurde immer schwächer, bis schließlich nur noch Hitze übrig blieb.

Erst jetzt merkte Val, wie heftig es zwischen ihren Schenkeln pulsierte. Sie verspürte ein angenehmes Ziehen. Das Spannungsgefühl hatte sich wie ein erotisches Netz über ihre Möse gelegt.

Dachte sie noch, ihre Schamlippen könnten nicht stärker anschwellen, so wusste sie es schon wenige Sekunden später besser. Sinnlich strich Rhys mit seinen Daumen über ihre Brustspitzen. Diese antworteten so heftig auf die Stimulation, wie nie zuvor. Es kribbelte so intensiv, dass Val einen kehligen

Laut von sich gab. Erschrocken und verlegen errötete sie, konnte aber nicht verhindern, dass sie sogleich brünstig stöhnte.

Ihre Beine waren wie Pudding. Es fiel ihr schwer, überhaupt stehen zu bleiben, so sehr überwältigte die Lust sie. Instinktiv beugte sie die Knie, als wollte sie sich in den Staub zu seinen Füßen sinken lassen, drückte sie jedoch sofort wieder durch. Sie schloss die Lider und schien trotzdem gleißend helles Licht zu sehen. Seufzend gab sie sich der Erregung hin. Sie legte ihren Kopf in den Nacken, weil sie keine Kraft mehr hatte, ihn aufrecht zu halten.

Alles in ihr konzentrierte sich auf das Prickeln, das von ihren Spitzen auf die Brüste überging und bis in ihre Möse ausstrahlte. Ein köstlicher Kitzel, der ihr förmlich die Sinne raubte. Ihre Brustwarzen waren noch nie so empfindlich gewesen. Sie konnte sich sogar vorstellen, allein durch das Liebkosen ihrer Nippel zu kommen.

Aber Rhys ließ sie nicht herausfinden, ob sie dazu fähig war, sondern nahm seinen Daumen fort und massierte ihren Busen. Fest packte er in das sensible Gewebe, ein Kontrast zu der Zärtlichkeit zuvor. Erlösend zwar, gleichzeitig breitete sich Enttäuschung in Val aus. Aber die Session war ja nicht vorbei, noch lange nicht. Die leid- sowie lustvolle Folterung ihrer Brüste war nur die Ouvertüre gewesen. Sie grinste voller Vorfreude.

Als sie ihre Lider öffnete, schaute sie geradewegs in Rhys' Augen. Das Funkeln darin bereitete ihr Sorgen. Es erinnerte sie an Funken, die aufstoben und ein neues, alles verzehrendes Feuer entfachen konnten.

Pikiert hob er eine Braue. »Ich scheine dich zu amüsieren.«

»Nein, Sir.« Wie kam er nur auf die Idee? Etwa wegen ihres Lächelns? Erkannte er nicht, dass er sie glücklich machte?

»Dann machst du dich also lustig über mich?« Sein Mund war ein dünner Strich.

»Auf keinen Fall«, rasch fügte sie ein demütiges »Sir« an.

Seine Kiefer mahlten. »Offensichtlich beanspruche ich dich nicht genug.«

Sie erkannte, dass Rhys mit ihr spielte, wie eine Katze mit einer Maus. Er stand kurz davor, seine Krallen auszufahren. Doch außer dass ihr angst und bange wurde, freute sie sich auch darauf. Ihr ganzer Körper wurde von dieser erregenden Furcht erfasst.

Als Rhys allerdings die Nagelfeile wegsteckte und ein kleines Toy aus violettem Silikon aus seiner Hosentasche zog, war sie irritiert.

»Du weißt, weshalb wir hier sind?« Bedrohlich langsam streifte er den Clip, an dem der künstliche Schwanz angebracht war, über seinen Zeigefinger.

Sie war wie blockiert und konnte sich nicht vorstellen, wozu man das Spielzeug einsetzte. Es wirkte wie ein Dildo in der Größe eines Vibro-Eies. Mit gerunzelter Stirn starrte sie darauf.

Unsanft packte Rhys ihr Kinn und hob es an, damit sie ihn ansah. »Damit du mir beweist, dass du diszipliniert sein kannst.«

Das hatte er nicht vergessen? *Zu dumm!* Sie roch die nächste Prüfung förmlich. Ihr Magen ballte sich vor Aufregung zusammen.

Er sprach langsam und es schien, als würde er sich jedes seiner Worte im Mund zergehen lassen wie eine köstliche Praline. »Ich werde dich jetzt stimulieren, werde dich nah an den Höhepunkt heranbringen, immer und immer wieder, aber du darfst erst kommen, wenn ich es dir erlaube.«

Sie schluckte schwer, denn sie ahnte, dass er es ihr nicht leicht machen würde, sich zusammenzureißen.

»Mit jedem Aufstieg wird es anstrengender für dich werden, den Orgasmus zurückzuhalten. Doch wenn du möchtest, dass ich mich weiterhin mit dir treffe, obwohl du mich gestalkt hast, wirst du der Versuchung widerstehen und standhaft bleiben.« Genüsslich fügte er hinzu: »Für mich, deinen Herrn.«

Protest regte sich in ihr. Sie würde ihm zeigen, dass sie die gehorsame und beherrschte Sklavin war, die er sich wünschte. Aber sie tat das nicht für ihn, sondern sich selbst. Sie wollte ihn nicht verlieren.

Der Einsatz war so schwindelerregend hoch, dass es ihr den Atem raubte.

Rhys drückte auf einen Knopf am Ende des Kunstpenis', der daraufhin zu summen begann. Endlich erkannte Valentine, was es sich damit auf sich hatte. Es handelte sich um einen Fingervibrator. Was konnte solch ein kleines Toy schon ausrichten? Bestimmt nicht viel. Sie fasste Mut und beruhigte sich wieder. Das konnte sie packen!

Zu ihrer Überraschung führte Rhys die violette Eichel jedoch nicht sofort an ihre empfindlichste Stelle, sondern an ihren Warzenhof. Das Vibrieren war so stark, dass Val es bis in ihre Brustspitze spürte.

Erschrocken riss sie die Augen auf. Der Winzling besaß weitaus mehr Kraft, als sie erwartet hatte.

Sachte drückte Rhys den Fingerclip seitlich gegen ihre Brustwarze. Das Prickeln, das sie während des Vorspiels verrückt gemacht hatte, kehrte schlagartig zurück. Es breitete sich in ihrem Oberkörper aus und infizierte auch ihre Mitte. Val keuchte.

Schmunzelnd hielt Rhys die Schwanzspitze an ihren Nippel und presste ihn mithilfe des Toys in das nachgiebige Fleisch hinein, worauf Val stöhnte.

Instinktiv riss sie an ihren Fesseln, aber der Schal gab nicht nach, sondern der Knoten zog sich noch enger zusammen. Sie nahm die Vibration bis in ihr Innerstes wahr. Das Summen klang auf einmal diabolisch. Angesäuert schaute sie Rhys an. Er hatte ihr einen Wolf im Schafspelz präsentiert und sie war darauf hereingefallen.

Seine Mundwinkel zogen sich immer weiter nach oben. Sichtlich amüsiert über ihr Erstaunen und ihre Verärgerung widmete er sich ihrer anderen Brustwarze und rieb mit dem Vibrator darüber. Geradezu zärtlich ließ er seinen Finger über den Rand kreisen.

Als Val nach hinten ausweichen wollte, packte er mit seiner freien Hand ihre Pobacke und kniff hinein, ohne mit seinen Liebkosungen aufzuhören.

Lust und Schmerz vermischten sich, eine Kombination, der Valentine nicht widerstehen konnte. Seufzend wand sie sich in seinem Arm, den er um sie gelegt hielt, damit sie ihm nicht entfliehen konnte.

Wäre es nur um Sex gegangen, hätte sie gar nicht weggewollt. Doch es ging um weitaus mehr. Sie konnte sich nicht vorstellen, jemals wieder ohne Rhys Snowden zu sein oder dass ein anderer Mann seine Position einnahm. Wenn sie nicht standhaft blieb und daraufhin Rhys verlor, würde das ein Loch in ihr Leben reißen, eine Wunde, die nicht so schnell verheilen würde.

Während der Kunstpenis ihren Nippel intensiv neckte, massierte Rhys ihre Gesäßhälfte. Dann und wann zwackte er sie und entlockte ihr einen Aufschrei, der aber jedes Mal in Stöhnen überging. Er knetete ihren Hintern zunehmend fester, ja, fast grob, blieb jedoch an ihrer Brustspitze weiterhin behutsam. Je sachter die Berührung der Silikoneichel war, umso mehr kribbelte es. Eine erregende Tortur, die ihr zunehmend die Kraft raubte, daher legte sie ihre Stirn auf Rhys' Schulter ab.

Just in dem Moment nahm der den Fingervibrator von ihrem Busen weg und legte ihn auf ihre Spalte.

Abrupt richtete sich Valentine auf, weil sie sich erschreckt hatte und aus ihrer Trance gerissen wurde. Jetzt spürte sie erst, wie geil sie dort unten bereits war, obwohl Rhys ihre Möse bisher sträflich vernachlässigt hatte.

Plötzlich ging er nicht mehr bedächtig vor. Abwechselnd drückte er den violetten Schwanz gegen ihre beiden äußeren Schamlippen. Aus einem Reflex heraus, da ihre Erregung emporschoss, versuchte Val, die Beine zu schließen, aber Rhys stieß ein Knie dazwischen und hinderte sie daran. Er umarmte sie fester, damit sie ihm nicht entkommen konnte, und führte den Vibrator in das Tal zwischen ihren inneren Lippen.

Val zitterte vor Lust. Ihre Verzweiflung, sie könnte kommen und Rhys noch heute Lebewohl sagen müssen, wuchs. Sie wehrte sich gegen ihn, war aber chancenlos, nicht allein wegen der Fesseln und seiner Kraft, sondern weil die Geilheit sie schwach machte. Sie brauchte all ihre Energie, um überhaupt stehen zu bleiben. Die Vorbeben, die ihren Körper erschütterten, waren bereits so stark, dass sie auf ihren High Heels gefährlich schaukelte.

Aber er hielt sie fest, er war ihr Fels in der Brandung und gleichzeitig die Flut, die mit gewaltigen Wogen an ihr riss.

Als er seinen Zeigefinger samt Clip in ihre feuchte Mitte schob, gab sie es auf, gegen ihn anzukämpfen. Sie war nur noch Lust! Geschickt suchte er diesen Punkt in ihrem Inneren, der sie dazu veranlasste, kehlige Laute von sich zu geben, die auch von einem Tier hätten stammen können. Er fickte sie so unendlich sanft mit dem Minivibrator und rieb dabei über die empfindliche Stelle, die zusätzliche elektrische Impulse aussandte, dass Val völlig die Kontrolle über sich verlor. Hilflos lag sie in seinen Armen, konnte nicht mehr denken, nur noch fühlen, und ergab sich ihrem Schicksal.

Wie durch Watte hindurch nahm sie wahr, dass Rhys mit einem Finger in ihre enge Öffnung eindrang. Ihr Muskel zog sich um ihn zusammen und prickelte.

Sinnlich und gleichsam obszön fickte Rhys sie vorne und hinten. Die duale Penetration reizte sie bis aufs Blut. Ihre Nervenbahnen vibrierten und summten wie das künstliche Glied.

Entgegen seiner Ankündigung brach Rhys nicht ab, kurz bevor sie kam, um sie verschnaufen zu lassen und dann die Tortur erneut zu beginnen. Aus Barmherzigkeit? Weil offensichtlich war, dass er so oder so gewinnen würde? Oder hatte er ihr zuvor nur Angst einjagen wollen?

Aber er bescherte ihr auch keinen Höhepunkt durch den Silikonschwanz, sondern er packte Val plötzlich und legte sie über seine Schulter. Wie ein Jäger seine Beute trug er sie in eins der Häuser, von dem nur noch die Seitenwände standen. Zu ihrer Überraschung lag dort eine Matratze. Val vermutete, dass Rhys sie mitgebracht hatte. Er stellte sie auf ihre Füße. Dann löste er den Schal, drückte sie ungestüm auf das weiße Laken und riss sich förmlich die Hose vom Leib. Keuchend legte er sich über Val.

Er spreizte ihre Schenkel und drang mit einem kräftigen Stoß ganz in sie ein.

Stöhnend bäumte sie sich auf. Er hatte ihr Geschlecht so sensibilisiert, dass es in Flammen zu stehen schien. Durch sein Eindringen goss er Öl ins Feuer. Sie wollte ihn! Sie begehrte ihn mit Haut und Haaren.

Doch als sie ihn anfassen wollte, griff er ihre Handgelenke

und drückte sie über ihrem Kopf auf die Unterlage. Er lächelte sie überlegen an. Dann bekam sein Blick etwas Raubtierhaftes. Obwohl die Gier ihm ins Gesicht geschrieben stand, vögelte er Val mit einer Langsamkeit, die sie wahnsinnig machte. Sie hielt die Erregung kaum noch aus und schob ihm ihr Becken entgegen, aber das half nicht.

Sie trieben es unter freiem Himmel und dennoch im Schutz einer Ruine. Eine Erfahrung, so erregend und widersprüchlich, wie alles, was sie erfuhr, seit sie Rhys kennengelernt hatte.

Als Rhys Valentines Brüste mit sanften Bissen traktierte und ihr endlich die Gnade erwies, sie kommen zu lassen, flossen Tränen ihre Wangen hinab, ohne dass sie wusste, woher sie kamen. Verlegen wünschte sich Val, sie vor Rhys verbergen zu können, aber sie war ihm ausgeliefert. Noch immer stieß er in sie hinein, zog mit seinen Zähnen an ihren Nippeln und entlockte ihr eine halbe Ewigkeit lang ekstatische Zuckungen, die ihr am nächsten Tag garantiert einen höllischen Muskelkater bescheren würden.

Ungeniert brüllte er seinen Orgasmus heraus. Er brach über ihr zusammen und legte sich neben sie. Mit geschlossenen Augen schob er einen Arm unter ihren Kopf und legte den anderen über sie. Lächelnd schmiegte sie sich an ihn.

So innig blieben sie eine Weile liegen. Valentine schlummerte sogar kurz ein. Als sie erwachte, bemerkte sie, dass Rhys sie ansah. Sein Blick glich dem eines in die Enge getriebenen Tieres, das nun vor der Entscheidung stand, entweder zu resignieren oder anzugreifen. Als er merkte, dass sie nicht länger schlief, setzte er einen neutralen Ausdruck auf.

Val öffnete den Mund, um sich zu erkundigen, was ihn beschäftigte, aber er kam ihr zuvor: »Du bist durchgefallen.«

»Wie bitte?«, fragte sie, noch immer träge vom Sex, und runzelte die Stirn.

Mit dem Finger fuhr er sinnlich ihren Nasenflügel herab und tippte auf die Spitze. »Die Prüfung.«

19

Ihr ging ein Licht auf. Empört schnappte sie nach Luft. »Du hast mir keine Chance gelassen.«

»Also trage ich die Schuld an deinem Versagen?« So, wie er eine Augenbraue hob, lag etwas Bedrohliches darin.

Sie war auf der Hut, schluckte ihren Unmut herunter und erinnerte sich daran, dass alles nur ein erotisches Spiel war. Aber traf das zu hundert Prozent zu? Ging es nicht längst um mehr als nur Sex? »Bitte, ich kann es besser. Beim nächsten Mal gebe ich mir mehr Mühe und halte durch. Ich verspreche es.«

»Offenbar willst du nicht stark genug mit mir zusammen sein.«

»Doch! Es gibt nichts auf der ganzen Welt, was ich lieber möchte. Ich will dich, Rhys, dich und deine Dominanz.« Ihre eigenen Worte, aber auch die Heftigkeit, mit der sie ihr über die Lippen gekommen waren, überraschten sie selbst, wusste sie doch, dass er sich schnell eingeengt fühlte und sie vorsichtig damit sein musste, ihre Wünsche zu äußern, da sie Gefahr lief, mehr zu wollen als er.

Er wirkte erschrocken, fing sich aber rasch wieder. »Dann schlag mir eine Strafe für dich vor, die mich besänftigt.«

Sie sollte ihre eigene Züchtigung bestimmen? Valentine konnte kaum glauben, was er da von ihr verlangte. Doch sie vernahm ein Summen in sich, das nicht etwa ein Nachhall des Vibrators war. Sondern es bewies ihr, dass durch den

Höhepunkt das Feuer der Lust nicht vollständig erloschen war. Es war lediglich bis auf die Glut heruntergebrannt. Diese glomm erneut auf, als sie sich selbst mit belegter Stimme sagen hörte: »Schlag mich.«

»Wohin?«

Während sie kurz überlegte, kaute sie auf der Innenseite ihrer Wange und schaute zum azurblauen Himmel auf, als stände dort die Antwort. »Auf meinen Hintern.«

»Die richtige Antwort hätte gelautet: Wo immer Sie mich schlagen möchten, Sir.« Er legte seine Hand an ihren Hals, drückte ihr Kinn etwas hoch und genoss sichtlich ihre Unsicherheit. »Mit welchem Instrument?«

Erneut ließ sie ihren Blick umherschweifen. Er fiel auf eine verstaubte rosa Plastikbürste, die auf einem Regalboard an der Wand hinter Rhys lag. Vielleicht hatte ein Kind sie vor langer Zeit hier verloren oder vergessen, als es mit seinen Eltern durch die Mojave-Wüste fuhr und sie hier Halt gemacht hatten. »Mit einer Haarbürste.«

»Einer …?« Er legte seinen Kopf in den Nacken und lachte schallend. »Du glaubst wohl, das tut nicht weh, habe ich recht? Aber du irrst dich gewaltig.«

Verwirrt betrachtete Val die Bürste. Sie war so klein, dass sie in eine Kinderhand passte. Ein glitzernder Aufkleber löste sich an einer Seite und stand hoch. Die Borsten waren aus pinkfarbenem Plastik, etwas dunkler als der Griff und vermutlich sehr biegsam. Sie hatten Noppen an den Enden. Was soll an einer Bürste, selbst wenn sie größer wäre als diese, besonders schmerzhaft sein? Aber sie hatte schon den Fingervibrator unterschätzt. Dennoch drehte sie sich mutig auf den Bauch und streckte ihm ihren Po hin.

»Nicht jetzt.« Zärtlich strich er über ihr Gesäß. »Für heute hast du genug.«

»Ich kann mehr ertragen, als du glaubst«, platzte es aus ihr heraus.

»Eher weniger. Dein Herr weiß, wann du genug hast.« Er tätschelte ihre Kehrseite ein letztes Mal und nahm seine Hand weg.

Sie wusste seine Fürsorge zu schätzen und freute sich darüber, dass er sich trotz ihres Versagens weiterhin mit ihr treffen würde. Doch es ärgerte sie, dass alle meinten, besser als sie selbst zu wissen, wann sie genug hatte. »Du brauchst mich nicht mit Samthandschuhen anzufassen.«

»Das habe ich nicht vor. Warum denkst du das?« Er löste die Haarspange an ihrem Hinterkopf, sodass sich die roten Locken über ihre Schultern und ihren Rücken ergossen, und fuhr mit den Fingern durch einzelne Strähnen, um sie zu lockern.

»Alle haben das bisher getan. Ich wurde stets behandelt, als wäre ich aus Porzellan und könnte bei der kleinsten Erschütterung in tausend Stücke zerbrechen.« Genervt stöhnte sie und verdrehte die Augen. Sie war kurz davor, ihm von ihrem Defizit zu erzählen, aber sie brachte es nicht fertig. Noch nicht. »Meine Mom wollte immer ein Prinzesschen als Tochter. Das hat sie versucht, wenigstens optisch aus mir zu machen, und zwar nicht nur, indem sie mir rosafarbene Kleidchen anzog und meine Haare glättete.«

»Oh, mein Gott, du musstest doch wohl nicht bei diesen Kinder-Misswahlen mitmachen?«, fragte er und legte sich auf den Rücken, sodass er ihr direkt ins Gesicht sehen konnte.

»Nein, aber es war genauso schlimm.« Sie schob das Laken zu kleinen Falten zusammen und glättete sie wieder. »Weißt du, was die *Pilot Season* ist?«

»Noch nie gehört.«

»Zwischen Januar und April suchen die Studios in Hollywood Schauspieler jeden Alters für neue Pilotfilme, die sie dann sowohl einem Testpublikum als auch den Bossen der Produktionsfirmen zeigen. Ganze Scharen von Müttern ziehen mit ihren Kindern für drei Monate oder länger nach Kalifornien, um dort zu allen möglichen Castings – nicht nur für Filme, auch für Kinderbands und Modeljobs – zu gehen.«

Er krauste seine Stirn. »Und das war dein Wunsch?«

»Der meiner Mutter. Sie ist sehr … dominant.«

Rhys lächelte frivol.

»Sich ihr zu widersetzen ist schwer und war es damals für mich als Kind umso mehr.« Ein abgebrochenes Haar haftete an ihrem Busen und kitzelte sie. Val blies es fort. »Aber als ich zu einem Vorsprechen für einen Film ging, in dem ich eine minderjährige Hure auf dem Kinderstrich spielen sollte, und der Produzent in die Rolle des Zuhälters schlüpfte, hat meine Mom mich ins Auto gepackt, ist losgefahren und hat erst wieder in Nevada angehalten.«

»Endlich kam sie zur Besinnung«, mutmaßte Rhys.

»Mehr oder weniger.« Valentine schnalzte. »Sie versucht mich bis heute zu beeinflussen.«

»Und dein Dad?« Rhys schien ehrlich interessiert.

»Er möchte nichts lieber, als dass ich in ›sein Unternehmen‹ einsteige. Er ist der Geschäftsführer eines kleinen Kasinos, in dem ich schon als Teenager gejobbt habe, und möchte, dass ich es eines Tages übernehme. Es hat mich stinkwütend gemacht, als er alles schon mit der Eigentümergesellschaft geregelt und mich erst danach in seine Pläne eingeweiht hatte. Ich will dort nicht versauern!« Fahrig rieb sie über ihr Gesicht, als könnte sie so die unangenehmen Gedanken wegwischen. »Vor einem Monat hielt ich es nicht mehr aus, obwohl ich erst ausziehen wollte, nachdem ich mein Studium beendet habe, und bin Hals über Kopf von ihnen weg.«

Mit den Fingerknöcheln malte er Kreise um die Einstichstellen in ihrer Armbeuge. »Deshalb arbeitest du also im *Decadency*.«

»Eigentlich studiere ich BWL. Ich jobbe nur im Kasino, weil ich jetzt«, sie malte Anführungszeichen in die Luft, »auf eigenen Beinen stehe. Es ist mühsam. In der Zwischenzeit versuche ich die zahlreichen Anrufe meiner Eltern zu ignorieren. Die zwei sind wie Kletten. Wenn ich noch einmal höre: ›*Wir meinen es doch nur gut mit dir!*‹, drehe ich durch.« Sie lächelte schief. Wem versuchte sie etwas vorzumachen? Sie war immer noch abhängig von ihnen. Ihr Dad hatte sie zur »Zapfsäule« gefahren, weil sie ihn, und niemand anders, darum gebeten hatte.

»Wenigstens hast du Eltern«, ließ er lapidar fallen.

Valentine wagte kaum, sich zu bewegen. Es war das erste Mal, dass er etwas von sich preisgab, und sie wollte nicht riskieren, dass er sich wieder vor ihr verschloss. Obwohl sie vor Neugier platzte, schaute sie ihn nicht an, sondern schob ihre Nagelhaut zurück, als sie nachhakte: »Sind deine gestorben?«

»So ähnlich«, sagte er trocken. Aus dem Augenwinkel heraus sah sie ihn spöttisch lächeln. Er zögerte, doch dann sprach er weiter und Val hielt den Atem an, weil er sich ihr so unerwartet öffnete. »Ich hatte eine Nanny, als ich klein war. Später als Teenager bekam ich einen eigenen Butler. Ich hatte eine Köchin, einen Gärtner und eine Putzfrau.«

Anerkennend stieß Valentine die Luft zwischen ihren Zähnen aus. Er musste aus wirklich sehr reichem Hause stammen. Sie überlegte, ob er schon während seiner Kindheit, als ihm eine Armada an Personal zur Verfügung stand, gelernt hatte zu führen. Ein kleiner Herrscher, der diese Erfahrung in sein Intimleben übertragen hatte?

Rhys richtete seinen Blick an ihr vorbei nach oben und

schien noch weiter weg zu sein als der Himmel, nämlich in einer anderen Zeit und an einem anderen Ort. »Meine Eltern sah ich jedoch kaum. Sie arbeiteten viel und gerne, jedenfalls lieber, als mit mir zusammen zu sein. Abends und an den Wochenenden gingen sie gesellschaftlichen Verpflichtungen nach.«

Er sagte das so, als könnte kein Waisenjunge in einem Heim einsamer sein, als er es als Bub gewesen war. Val empfand Mitleid mit ihm, dabei lag seine Kindheit viele, viele Jahre zurück.

»Sie sind beide Banker und stammen aus begüterten Blutlinien. Altes Geld, das lieber unter sich bleibt. Es war nicht so, dass sie geldgeil waren, sondern sie wurden von der Angst angetrieben, den Status zu verlieren, den sie bereits innehatten.« Er schnaubte. »Meine Mutter sagte sogar einmal zu einer Freundin, dass es für Reiche viel schlimmer wäre, plötzlich arm zu sein, als für jemanden aus der Mittelschicht, weil die Fallhöhe größer wäre.«

Beruhigend drückte sie seine Schulter. »Zum Glück hat sich diese Arroganz nicht vererbt.«

»Ich weiß mein Leben zu genießen. Arbeit ist nicht alles.« Er klang müde, aber Val vermutete, dass dies eher ein Zeichen von Enttäuschung war, da seine Mutter und sein Vater sich mehr um die Erhaltung ihres Wohlstandes gekümmert hatten als um ihren Sohn. In ihren Augen hatte er alles, was er brauchte, dabei fehlte ihm das Wichtigste: Liebe.

Jetzt verstand sie seine Bindungsangst schon etwas besser. Ein Heilmittel dagegen kannte sie jedoch nicht, außer ihm zu beweisen, dass sie anders war. Eng schmiegte sie sich an seinen Brustkorb. Ihre Finger glitten unter den Kragen seines Hemds und streichelten seine warme Haut. »Was für einen Beruf übst du aus?«

»Du stellst zu viele Fragen, Sub«, ermahnte er sie und schob sie weg. Er stand auf, blickte auf seine Armbanduhr und hielt Val seine Hand hin. »Ich habe dir schon viel zu viel über mich erzählt. Ein Meister, der mysteriös bleibt, ist doch viel attraktiver. Die Lustsklavin weiß nie, was in seinem Kopf vorgeht, was er mit ihr vorhat und wie weit er das Spiel mit ihr treiben wird.«

Bla, bla, bla, dachte sie völlig undemütig, *das hatten wir alles schon*. Er hatte die Mauer um sich erneut errichtet, und sie wusste, es gab kein Durchdringen mehr zu ihm.

»Aber die Session ist lange beendet. Das hier ist das Leben, und ich stehe nicht als Sklavin vor dir, sondern als Frau«, sagte sie mit fester Stimme, erhob sich ohne seine Hilfe und warf ihm einen Blick zu, der ihm unmissverständlich klar machte, dass sie sich verletzt fühlte.

Was sie beim Sex erregte, machte sie im Alltag fertig. Wie lange würde sie diesen ständigen Wechsel von Nähe und Distanz noch aushalten?

20

Rhys fühlte sich schuldig. Valentines Blick verfolgte ihn seit ihrem Gespräch in der Wüste, das, so fand er, gut gelaufen war. Aber sie sah das offenbar anders. Offensichtlich war sie gekränkt, weil er nicht seine Lebensgeschichte vor ihr ausgebreitet hatte, dabei hatte er mehr preisgegeben, als er vorgehabt hatte.

Gedankenversunken schwenkte er das Wasser in seinem Glas, als wäre es Wein. Er schien die rotierende Flüssigkeit zu beobachten, war jedoch in Wahrheit bei Val.

Es war so wunderschön und erregend gewesen, unter freiem Himmel auf dieser Matratze mit ihr zu liegen, er noch völlig angezogen und sie vollkommen nackt, und nach dem Sex nicht auseinanderzugehen, wie er es üblicherweise bevorzugte. Val war die erste Frau, bei der er nicht den Drang verspürte, nach dem Koitus zu gehen. Sie wollte das auch, das hatte sie ihm unmissverständlich und mehrfach mitgeteilt, und noch viel mehr als das. Das machte ihn glücklich und ängstlich zugleich.

Hinter ihm hämmerte Jacob auf die PC-Tastatur, als wollte er sie zerstören. Rhys kannte niemanden, der mit dem Zweifingersystem schneller tippen konnte als sein Freund.

Ungeduldig sah er auf seine Armbanduhr. Wo blieb Val denn nur? Wenn sie sich ihm so nahe fühlte, warum spürte sie dann nicht, dass er die Dämonen der Vergangenheit ruhen lassen wollte? Dass es wehtat, über gewisse Dinge zu sprechen?

»Du denkst an Valentine, habe ich recht?« Jacob stellte sich hinter Rhys und spähte über dessen Schulter aus dem Fenster.

Jetzt, zur Mittagszeit, lag der Parkplatz in gleißendem Sonnenlicht. Rhys' Augen taten weh von der Helligkeit, aber er wollte nicht verpassen, wenn Val ankam. »Sie versucht mich mit einem Lasso einzufangen. Aber ich bin ein wilder Hengst, der seinen Freiraum braucht.«

»Wenn sie dich einengt, warum bist du zu unserer Verabredung zum Mittagessen fünfundvierzig Minuten zu früh gekommen? Wir wollten uns um halb eins treffen, jetzt ist es Viertel vor zwölf. Du bist nur so früh hier, um sie abzupassen.« Ein Lächeln war in Jacobs Stimme zu hören.

»Unsinn! Es war kaum Verkehr. Ich bin gut durchgekommen.« Rhys wusste, dass sein Freund ihm die Lüge nicht abkaufte, aber sie war reiner Selbstschutz. In diesem Moment kam er sich keineswegs vor wie ein wilder Hengst – eher wie ein ängstliches Reh, das sich nicht traute, aus seinem Versteck zu kommen. *Einmal gebissen, zweifach scheu*, das Sprichwort traf auf ihn zu. Dabei sehnte sich Val mit all ihrer geballten Weiblichkeit nach seiner ungestümen Kraft und Dominanz. Er befürchtete, ihren Erwartungen an ihn nicht gerecht werden zu können.

Endlich fuhr sie auf den Stellplatz. Rhys atmete erleichtert aus und hoffte, dass Jacob es nicht mitbekommen hatte. Val parkte glücklicherweise in der Nähe des Fensters, sodass er sie im Auge behalten konnte. Sein Herz schlug schneller. Er ertappte sich dabei, wie er lächelte.

Jacob schnalzte. »Möchtest du eine Serviette?«

»Wie bitte?« Rhys schüttelte seine Hände aus, so unbändig war der Drang, Val zu packen und an sich zu ziehen. Er musste daran denken, wie er sie über seine Schulter gelegt und von der Straße in eins der Häuser getragen hatte. Wie ein Neandertaler war er sich vorgekommen. Er hatte sie auf die Matratze, die er neu gekauft und mühsam von seinem Pickup bis in das Gebäude geschleppt hatte, gelegt und mit seinem Sperma als sein Eigentum markiert.

»Ich könnte dir eine aus der Kantine holen.«

»Wovon sprichst du, zum Henker?«, fragte Rhys mürrisch, weil Jacob ihn von Val ablenkte. Er wollte nichts verpassen, sie studieren und all ihre Bewegungen in sich aufsaugen, um sie sich in Erinnerung rufen zu können, falls die Kluft zwischen ihnen noch größer würde.

»Du sabberst«, sagte Jacob trocken.

Erschrocken wischte sich Rhys über den Mund. Erst dann ging ihm auf, dass sein Freund das im übertragenen Sinne gemeint hatte.

Hinter ihm lachte Jacob schallend auf. Er setzte sich wieder an seinen Schreibtisch, als sei dies ein intimer Moment zwischen Rhys und Val und als wolle er ihn mit seiner Geliebten alleine lassen. Das Rascheln von Papieren war zu hören. Scheinbar beiläufig, aber der Ernst in seinen Worten war unverkennbar, ließ er fallen: »Ich mag sie sehr, das musst du mir glauben. Aber – und bitte versteh das nicht falsch – sie tut dir nicht gut.«

Wag es ja nicht, so über sie zu reden! Kümmere dich lieber um dein eigenes Liebeschaos, lag es Rhys auf der Zunge, doch der Protest blieb ihm im Halse stecken. In ihrem Wagen lehnte sich Valentine zum Beifahrersitz hinüber und kramte in ihrer Handtasche.

»Seit ihr zusammen spielt«, Jacobs Worte gingen fast unter im Rattern des Druckers, »siehst du unglücklich aus, das ist alles, was ich sagen will.«

Das lag nicht an Valentine, sondern an ihm selbst. Die alten Wunden in ihm waren noch nicht verheilt. Plötzlich spürte Rhys schmerzhafte Stiche unter seinen Rippen und massierte seinen Brustkorb. Früher hatte er öfter darunter gelitten. Bis heute stand er diesem Kummer ohnmächtig gegenüber.

»Du bist lange genug unglücklich gewesen.« Das Hämmern auf den Tasten begann erneut und diesmal noch lauter, als wäre das Gespräch für Jacob beendet, als hätte er Rhys alles mitgeteilt, was er loswerden wollte.

Während der Krampf in seinem Oberkörper langsam wieder nachließ, beobachtete er, wie Val etwas in ihren Mund schob, eine kleine Wasserflasche aus ihrer Tasche nahm und gierig daran trank.

Überrascht stemmte Rhys seine Hände in die Hüften. Er blinzelte gegen das Sonnenlicht an, doch da packte sie die Flasche schon wieder weg. Sie musste Tabletten eingenommen haben. »Geht es Valentine nicht gut?«

»Wieso fragst du?« Ein Stift kratzte über Papier.

Rhys schaute über seine Schulter und sah, dass Jacob den Brief, den er gerade unterzeichnet hatte, faltete und in einen Umschlag schob. »Sie schluckt Pillen.«

»Vielleicht hat sie Kopfweh.«

Das mochte sein. Ja, natürlich. Manchmal lag die Erklärung näher, als man dachte. Möglicherweise handelte es sich auch nur um Magnesium, damit ihr nicht wieder schwindelig wurde. Rhys schüttelte den Kopf über seine übertriebene Sorge um Val, doch ihm fielen die Einstiche an ihren Armbeugen ein. Zuerst hatte sie sie nur an einer Seite gehabt, inzwischen waren beide zerstochen und sogar ihre Handgelenke. Einige Einstiche waren älter als andere und verblassten bereits. Das hatte er in der Wüste entdeckt, sie aber aufgrund des Stimmungswechsels zwischen ihnen nicht darauf angesprochen. Wie viele Blutabnahmen musste sie machen lassen? Das kam ihm äußerst merkwürdig vor. »Bist du sicher, dass mit ihr alles in Ordnung ist? Sie ist ungewöhnlich blass.«

»Wie viele Rothaarige.« Leise lachte Jacob, aber es schwang eine bittere Note in diesem Lachen mit. »Oh, Mann, dich hat es echt erwischt!«

Rhys war, so kam es ihm wenigstens vor, seit seiner Zeit als Teenager nicht mehr errötet. Aber nun brannten seine Wangen heiß vor Verlegenheit, weil Jacob ausgesprochen hatte, was Rhys nicht einmal vor sich selbst zugeben wollte.

21

Valentine konnte kaum glauben, dass sie hier saß. Sie fühlte sich unwohl, rutschte auf ihrem Stuhl herum und schob den Stoff ihres Rocks dabei unter ihre Schenkel, damit er eng anlag. Hätte sie sich doch nur für eine Hose entschieden, der Mini war viel zu aufreizend und setzte ein falsches Zeichen. Und warum hatte sie nur in einem Anflug von Trotz die obersten drei Knöpfe ihrer weißen Bluse geöffnet? Rick, die Schildkröte, der gegenüber Platz genommen hatte, reckte immer wieder seinen Hals und starrte auf ihr Dekolleté. Das war ihr unangenehm.

»Hast du dich schon entschieden?« Seine Fingerspitzen trommelten auf der geschlossenen Menükarte herum. Er hatte nicht einmal reingeschaut. Wahrscheinlich kam er so oft hierher, dass er das Angebot auswendig kannte.

»Ich nehme einen Chiliburger.« Nervös ließ sie ihren Blick durch den Raum schweifen. Holzvertäfelte Wände, weiß-rot karierte Deckchen und Plastikblumen auf den Tischen. Stil sah anders aus. Sie erwischte sich dabei, wie sie dachte, dass Rhys sie niemals in diesen Schuppen ausgeführt hätte. Aber dann wies sie sich zurecht. Rhys hatte sie zu gar nichts eingeladen, nicht einmal zu einem harmlosen Kaffee, da er Sex und real life strikt trennte. Das war weitaus schlimmer!

Bei diesem Laden handelte sich um einen Fast-Food-Tempel, der sich als Restaurant tarnte. Ausschließlich XL- und XXL-Portionen standen auf der Karte und Val fragte sich, ob ihr Kollege versuchte, damit etwas zu kompensieren – Essen statt Zuwendung, Essen statt Erfolg? Oder wollte er sie womöglich durch die schiere Masse an Essen beeindrucken? Vielfalt hieß in diesem Schuppen nicht eine Auswahl verschiedenster Gerichte, sondern lediglich, dass es Fritten, Hamburger, Pressfleisch in allen möglichen Formen gab – sogar als Faust mit Stinkefinger wurde es für die Rebellen unter den Kunden angeboten. Genauso roch es auch. Dämpfe von Frittierfett und Fleisch zogen aus der Küche in das Lokal. Eigentlich verspürte Val keine Lust, hier etwas zu essen, aber sie hatte Ricks Einladung angenommen, also würde sie es auch durchziehen.

Als ihr Kollege sie gebeten hatte, mit ihm auszugehen, hatte sie zuerst ablehnen wollen, aber nach kurzem Ringen mit sich selbst doch zugesagt, weil sie noch sauer auf Rhys war. Inzwischen hatte sie ihre Wunden geleckt und die Verärgerung war Resignation gewichen. Ihr war klar geworden, dass ein Mann wie Rhys Snowden – reich, gutaussehend, gebildet und freiheitsliebend – sich niemals an eine einzige Frau binden würde. Dazu standen ihm zu viele Türen offen.

Also hatte sie – angeregt durch Ricks Angebot, ihr sein Lieblingsrestaurant zu zeigen – beschlossen, sich wieder mehr der Realität zuzuwenden. Vielleicht verliebte sie sich ja in nächster Zeit in irgendwen. Rick zum Beispiel schien ein netter Kerl zu sein. Er hatte ihr die Türen aufgehalten und den Stuhl herangeschoben. Auch wenn sie sich nicht vorstellen konnte, mit ihm intim zu werden, so zeigte er ihr immerhin, dass es jede Menge Fische im Meer gab, wie es hieß.

Val wollte sich vorerst weiter mit Rhys treffen, denn sie war süchtig nach ihm. So leicht würde sie nicht von ihm loskommen. Doch sie würde sich Stück für Stück zurückziehen, körperlich, aber auch emotional.

So sah ihr Plan aus. Unglücklicherweise zweifelte sie schon jetzt an seinem Gelingen. Sie wünschte sich nichts sehnlicher, als in diesem Moment bei Rhys zu sein. Dabei stellte sie sich nicht einmal vor, von ihm gezüchtigt und gefickt zu werden, obwohl sie dagegen auch nichts einzuwenden hätte. In ihren Tagträumen schlief sie in seinen Armen ein.

»Soll ich die Herausforderung wagen?«, fragte Rick mit glänzenden Augen und riss sie damit aus ihren Grübeleien.

Verwirrt schaute sie ihn an. Sie ärgerte sich, dass Rhys ihre Gedanken einnahm und sie vom wirklichen Leben ablenkte. Das, was sie mit ihm erlebte, waren nur erotische Fantasien, die man nicht in den Alltag herüberholen konnte. *Begreif das endlich*, schrie sie sich innerlich wütend an. Doch bei ihrem Gegenüber schlug sie einen weitaus moderateren Tonfall an: »Wie bitte?«

»Wenn man es schafft, den Monsterburger innerhalb von zwanzig Minuten zu vertilgen«, er zeigte auf etwas hinter ihr, »bekommt man ihn umsonst.«

Desinteressiert drehte Valentine sich um und betrachtete den Flyer, der mit drei Heftzwecken an die Wand gepinnt worden war und das, dem vergilbten Papier nach zu schließen, schon vor langer Zeit. Dieser Berg Fleisch war ekelhaft! Was wollte Rick damit beweisen? Dass er ein ganzer Kerl war? Lächerlich! Kopfschüttelnd wandte sie sich ihm wieder zu. »Das ist nicht dein Ernst, oder?«

»Nein … natürlich nicht.« Er lächelte verlegen und strich sich über die blonde Stachelfrisur. »War nur ein Scherz.«

Die Kellnerin – das Schild an ihrer kanarienvogelgelben Uniform besagte, dass ihr Name Tabitha war – brachte die Getränke an ihren Tisch und sie bestellten jeder einen Burger. Nach einer Weile, in der peinliches Schweigen zwischen Val und Rick herrschte, kehrte sie mit Besteck zurück und verschwand wieder.

»Linda ist nicht so ungeschickt.« Rick zog eine Papierserviette aus dem Spender, der neben den unechten Blumen stand, hob sein Glas hoch und wischte die Cola auf, die Tabitha beim Abstellen verschüttet hatte. »Hast du sie schon mal Getränke für zwanzig Personen auf einem einzigen Tablett balancieren sehen?«

»Nein.«

»Ich könnte die ganzen Gläser und Tassen nicht einmal darauf unterbringen, geschweige denn auch noch heil servieren. Sie sollte damit bei *America's got Talent* auftreten.« Er klatschte in die Hände, als wollte er Linda applaudieren.

Valentine hatte keinen blassen Schimmer, was sie darauf antworten sollte. Erwartungsvoll lächelte er sie an, doch statt ihm zuzustimmen, nippte sie an ihrem Wasser, um den peinlichen Moment zu überspielen. Aus derselben Verlegenheit heraus fügte er wohl stotternd hinzu: »Sie ist echt toll. Ich meine, sie kann sehr gut … so was …, kellnern eben.«

»Wenn du es sagst.« Valentine zuckte mit den Achseln. »Du scheinst sie mehr beobachtet zu haben als ich.«

Abwehrend riss Rick seine Arme hoch und zeigte ihre seine Handflächen. Sie glänzten feucht. Als er sie wieder herunternahm, wischte er damit über seine Hosenbeine. »Das habe ich nur zufällig mitbekommen. Ich arbeite am Blackjack-Spieltisch, sie bedient im Kasino – wir haben dieselben Gäste.«

Warum regte er sich so auf? »Ich wollte dir nichts unterstellen.«

Schwitzte er etwa? War er so aufgeregt? Val bekam ein schlechtes Gewissen. Sie hatte nicht ernsthaft erwartet, sich in Rick zu verlieben. Vielmehr betrachtete sie ihn als Instrument, um sich von Rhys zu lösen. Eine harmlose Verabredung unter Kollegen, die ihr beweisen sollte, dass sie auch ohne ihren Herrn Spaß haben konnte. Leider funktionierte das nicht. Sie dachte ständig nur an ihn, verglich jeden Mann mit ihm und spürte ein unangebrachtes Kribbeln zwischen ihren Schenkeln, wenn sie an den Darkroom und das Separee dachte.

Plötzlich wurde ihr klar, wie unfair sie sich verhielt. Sie benutzte Rick, wie Rhys sie benutzte.

Allerdings hatte Rhys bis vor kurzem nicht geahnt, welche Gefühle er in ihr auslöste, während sie bereits wusste, dass Rick sich für sie interessierte, sonst hätte er sie ja schließlich nicht zum Essen eingeladen. Außerdem suchte er im Kasino ständig ihre Nähe. Die Fronten zwischen Rhys und ihr waren von Anfang an geklärt gewesen – eigentlich –, was bei Rick und ihr nicht der Fall war.

Ihr schlechtes Gewissen veranlasste sie dazu, ihr Glas Wasser herunterzukippen. Am liebsten wäre sie aufgestanden und gegangen, aber das wäre unhöflich gewesen. Zum Glück brachte Tabitha in diesem Moment das Essen. Die nächsten Minuten würde Rick beschäftigt sein.

Als Tabitha eine Pommes zu Boden fiel, hob sie die Fritte auf, ohne in die Knie zu gehen, und streckte Rick unbeabsichtigt ihren Hintern entgegen. Zudem rutschte der Saum ihres Rocks gefährlich weit hoch, sodass nicht viel gefehlt hätte und ihr Slip wäre zu sehen gewesen.

»Linda würde sich nie so vulgär geben«, sagte er leise und verzog seinen Mund.

»Der Laden ist auch eine völlig andere Preisklasse als das *Decadency*.« Es nervte Valentine, dass er von nichts anderem als ihrer Kollegin redete. Aber vermutlich zeigte das nur seine Einfallslosigkeit, und anscheinend sah er keine anderen Ansätze, um ein Gespräch in Gang zu bringen. »Ihr ›lieber Bär‹

wäre wohl auch nicht mehr ganz so lieb, wenn er solch ein Verhalten mitbekäme.«

»Wer?«

»Jacob Bilbray.«

»Unser Chef?« Rick legte das Besteck, das er gerade erst genommen hatte, geräuschvoll auf den Tisch. »Sie nennt den Big Boss ›lieber Bär‹?«

Val nickte und starrte auf den Burger vor ihm und konnte kaum glauben, dass er ihn mit Messer und Gabel statt mit den Händen essen wollte. Dieser Mann hatte ein Talent dafür, in jeder Situation das Falsche zu tun oder zu sagen – außer am Blackjacktisch, da war er der ungekrönte König.

»Ich finde das unangebracht!«

»Das ist doch nicht respektlos gemeint. Er ist halt ein netter Vorgesetzter, auch wenn er seine Prinzipien hat. Wenn einer der Angestellten gegen die Regeln verstößt, feuert er ihn nicht gleich. Das ist gut für alle von uns.«

»Das klingt so vertraut, wie Freunde. Aber man sollte im Arbeitsumfeld eine gewisse Distanz wahren. Das tun sie doch, oder?«

Warum regte er sich so auf? Rote Flecken traten auf seinem Hals hervor, während sein Gesicht jegliche Farbe verloren hatte. Ging es ihm nicht gut? Val machte sich Sorgen um ihn. »Ich denke schon.«

Seine Miene verfinsterte sich. Er lehnte sich zurück und verschränkte die Arme vor seinem Oberkörper. Sein Essen betrachtete er nun mit einem Ekel, als würde schon der Anblick Übelkeit bei ihm auslösen. Gleichzeitig schien er mit seinen Gedanken weit weg zu sein. »Aber du weißt es nicht.«

»Ich beobachte die beiden nicht vierundzwanzig Stunden am Tag«, erwiderte sie mit einem Lachen, um die Situation aufzulockern. Doch kaum hatte sie die Worte ausgesprochen, bereute sie sie auch schon, denn Rick bohrte seine Finger in die Oberarme, als müsste er sich durch den körperlichen Schmerz von einem seelischen ablenken.

Plötzlich ging Valentine ein Licht auf. Dies hier war gar kein Date!

Rick wollte gar nicht mit *ihr* anbändeln, sondern er hatte sich in *Linda* verguckt! Im Kasino und sogar auf dem Parkplatz lauerte er ihr ständig auf, aber, wie sich nun herausstellte, nicht um ihr näherzukommen. Auch die Einladung an diesem Abend zielte nicht darauf ab, sie von sich zu überzeugen, sondern er versuchte, sie über ihre Freundin auszuhorchen. Dass Rick, wann immer sie sich begegneten, ausschließlich von der Kellnerin sprach, lag nicht etwa daran, dass ihm kein anderes Thema einfiel, sondern es interessierte ihn kein anderes. Val kam sich dumm vor, dass sie die Anzeichen erst jetzt zu deuten wusste. Aber Rhys beschäftigte sie derart, dass sie kaum mehr an etwas anderes als an ihn denken konnte.

»Ich beobachte die beiden nicht«, hatte Val gesagt. Aber es gab jemand anderen, der zumindest Linda im Auge behielt. Der geheimnisvolle Zettelschreiber, der ihre Fantasien von Dominanz, Unterwerfung und Lustschmerz wahr werden ließ, wenn auch nur indirekt. Zumindest noch. Morgen Nacht würde sich das ändern. Der erotische Maskenball würde ihre Affäre auf eine neue Ebene heben. Rick konnte nichts von seinem Nebenbuhler wissen, denn wenn er schon bei der Erwähnung eines harmlosen Kosenamens für einen anderen Mann nervös wurde, würde er regelrecht ausflippen, erführe er von den Zetteln oder gar dem Date.

Eine merkwürdige, aber durchaus vorstellbare Idee schlich sich in ihre Gedanken ein. Wenn Rick im Kasino ständig hinter ihr her war, spionierte er ganz bestimmt auch ihre Freundin aus. Unweigerlich würde er mitbekommen, dass Linda

Botschaften und Anweisungen erhielt, denn das hatte sogar Val mitbekommen. Wüsste er von der seltsamen Affäre Lindas, säßen sie jedoch jetzt nicht hier. Es sei denn …

Aufgeregt nahm sie eine Pommes und knabberte sie Stück für Stück ab. Handelte es sich bei Lindas unsichtbarem Verehrer vielleicht um Rick, die Schildkröte?

So, wie er die Faust um sein Messer ballte, machte es den Anschein, als malte er sich bereits aus, wie er Linda auf dem Erotik-Event für den Kosenamen ihres Chefs lustvoll leiden lassen würde.

22

Valentine machte sich nicht länger etwas vor. Sie begehrte Rhys Snowden und niemand anders! Beim Sex unterwarf sie sich gerne, doch war sie nicht gewillt, das in ihrem Alltag zu dulden. Eine eigene Wohnung und einen Nebenjob in einem anderen Kasino als dem, das ihre Eltern gemeinsam führten, waren nur erste Schritte gewesen. Rückblickend betrachtet jedoch waren sie die Initialzündung dafür, endlich auf eigenen Beinen zu stehen. Aber damit nicht genug, hatte sie sich auch sexuell auf neues Terrain getraut.

Nun wollte sie um Rhys kämpfen! Sie hatte ihn von Anfang an attraktiv gefunden, aber ihn mehr als Mittel zum Zweck gesehen, ihre Neigung zu erforschen. Zufällig hatte sie dabei die Liebe gefunden. Und hin und wieder blitzten auch bei ihm Gefühle auf, die über Fürsorge für seine Lustsklavin hinausgingen, dessen war sie sich ganz sicher.

Jetzt befand sie sich in ihrem Auto auf dem Weg zum *Decadency*, um seinen Kokon aufzubrechen.

Sie wusste mit Sicherheit, dass er sich in dieser Nacht in der Spielbank aufhielt. Bevor sie mit Rick einen Termin für ihr gemeinsames Dinner ausgemacht hatte, hatte sie sich vergewissert, dass sich die frivole Gesellschaft zur selben Zeit traf, damit sie Rhys' Einladung ablehnen konnte, wenn er sie in den Darkroom einlud. So war es dann auch gekommen. Eifersucht hatte in seinen Augen aufgeblitzt, aber er hatte sie nicht nach dem Grund für ihre Absage gefragt. Das hatte sie etwas geärgert, dennoch hatte sie erreicht, was sie wollte.

Ihr Puls beschleunigte sich, als sie ihren Wagen auf dem vertrauten Parkplatz abstellte. Sie eilte in das Gebäude und steuerte direkt das Separee an. Unschlüssig blieb sie vor der Tür stehen. Und nun? Sie konnte ja nicht einfach klopfen und Rhys bitten, zu ihr herauszukommen. Vielleicht war der Zirkel gerade in einen lustvollen Reigen verstrickt.

Eifersucht überkam sie. So weit hatte sie gar nicht gedacht. Rhys stand gewiss nicht nur neben dem Roulette und schaute seinen Freunden dabei zu, wie sie sich vergnügten. Die Vorstellung, er könnte gerade Marilyn oder Dorothy ficken, ließ flammende Wut in ihr aufwallen.

»Er ist nicht da.«

Erschrocken flog Val herum. »Jacob!«

Ihr Boss fragte nicht, warum sie sich an ihrem freien Tag im Kasino aufhielt, er wusste Bescheid. Während er seinen mit Silberfäden durchzogenen Bart kraulte, den er neuerdings so weit stutzte, dass er nur noch seinen Mund einrahmte, was ihn viel jugendlicher wirken ließ, musterte er sie. In seinem Blick lag Besorgnis.

Hatte Rhys aus Trotz ebenfalls ein Date für sich arrangiert? Ihrer Meinung nach konnte das nur zutreffen, wenn er auch etwas für sie, Val, empfand. Ansonsten hätte er sich wohl eher der wilden Vögelei in dem Raum vor ihr hingegeben. »Ist er zu Hause? Wo wohnt er?«

»Wenn er es dir nicht selbst gesagt hat, tut es mir leid.«

Nicht so sehr seine Antwort als das Mitleid, das darin mitschwang, versetzte ihr einen Stich. »Er würde doch niemals ein Treffen ausfallen lassen. Diese Art von Roulette ist seine Erfindung. Er ist der Architekt, der Dirigent und der Dramaturg. Das da drinnen ist sein Baby!«

Ihr fiel auf, dass Jacobs braun-beige kariertes Hemd nicht mehr spannte. Er musste abgenommen haben. »Private Gründe halten ihn heute fern.«

Was sollte das heißen? Flehentlich sah sie Jacob an, doch er seufzte und trat zu ihr. Behutsam fasste er ihren Arm und führte sie zum Angestelltenausgang. »Fahr heim. Such dir einen netten jungen Mann, der dich auf Händen trägt, so wie du es verdienst. Rhys ist niemand, der sich fest bindet, dafür musst du Verständnis haben.«

Er klang nicht einmal vorwurfsvoll, sondern als könne er seinen Freund verstehen und bemitleide ihn ein wenig, als wäre dieser ein Vogel, dessen Natur es war, frei umherzufliegen und immer nur kurz zu landen, aber nie lange an einem Ort zu verweilen. Vor gar nicht langer Zeit hatte er sie ermahnt, sich nicht in Rhys zu verlieben. Akzeptierte Jacob seinen Freund einfach nur so, wie er war? Oder wusste er mehr, als er zugeben wollte?

Val riss sich los, da sie ohnehin nichts aus ihm herausbekommen würde. Außerdem ahnte sie, wo sie Rhys suchen sollte.

In Windeseile durchquerte sie die halbe Stadt. Beinahe wäre sie mit dem *The Deuce*, einem der Doppeldeckerbusse, die den gesamten Strip abfuhren, zusammengestoßen, weil sie sich schlecht auf den Verkehr konzentrieren konnte.

Weeping Willow hieß sie so verschlafen willkommen wie bei ihrem letzten Besuch. Langsam steuerte sie ihr Auto an Lana Sycamores feudalem Haus vorbei. Rhys' Fahrzeug parkte zwar nicht davor, aber vielleicht war er mit einem anderen gekommen. In der Villa brannte kein Licht, allerdings war der Abend weit vorangeschritten.

Als Val sich gerade fragte, ob die beiden womöglich bereits eng aneinander gekuschelt schliefen, bemerkte sie ein Schild.

Es hing am Tor, aber wegen der Dunkelheit und des Durcheinanders in ihrem Kopf hatte sie es zu spät entdeckt.

Vor Nervosität wurde ihr übel. Sie bereute es, den Burger gegessen zu haben, und fürchtete, sich übergeben zu müssen.

Sie wendete ihren Wagen und lenkte ihn zurück, vorbei an dem Grundstück der Unbekannten, die Val hasste, obwohl sie sie nicht kannte. Mit den Fingerspitzen trommelte sie auf das Lenkrad. Sie beugte sich nach vorne und drosselte die Geschwindigkeit.

»Zu verkaufen«, las sie laut und krauste die Stirn. »Was hat das schon wieder zu bedeuten?«

Fragen prasselten schmerzhaft wie Nadelstiche auf sie ein. War Lana vielleicht tatsächlich Rhys' Freundin und just zu ihm gezogen? Wenn sie jetzt schon einen Käufer suchte, konnte das nur bedeuten, dass das Liebespaar Nägel mit Köpfen machte.

Hatte Rhys sich doch an eine Frau gebunden, nur unglücklicherweise nicht an Val?

Vor Entsetzen würgte sie den Motor ab. Ihr Auto blieb abrupt stehen. Fluchend schlug Val auf das Armaturenbrett. Ihre Augen brannten, als sie ihre Arme auf das Lenkrad legte und ihren Kopf darauf bettete.

Sie brauchte eine Weile, um sich zu beruhigen. Stolz stellte sie fest, dass sie keine einzige Träne geweint hatte. Ihr wurde klar, dass sie gar nichts sicher wusste. Bloße Spekulationen quälten sie. Sie wünschte sich, sie könnte aufhören nachzudenken, aber das funktionierte nicht, wenn man verliebt war.

Seufzend lehnte sie sich im Fahrersitz zurück. Sie spähte zum Haus hinüber. Diese Lana Sycamore hatte Stil. Wäre Val reich, hätte sie sich auch so ein Domizil gekauft. Diese Gegend zählte zu den gehobeneren, aber nicht zu den versnobten. Man war in wenigen Minuten in Downtown und dennoch genoss man hier eine für Vegas außergewöhnliche Ruhe. Man konnte, Val war der Beweis, sogar nachts mit seinem Gefährt auf der Straße liegenbleiben und keinen störte es.

Ihr Blick fiel auf das Gebäude, dessen Einfahrt sie blockierte. Über der Klingel hing ein großes Schild, auf dem nicht nur der Name der Bewohnerin stand, sondern auch, dass sie als Rechtsanwältin arbeitete und auf welche Fachgebiete sie sich spezialisiert hatte. Sogar eine Webadresse prangte darunter.

Das brachte Valentine auf eine Idee.

Sie holte ihr Handy hervor und rief das Internet auf. Ihr Daumen, mit dem sie tippte, zitterte leicht, als sie *Lana Sycamore* und *Las Vegas* in die Maske einer Suchmaschine eingab. Zu ihrer Überraschung brauchte sie nicht unzähligen Links zu folgen, um die Nadel im Heuhaufen zu finden. Die meisten Artikel titelten ähnlich. Sie bezogen sich alle auf ein und dieselbe Frau.

Vals wusste sofort, dass diese Person Rhys' Lana war. Der Zusammenhang sprang Val förmlich an. Ihr war schwindelig.

Vor zwei Jahren war eine Empörungswelle durch die Presse geschwappt. Valentine wunderte sich beinahe, dass sie nichts davon mitbekommen hatte. Aber sie las lieber Bücher als Gazetten und hatte neben Studium, Jobben, Stress mit ihren Eltern und ihrer »Schwäche« kaum Zeit gehabt, um im Internet zu surfen. Die meisten Berichte waren reißerisch aufgemacht, selbst die in den Tageszeitungen, die sich normalerweise bemühten, objektiv zu berichten. Allein durch die Überschriften schoss Vals Puls in die Höhe.

Bekennende Masochistin wählt den Freitod.
Suchte sie Erlösung von dem Hunger nach Schmerz?
Ist sie für ihren Herrn in den Tod gegangen?
Ging ihre Sucht nach Sex und Schmerz zu weit?

Val klebte die Zunge am Rachen. Ihr Mund war staubtrocken. Lana Sycamore entpuppte sich als Lustdienerin wie sie selbst auch eine war. Mit knapp einunddreißig Jahren hatte sie Suizid begangen. Angeblich hatte sie eine CD mit melancholischen Klassikstücken auf volle Lautstärke gestellt, einen Strick an der Treppe im Foyer befestigt – das eine Ende am Geländer ganz oben und das andere an ihrem Hals – und war gesprungen, sodass sie sich strangulierte.

Aufgewühlt warf Val ihr Handy in ihre Tasche, als würde eine ätzende Säure aus dem Display laufen. Sie zog ihre Beine an, stellte die Füße auf den Sitz und schlang die Arme um die Knie. Grübelnd knabberte sie an ihrem Daumennagel.

Lana musste Rhys' Sklavin gewesen sein, immerhin war BDSM ihr gemeinsamen Nenner.

Hatte er sie in die Verzweiflung getrieben, indem er mit ihr dasselbe zermürbende Spiel aus Nähe und Distanz gespielt hatte, wie jetzt mit Val? Oder hatte er von ihr als ultimative Unterwerfung den eigenen Tod gefordert? War er gar in einer Session zu weit gegangen und hatte das Atemkontrollspiel, bei dem sie verstarb, als Selbstmord getarnt? Das traute Val ihm nicht zu, denn er hatte sich ihr gegenüber stets verantwortungsbewusst und fürsorglich verhalten. Aber was wusste sie schon von ihm? So lange und gut kannten sie sich noch gar nicht.

Was auch immer sich zugetragen hatte, so wie Lana wollte Val auf keinen Fall enden! Das erste Mal überlegte sie ernsthaft, Rhys nie wiederzusehen. Aber konnte sie das überhaupt aus eigener Kraft schaffen? Er hatte sie vom ersten Moment an am Haken gehabt, und dieser hatte sich ausgerechnet in ihr Herz gebohrt.

23

Obwohl Valentine ihr ganzes Leben in Las Vegas verbracht hatte, hatte sie die großen Kasinohotels, die den Strip säumten, nur selten betreten. Weder hatte sie das Geld gehabt, um dort ihre Freizeit zu verbringen, noch hatte sie jemals einen Job gesucht, da sie seit ihren Teenagertagen in der Spielbank ihres Vaters gearbeitet hatte. Außerdem standen die Giganten für die totale Reizüberflutung.

Auch das *The Venetian,* das Venedig als Motto gewählt hatte, besaß ihrer Meinung nach von allem zu viel. Zusammen mit dem Schwesterhotel *The Palazzo* wies es über viertausend Suiten und ebenso viele Zimmer auf. Bei achtzehn Restaurants, einem gewaltigen Kasino, einer italienisch anmutenden Einkaufsmeile und sogar einem Tussaud-Wachsfigurenkabinett brauchten die Gäste das Resort gar nicht zu verlassen, was sich negativ auf die kleinen Shopping Malls, Bistros und Vergnügungsmöglichkeiten in *Sin City* auswirkte.

Valentine ging neben Linda an dem künstlichen Kanal vorbei, auf dem Gondoliere in blau-weiß gestreiften Oberteilen, mit roten Schärpen und Strohhüten auf Fahrgäste warteten. Als sie das Gebäude betraten, kam sie sich vor wie in einem Ameisenbau, wenn auch einem mit glänzendem Marmorboden, südländischer Hintergrundmusik und in Stuck eingefassten Deckenmalereien. Die Menschen wirkten klein und unbedeutend. Wie Ameisen unentwegt Nahrung in ihre Behausung trugen, brachte der permanente Besucherstrom Geld herein.

Val war froh, dass Lindas mysteriöser Zettelschreiber ihr eine Eintrittskarte zu dem erotischen Maskenball zugesteckt hatte. So hatten sie nur eine weitere kaufen müssen und sich den Preis geteilt. Offensichtlich ahnte er nichts davon, dass Val eingeweiht war.

Ein Angestellter in einer farbenfrohen Livree, der ständig seine rote Pantalone-Maske zurechtrückte, als säße sie zu locker, zeigte ihnen den Weg durch das Labyrinth der Gänge und erklärte ihnen dies und jenes, als handelte es sich um eine Museumsführung. Ob nun Marketing oder Ablenkung – natürlich fand eine solch prekäre Veranstaltung nicht für die anderen Gäste sichtbar statt –, sie mussten den halben Komplex durchqueren und Vals Füße in den High Heels taten jetzt schon weh. Unglücklicherweise hatte sie die mit den höchsten Absätzen ausgesucht, um besonders sexy auszusehen, dabei hatte sie nicht einmal vor, sich einen dominanten Herrn zu angeln. Sie wollte nur beobachten, dazulernen, sich erregen lassen und sich vielleicht – aber diesen Gedanken empfand sie als ziemlich gewagt – vor aller Augen selbst Lust verschaffen. Außerdem wollte sie sich überzeugen, dass Rhys nicht der Zettelschreiber war.

Verlegen zog Val den Umhang enger um ihren Körper. Ihre Freundin und sie hatten sich in einem Anflug von geiler Vorfreude Roben ausgeliehen, die jenen in dem Roman *Die Geschichte der O* nachempfunden waren. Die Ballkleider waren im Schritt vorne und hinten so weit gerafft, dass der Hintern halb herausschaute und die Scham zu erahnen war. Das Oberteil bestand aus einem Korsett ohne Körbchen. Der Stoff des Capes rieb bei jeder Bewegung über Vals Brustspitzen und heizte ihre Erregung an. Es gab auch Varianten, in denen alles offen lag, doch Val und Linda hatten sich für die etwas zahmere Version entschieden. Die Schneiderin Karen, eine Freundin von Linda, bot frivole Outfits in einem Internetshop an und erhoffte sich Werbung davon, dass Linda und Val ihre Kostüme trugen.

Mit jedem Schritt, den sie dem Saal näher kamen, prickelte Valentines Schoß intensiver. Als sie bemerkte, dass sich ihre Finger um die Maske in ihrer Hand krampften, lockerte Val sie sofort wieder, um die Pfauenfedern, die den oberen Rand säumten, nicht abzuknicken. Linda setzte ihre Moretta aus goldfarbenem Samt bereits auf, worauf Val es ihr gleichtat.

Nun, da sie an der Garderobe ankamen und ihre Capes abgeben mussten, schämte sich Val für ihr offenherziges Kostüm. Immer wieder strich sie über den grün-schwarzen Stoff, als könnte sie ihn damit glätten und zumindest vorne verlängern. Sie hatte den Eindruck, dass alle – die Garderobendamen, die Gäste und die livrierten Diener – auf ihre Spalte oder ihren Busen starrten, doch in Wahrheit beachtete niemand sie. Die Angestellten bewahrten Professionalität und die anderen Besucher hatten nichts Eiligeres zu tun, als vor den Spiegel neben dem Eingang zu treten und ihre Aufmachung zu prüfen.

Als Linda der Garderobiere ihre Tasche reichte, zitterte sie. Ihre so selbstsichere Freundin nervös zu erleben, war für Val etwas völlig Neues. Die Blondine schaffte sogar das Kunststück, auf den Saum ihres Kleids, eines Traums aus Himmelblau und Gelb, zu treten, obwohl er nur an den Seiten herabhing. Val fing die Strauchelnde auf und sie kicherten beide aufgeregt.

Ein schwarzer Vorhang verhüllte den Zugang zum Veranstaltungsort. Ein Angestellter, dessen Gesicht sich vollkommen hinter einer Volto, einer neutral weißen Maske, verbarg, schob den Stoff beiseite, sodass sie eintreten konnten, um ihn sogleich wieder hinter ihnen zu schließen.

Der Saal hieß sie mit schummrigem Licht willkommen. Er mutete an wie ein riesiger venezianischer Wintergarten bei Nacht. Überall standen Sofas und Sessel mit edlen Bezügen. Deckenhohe Benjamine und Farne dienten als Abtrennung und unterstrichen das mediterrane Flair, das man mit wenigen Hilfsmitteln erschaffen hatte. Eine komplette Seite bestand aus Fenstern, durch die man die normalen Gäste des Hotelkasinos beobachten konnte, die sich in der Shopping Mall mit italienisch anmutenden Geschäften tummelten.

»Die da draußen sehen uns aber nicht, oder?«, fragte Linda leise und saugte ihre Unterlippe ein.

Val schüttelte den Kopf. »Von außen ist das Glas verspiegelt. Schau nur, dort drüben betrachtet sich eine Schwarzhaarige in der Scheibe und zieht ihren Lippenstift nach.«

Wenn die wüsste, dachte sie und lächelte beim Anblick eines Strafbocks, der unweit der Fremden auf der anderen Seite des Fensters stand.

Klassische Musik beschallte den Saal. An einer Bar wurden Cocktails angeboten und Angestellte servierten Champagner. Letzterer war im Preis inklusive, weshalb Val und Linda sich bedienten. Mit den Gläsern in den Händen flanierten sie durch den Raum. Zwischen den Polstermöbeln entdeckten sie einen Folterstuhl, einen Beistelltisch, auf dem Schlaginstrumente lagen, einen Pranger, eine Sklavenliege und einen niedrigen Käfig.

Jedes Mal erschrak Val innerlich, dann wallte Hitze in ihr auf.

Ihre Nippel waren allein durch die Vorstellung, was im Laufe der Nacht in diesen vier Wänden alles passieren konnte, wie elektrisiert. Jeder Luftzug kitzelte sie. Ihre Brustwarzen zogen sich immer mehr zusammen. Unauffällig hielt sie die Hand mit der Champagnerflöte vor ihren Busen, doch schon im nächsten Moment kam sie sich lächerlich vor. Ja, man starrte sie an, aber wohlwollend und mit einem erregten Funkeln in den Augen. Als ihr das bewusst wurde, straffte sie ihre Schultern und drückte den Rücken durch, um ihre Rundungen zu präsentiere.

Die anderen Gäste trugen entweder festliche Garderoben, bei denen höchstens mal ein Hemd durch ein Netzoberteil ausgetauscht worden war oder das Dekolleté einen tiefen Einblick gewährte, oder venezianische Gewänder aus längst vergangenen Tagen. Leider befanden sich auch einige Kleider der O darunter, was Val betrübte, aber davon ließ sie sich nicht den Abend verderben.

Der Saal, so groß er auch war, füllte sich langsam. Val konnte schon nicht mehr die Bar am anderen Ende des Raums erspähen. Die Atmosphäre lud sich immer mehr auf. Die Temperaturen stiegen nicht nur aufgrund der vielen Menschen an. Es roch nach Sex.

Eine der Damen direkt vor Val setzte sich auf den Schoß ihres Partners. Zuerst knutschten sie hemmungslos herum. Doch je mehr sie ihren Unterleib kreisen ließ, desto unruhiger wurde der Mann unter ihr. Schließlich griff er ungeniert in ihren Ausschnitt, hob ihre prallen Brüste heraus und zog mit seinen Zähnen an den Nippeln. Stöhnend legte die Frau den Kopf in den Nacken. Sie lehnte sich zurück, als wollte sie das Ziehen verstärken und dadurch den Lustschmerz erhöhen.

Das Treiben inspirierte die Paare in ihrer Nähe. Die Ersten trauten sich an die Spielgeräte. Assistenten mit Casanova-Masken und Jacken aus violettem Samt desinfizierten sie regelmäßig. Sie standen wohl auch bei Fragen zur Benutzung zur Verfügung.

Ein Peitschenhieb übertönte die Musik. Aufgewühlt flog

Val herum, um zu sehen, woher er kam, aber die Gäste nahmen ihr die Sicht.

Plötzlich stoben sie auseinander. Das glaubte Val zumindest im ersten Moment. Doch dann erkannte sie, dass ein Mann sich rücksichtslos einen Weg durch die Menge bahnte. Als er geradewegs auf Valentine zuhielt, beschleunigte sich ihr Puls. Wer war das? Und was wollte er von ihr?

Offensichtlich aufgebracht baute er sich vor ihr auf. Er musterte sie von oben bis unten und das Bild, das sich ihm bot, schien ihm zu Vals Überraschung keineswegs zu gefallen, sondern machte ihn eher wütend.

Durch seinen Dreispitz wirkte er größer als viele der Männer im Saal. Seine schwarze Maske sollte mit den herabhängenden Mundwinkeln wohl traurig aussehen, aber in Vals Augen strahlte sie etwas Aggressives aus. Ornamente aus Silberfäden verzierten seinen Rokokogehrock aus nachblauem Brokat. Unwirsch zupfte er die Rüschen seines Hemds unter den breiten Manschettenärmeln heraus. Seine dunklen Haare wellten sich über den Ohren, sie standen hier und da wild von seinem Kopf ab.

Etwas regte sich in Val. Den weißen Schal, der zwei Mal um seinen Hals geschlungen und vorne zusammengebunden war, hatte er auch bei ihrem ersten Treffen getragen. Aufgeregt kippte sie den restlichen Schampus herunter und stellte das Glas auf einem Beistelltisch ab. War er es wirklich? Sie blinzelte, um herauszufinden, welche Augenfarbe ihr Gegenüber hatte.

Da packte er ihren Oberarm und zog sie dicht an sich heran. »Was machst du hier, zudem in diesem … Aufzug?«

»Rhys?« Ihr Herz setzte einen Schlag aus.

»Auf einem Maskenball Namen zu nennen, ist kein feiner Zug«, zischte er.

»Mir wehzutun, auch nicht.« Sie wollte sich von ihm losreißen, aber sein Griff glich einer Stahlmanschette. »Lass mich los!«

»Ich denke gar nicht daran. Du hast gesagt, du fickst keine anderen Kerle.« Während er das sagte, ging ein Beben durch ihn hindurch.

Val dämpfte ihre Stimme. »Du hast mich gefragt, ob ich in einer Beziehung bin oder One-Night-Stands habe. Darauf lautet meine Antwort noch immer nein. Das hier ist lediglich eine Party. Ausgehen und Spaß haben darf ich ja wohl noch. Beruhige dich.«

»Beruhigen?« Einige Sekunden lang presste er seine Lippen aufeinander. »Du bist diejenige, die das Tier in mir entfesselt.«

Jemand stieß ihn von hinten an, sodass Rhys sich kurz umdrehte. Zu ihrer Überraschung stellte Val fest, dass er am Hinterkopf eine zweite Maske trug, weiß, mit einem lachenden Gesicht. Wie passend, dachte Val. Als wollte er seine Janusköpfigkeit auch noch zur Schau stellen.

Er drehte ihr wieder die schwarze Maske zu. Blitzschnell schlang er den Arm um ihre Hüften und zog sie an sich heran. »Hier geht es um Sex. Du bist gekommen wegen Sex.« Grob stieß er sein Knie zwischen ihre Schenkel und ließ sie sein Hosenbein an ihrer nackten Scham spüren. »Behaupte nicht, du wärst nicht hier, um zu vögeln.«

»Ich … wollte nur zuschauen.« Er schnaubte verächtlich und sie wusste, dass er ihr das nicht abnahm. Angesäuert rümpfte sie ihre Nase. Warum rechtfertigte sie sich überhaupt? Das brauchte sie doch gar nicht. »Was geht es dich an?«

Als er ihr antwortete, sprach er jedes Wort so hart aus, als hielte er Werkzeug in der Hand und würde die Buchstaben in Stein meißeln. »Ich. Bin. Dein. Herr.«

Jetzt hatte sie genug von seinem unmöglichen Benehmen. Sie keifte: »Während unserer Sessions, ja. Darüber hinaus sind wir beide frei, das hast du selbst klargestellt. Jeder kann machen, was er will.«

»Von wegen!«, knurrte er. »Du bist meine Sklavin und ich teile nicht.«

»Du bist mein Herr und auch ich teile nicht mit den Lanas dieser Welt.« Die Worte waren Valentine über die Lippen gekommen, ohne dass sie über sie nachgedacht hatte. Lana Sycamore lag schon länger kalt unter der Erde. Sie stellte keine Gefahr mehr dar. Aber galt dasselbe für Rhys? Immerhin verband ihn etwas mit der Masochistin, über deren Tod es Gerüchte gab.

Val horchte in sich hinein. Merkwürdigerweise fürchtete sie sich nicht vor ihm, selbst jetzt nicht, wo er sie eng an sich drückte und sie zornig anfunkelte. Im Gegenteil, es erregte sie. Durch ihn fühlte sie sich erst richtig wohl auf dieser Veranstaltung. Er beschützte sie vor möglichen aufdringlichen Männern, zumindest hoffte sie das, weil er auch in der Wüste über sie gewacht hatte.

Da er irritiert innehielt, nutzte sie die Chance und legte nach: »Du bist doch ebenso hier, um dich zu vergnügen.«

»Rein zufällig habe ich dieses erotische Event organisiert.« Sein Arm um ihre Taille lockerte sich etwas. Für einen Moment wirkte er nicht mehr aggressiv, sondern verletzt, weil er sie beim Fremdgehen erwischt hatte.

Hatte sie sich verhört? »Du?« Das nahm ihr den Wind aus den Segeln.

»Ich konzipiere ungewöhnliche Freizeitaktivitäten und setze sie mit einem Team von Fachleuten und Investoren um. Der *Grand Canyon Skywalk* oder *Big Shot, Scream* und *Insanity* auf dem Dach des *The Strat* gehen auf meine Kappe, ebenso wie diese SM-Party.« Er grollte wie ein Löwe. »Ich bin ein Mann der Extreme. Daher rate ich dir, nicht mit mir zu spielen.«

Sie zitterte, allerdings nicht vor Angst, sondern vor Aufregung, weil er ihr ein weiteres Detail aus seinem Leben verraten hatte. Nun wusste sie endlich, womit er seine Brötchen verdiente. Sie konnte kaum fassen, dass er für die Fahrgeschäfte auf dem Dach des *Stratosphere Tower* verantwortlich war. Außerdem nahm seine Stimme immer mehr dieses sexy dunkle Timbre an, das sie wissen ließ, dass der Dominus langsam die Kontrolle über ihn übernahm. Die Wölbung in seinem Schritt blieb von ihr nicht unbemerkt.

»Apropos Spiel, es steht noch eine Bestrafung aus, weil du in Skelleton ohne meine Erlaubnis gekommen bist, und dieser Ort ist prädestiniert dazu.« Der Glanz in seinen Augen hatte etwas Boshaftes.

Sie schnappte nach Luft. »Du willst …? Hier …?«

»Ich kann mich gar nicht für eins der Foltergeräte entscheiden.« Nachdenklich tippte er mit dem Zeigefinger gegen die Mundöffnung in seiner Maske.

Valentine wurde mulmig. Er meinte das doch nicht ernst, oder etwa doch? Erneut versuchte sie, sich von ihm loszumachen. Tatsächlich ließ er es zu, doch nur, um ihr Handgelenk zu schnappen und sie mit sich zu ziehen.

Halbherzig wehrte sie sich gegen ihn. Ihre Schamlippen rieben aneinander und sendeten prickelnde Botschaften an ihre empfindsamste Stelle aus. Entsetzen und Vorfreude wechselten sich ab.

Linda! Erschrocken, weil Rhys so einen starken Einfluss auf sie hatte, dass sie ihre Freundin vergessen hatte, sah sich Valentine nach ihr um, schließlich musste sie ihr doch Bescheid geben. Aber Linda war längst unterwegs in die entgegengesetzte Richtung. Val erhaschte nur noch einen Blick auf ihren Hinterkopf. Ein Mann mit einer lindgrünen Harlekin-Maske und einem wallenden weißen Umhang, der es unmöglich machte, mehr zu erkennen, folgte ihr auf dem Fuße, und zwar so dicht, dass sie zusammengehören mussten.

Das konnte nur ihr mysteriöser Liebhaber sein!

Ob es Rick war? Die Verkleidung als venezianischer Narr passte zu ihm. Die beiden hatten sich in diesem Getümmel gefunden, und nun würde er Linda das erste Mal richtig unterwerfen.

Lächelnd schaute Val ihrer Freundin hinterher und freute sich für sie, zumal eins sicher war: Rhys war definitiv nicht Lindas Zettelschreiber, denn der zerrte sie nun unsanft in die andere Ecke des Saals.

Plötzlich fühlte sie sich, als würde sie zum Schafott auf einem Marktplatz geführt. Dass diese Assoziation gar nicht so abwegig war, erfuhr sie, als sie an dem Pranger, den sie bereits entdeckt hatte, ankamen.

Abrupt blieb Rhys davor stehen. »Das ist aber noch nicht alles«.

24

»Der Pranger ist nur ein Hilfsmittel zur Fixierung, denn ich bin mir sicher, dass du nicht stillhalten wirst, während ich dich hiermit züchtige.« Rhys packte Val im Nacken und holte etwas aus seiner Hosentasche. »Das hier habe ich in der hausinternen Shopping Mall auf der anderen Seite des Fensters besorgt, als ich dich unter den Gästen ausgemacht hatte.«

Er hielt ihr eine Haarbürste unter die Nase. Diese hatte nicht viel gemein mit der rosafarbenen aus Plastik, die Val in Skelleton gesehen hatte. Sie war doppelt so groß. Metallborsten ragten aus dem weichen Mittelteil wie Nähnadeln aus einem Nadelkissen und diese besaßen nicht einmal Noppen am oberen Ende. Vals Augen weiteten sich.

»Schau nicht so entsetzt. Das war deine eigene Wahl.« Rhys' Finger öffneten und schlossen sich immer wieder um den Griff aus Bambusholz, als könnte er es kaum erwarten, Val damit zu schlagen. Vielleicht wollte er sie auch nur nervös machen, was er problemlos schaffte. Oder beides.

»So meinte … so eine meinte ich nicht«, stammelte sie.

»Du hast dir diese Strafe selbst ausgesucht, weil du dachtest, es tut nicht weh, mit einer Bürste geschlagen zu werden. Bist du immer noch dieser Meinung?« Sein selbstzufriedenes Grinsen war unter der Maske zu erahnen.

Was hatte sie sich nur eingebrockt? Leichtfertig hatte sie das Erste genannt, was sie in der Wüste erblickt hatte. Da es sich um einen Alltagsgegenstand handelte, hatte sie sich keine Sorgen gemacht. Harmlos sah dieses Monstrum allerdings ganz und gar nicht aus. Sie stellte sich vor, welch eine teuflische Freude und Erregung Rhys gespürt hatte, als er es in dem Laden aussuchte – wohl wissend, dass er sie damit erschrecken würde. Ihr wurde angst und bange.

»Aber du wirst mich damit doch nicht auf meine … meine Möse … oder? Bitte, tu das nicht. Das darfst du nicht.«

Plötzlich zog er sie dicht an sich heran. Er lockerte seine Hand in ihrem Nacken zwar nicht, sprach aber so zuckersüß in ihr Ohr, dass sie eine Gänsehaut bekam: »Bettle weiter. Das gefällt mir. Es macht mich geil. Ich warte!«

Überrascht schwieg sie einen Moment. Erst als er die Borsten warnend auf ihre nackte Pobacke presste und sie zahlreiche kleine Stiche spürte, gab sie sich einen Ruck. Sie schämte sich dafür, ihn anzuflehen, sie zu verschonen. Es kostete sie Überwindung, zumal es ihm bewies, wie begierig sie danach war, von ihm dominiert zu werden. Ja, sogar die Züchtigung sehnte sie mehr herbei, als dass sie sie fürchtete. »Bitte, mein Herr, habt Gnade. Ich habe noch keine Erfahrungen. Und hier sind so viele Menschen. Ich habe Angst, den Schmerz an meinem Geschlecht nicht ertragen zu können, und auch davor, mich lächerlich zu machen.«

Es war das erste Mal, dass sie zugab, sich zu fürchten. Ihr Leben lang hatte sie gegen ihre »Schwäche« angekämpft, hatte sich stets bemüht, sie zu überspielen und stärker aufzutreten, als sie sich fühlte. Nun, da Rhys sie festhielt, schien es mit einem Mal leicht, sich einzugestehen, manchmal eben auch schwach zu sein.

»Niemand wird dich auslachen, egal, wie du dich verhältst. Wie kommst du nur darauf?« Sanft strich er mit seinem Daumen über ihre Lippen.

»Was ist, wenn ich schreie und heule?« Zögerlich fügte sie hinzu: »Oder laut stöhne vor Lust?«

»Dann werden alle neidisch darauf sein, wie hemmungslos du dich der Erregung und dem Schmerz hingibst.« Erst küsste er seine Fingerspitzen, dann legte er sie auf ihre Lippen. »Du kannst nichts falsch machen, außer das Safeword auszusprechen, bevor die Session überhaupt richtig begonnen hat, weil du Angst vor der eigenen Courage hast. Vertrau mir.«

Er hatte recht. Sie würde es bereuen, wenn sie sich jetzt von ihm abwandte und wegginge. Als sie sich kennenlernten, hatte er sie ins Separee zu seinen tabulosen Freunden eingeladen. Zu diesem Zeitpunkt jedoch hätte sie auf keinen Fall vor Publikum Sex haben können, obwohl die Fantasie sie angemacht hatte. Inzwischen fühlte sie sich bereit dazu. Zumindest wollte sie es probieren. Rhys war ja bei ihr.

Ein Paar beobachtete Val interessiert, als diese sich in ihrem Kleid der O vor den Pranger stellte und demütig den Blick senkte. Rhys brauchte nur sanften Druck auf die Stelle zwischen ihren Schulterblättern auszuüben, um ihr den Befehl zu erteilen, den Oberkörper nach vorne zu neigen. Sie tat wie befohlen und legte ihren Hals und ihre Handgelenke in die Ausbuchtungen im Pranger. In dieser Haltung nahm sie das galoppierende Pochen ihres Herzens noch intensiver wahr. Ihre nackten Brüste hingen leicht herab und ihr Hintern streckte sich den Gästen schutzlos entgegen. Aber Val zweifelte keinen Moment daran, dass Rhys die Männer und Frauen vehement davon abhalten würde, sie anzufassen. Aus diesem Grund konnte sie das Gefühl, ausgeliefert zu sein, genießen. Ihre Kehrseite kribbelte, allein wegen der Zurschaustellung.

Während Rhys die obere Hälfte des Prangers behutsam herabließ und arretierte, spähte Valentine zum Fenster hinaus, um sich von ihrer Aufregung abzulenken. Es erregte sie, dass all diese Menschen dort draußen zum Greifen nah waren und dennoch nicht wussten, dass sie unweit von ihnen an dieses Foltergerät gefesselt wurde. Aus dem Augenwinkel bemerkte sie, wie einige Gäste, die auf den Sofas neben ihnen saßen, sich neugierig zu ihnen umdrehten.

Eigentlich war Val nur als Zuschauerin gekommen. Nun stand sie plötzlich im Mittelpunkt.

Sie versuchte sich damit zu beruhigen, dass der Saal riesig war und es hier viele erotische Brandherde gab, aber das half ihr nicht wirklich. Ihr Puls raste. Ihr wurde warm, obwohl sie nur wenig Stoff trug. Es tobte ein Feuer in ihrem Inneren, von dem sie glaubte, dass es nicht größer und heißer werden könnte, doch da täuschte sie sich. Schon als Rhys ihr noch einmal die Haarbürste zeigte, um ihre Furcht zu schüren, flackerten die Flammen in ihr wild auf.

Er verschwand aus ihrem Sichtfeld. Das machte es nur noch schlimmer für sie. Die Ungewissheit nagte an ihr. Instinktiv wandte sie ihr Gesicht nach rechts und links, aber so sehr sie sich auch anstrengte, sie konnte Rhys nicht sehen. Würde gleich der erste Schlag kommen?

Plötzlich schrie sie auf! Beschämt wurde sie sich dessen bewusst, dass er lediglich einen Fuß zwischen ihre Beine gestoßen hatte. Sie kicherte peinlich berührt, doch ihr blieb das Lachen im Halse stecken, als er ihre Schenkel weit spreizte. Spätestens jetzt konnten die Besucher, die gerade an ihr vorbeispazierten, alles von ihr sehen. Rhys trieb es mit dem Vorführen seiner Sklavin sogar noch auf die Spitze, indem er ihre Gesäßhälften auseinanderzog. Val war unsicher, ob sie Atemzüge an ihrem Geschlecht spürte oder lediglich die Luft, die durch die ständige Bewegung im Raum zirkulierte. Oder waren es gar hauchzarte Berührungen?

Rhys nährte ihre Angst dadurch, dass er mit der Bürste

sachte über ihre Oberschenkel rieb. Die Borsten taten nicht weh, aber Val wurde klar, dass sie weniger biegsam und nachgiebig waren, als sie gehofft hatte. Ihre Spalte pochte. Sie schien sich immer wieder kurz zusammenzuziehen. Darauf folgten kleine Eruptionen. Ihr Brustkorb wogte auf und ab. Ihre Nippel prickelten sehnsüchtig, weil sie angefasst werden wollten.

Rhys trat von ihr fort. Unruhig verlagerte Val ihr Gewicht von einer Seite auf die andere. Warum führte er nicht endlich das Unvermeidbare durch? Wieso ließ er sie zappeln? Machte er sich einen Spaß daraus und war gegangen, um sie den Gästen zu überlassen? Bestand darin seine Rache, weil sie ohne seine Erlaubnis – ohne ihn – auf diese Party gegangen war?

In Gedanken formulierte sie bereits die übelsten Flüche, als die Bürste plötzlich auf ihren Hintern klatschte. Val gab einen erstickten Schrei von sich, bevor ihr bewusst wurde, dass sie die Rückseite aus Holz gespürt hatte und nicht die Borsten. Dieser Bastard hatte sie glauben lassen, er würde ihre Kehrseite mit den Stacheln polieren. Um nicht doch noch eine Verwünschung auszuspucken, presste sie ihre Lippen aufeinander. Überrascht horchte sie in sich hinein. Es hatte wehgetan, aber nicht sehr. Der zweite Schlag traf sie härter. Der dritte folgte sofort, ohne dass Valentine Zeit gehabt hätte, einen Gedanken zu fassen. Vermutlich war das auch besser so, denn so konnte die Angst sich gar nicht erst in ihr ausbreiten. Der Schmerz nahm mit jedem Hieb zu, besonders wenn Rhys mehrmals auf ein und dieselbe Stelle zielte. Immer öfter sog Val die Luft zwischen ihren Zähnen ein. Sie zappelte herum. Die Versuchung, ihre Beine zu schließen, war groß, doch wenn sie sie auch nur ein bisschen enger zusammen stellte, schlug Rhys geschickt auf die Stelle, an der ihr Po in ihr Geschlecht überging. Die Warnung kam bei ihr an!

Bald brannte ihr Gesäß ebenso wie ihre Wangen, denn eine Frau stellte sich mit dem Rücken zur Fensterscheibe und betrachtete sie lüstern. Offenbar erregte Vals Reaktion auf die Züchtigung sie mehr als die Spuren, die die Schläge hinterließen. Val hoffte, dass ihre Maske hielt. Ohne die Maske wäre sie vor Scham im Boden versunken. Die Dame trug einen Anzug im Marlene-Dietrich-Stil. Als ihre Hand in der Hose verschwand und sie sich offensichtlich selbst stimulierte, erkannte Val, dass früher *sie* diese Frau hätte gewesen sein können – nur eine Beobachterin. Die Fremde tat ihr ein wenig leid, weil sie scheinbar niemanden hatte, der ihre Lust befriedigte, außer sich selbst. Mit einem Mal fühlte sie sich glücklich, weil Rhys ihr den Hintern versohlte, und streckte ihm eben diesen genüsslich hin. Die Strafe war in Wirklichkeit keine Strafe, sondern purer, harter Sex!

Rhys klopfte auch ihre Oberschenkel ab. Schonungslos ließ er das Holz auf ihre Haut klatschen. Trotz der Geräuschkulisse drang dieser dumpfe Laut an Vals Ohren. Ihr Schoß schwoll weiter an. Ihr Hintern stand in Flammen. Die Feuerzungen leckten an ihrem Kitzler und machten sie geil. Zu Vals Entsetzen perlte ein Tropfen ihrer Feuchtigkeit an ihren Beinen hinab. Alle Zuschauer mussten das mitbekommen! Diese Demütigung, zusammen mit dem Schmerz, verursachte, dass sie noch nasser wurde. Bald schon waren die Innenseiten ihrer Schenkel überzogen mit Lustperlen. Eine starke Verlegenheit ergriff Besitz von ihr, aber zu allem Unglück fachte auch diese ihre Geilheit an. Ein Kreislauf, der sich stetig weiter nach oben schraubte.

Plötzlich traf eine Armada von Nadeln sie mitten auf ihren Po, der sowieso schon von den Schlägen wehtat. Valentine kreischte, wenn auch mehr vor Schreck. Rhys zeigte sich davon wenig beeindruckt. Ein weiterer Hieb auf eine Stelle knapp daneben folgte. Val presste ihre Kiefer aufeinander. Offenbar hatte Rhys die Haarbürste herumgedreht und traktierte sie nun mit den Borsten. Auch wenn er nicht so viel Kraft einsetzte, war die Wirkung doch gewaltig und anders als alles, was Val kannte oder sich in ihren erotischen Fantasien vorgestellt hatte. Sie versuchte, in die Hocke zu gehen, um den Stichen auszuweichen, doch der Pranger hinderte sie daran. Unbarmherzig prasselten die ungewöhnlichen Hiebe auf sie herab. Ihre Kehrseite fühlte sich bald an, als wäre sie mit Hunderten winzig kleiner Wunden übersäht. Val wusste, dass Rhys sie niemals verletzten würde und dass ihre Gefühlswelt ihr einen Streich spielte, weil sie ihren Hintern ja nicht sehen konnte. Sie war verdammt, sich auf ihre Empfindungen zu konzentrieren.

Um die Qual ertragen zu können, atmete Val bis in ihr Zwerchfell ein und langsam wieder aus. Sie hörte auf, herumzuzappeln und bemühte sich, nicht mehr gegen den Schmerz, der aus unzähligen Splittern zu bestehen schien, zu kämpfen, sondern ihn willkommen zu heißen. Erst nachdem sie sich etwas beruhigt hatte, nahm sie wahr, dass vom Schmerz ein köstliches Prickeln zurückblieb. Ihr war, als hätte Rhys Feenstaub über ihre Haut gestreut und sie könnte den funkelnden Glitter körperlich spüren. Er rieselte auch in ihre Spalte und steigerte ihre Lust bis ins Unermessliche.

Bis vor Kurzem hatte sie Nadeln gehasst, weil sie ihr schon ihr ganzes Leben lang wehgetan hatten. Jetzt überraschte es sie, dass etwas Vergleichbares, auch wenn die Borsten nicht durch die Haut stachen, sogar Lust erzeugen konnte.

Längst hatte Val das Publikum ausgeblendet. Durch die bittersüße Folter trat alles andere in den Hintergrund und wurde unwichtig. Es zählten allein ihr Körper, ihre Empfindungen, ihre Geilheit.

Sie bemerkte erst, dass Rhys mit der Züchtigung aufgehört hatte, als er mit einem kräftigen Stoß in die eindrang. Während er sie vögelte, kniff er sachte in ihre gepeinigten Pobacken und hielt dadurch den Schmerz wach. Wie ein elektrischer Impuls schoss dieser bei jedem Kneifen in ihre Spalte und paarte sich mit der Erregung. Unentwegt pumpte Rhys' Schwanz in ihre Mitte hinein. Durch Vals extreme Nässe schmatzte es laut, was ihr unangenehm war und ihr gleichzeitig ein Lächeln entlockte. Ihre Beine gaben nach. Je näher sie dem Orgasmus kam, desto weicher wurden sie. Ohne damit aufzuhören, Val zu ficken, schlang er seine Arme um ihre Hüfte, um ihr Halt zu geben. Instinktiv wollte sie sich irgendwo festhalten, aber der Pranger hinderte sie daran. Er hielt ihren Kopf und ihre Arme fixiert, während Rhys ihre Möse von hinten benutzte. Val war seinen stürmischen Stößen ausgeliefert und hätte es auch nicht anders gewollt.

Als er seine Finger grob zwischen ihre geschundenen Gesäßhälften schob und sie auseinanderzog, sodass der Schmerz beinahe wieder so stark wurde, wie während der Züchtigung, kam Valentine. Ein Beben erschütterte ihren Körper. Sie war froh, dass das Foltergerät und Rhys sie festhielten. Zitternd gab sie sich vor dem Augen der Schaulustigen dem Höhepunkt hin. Ihre Gedanken schienen wie in Watte gepackt. Selig schloss sie die Augen. Wie in weiter Ferne hörte sie, dass Rhys seinen Orgasmus mit einem Aufbrüllen markierte.

Langsam ließ das Rauschen in Vals Ohren nach. Ein glückliches Lächeln umspielte ihren Mund. Sie spürte, wie das obere Teil des Prangers angehoben wurde, und richtete ihren Oberkörper auf.

Plötzlich sackte ihr Kreislauf weg und ihr wurde schwarz vor Augen. Sie brach zusammen, doch jemand fing sie auf. Er hob sie auf seine Arme und trug sie zu einem Sofa, um sie darauf zu betten. Mühsam schaffte sie es, die Lider zu öffnen. Rhys setzte sich aufrecht hin und zog sie auf seinen Schoß, sodass ihr Kopf an seiner Schulter lag.

Zärtlich strich er ihr eine rote Locke aus der Stirn. »Und jetzt erzählst du mir, was mit dir nicht stimmt. Diese Schwächeanfälle sind nicht normal. Außerdem habe ich gesehen, dass du Tabletten nimmst.

Sie wollte protestieren. Die Wahrheit würde nur alles kaputtmachen. Er würde sie mit anderen Augen sehen und das missfiel ihr. Vielleicht hatte er recht. Möglicherweise sollte man tatsächlich Alltag und Sessions trennen. Für ihn wollte sie Valentine, die Lustsklavin sein, und nicht Val, die Prinzessin auf der Erbse.

»Scht!« Mit zwei Fingern verschloss er ihren Mund, bevor sie etwas sagen konnte. »Keine Widerrede! Ich bestehe darauf.«

25

Er bestand darauf, ihr kleines Geheimnis zu erfahren. Jetzt und hier. Sofort! Durch den Schock kehrten Valentines Lebensgeister schneller zurück, als sie erwartet hatte. Sie wurde sich der fremden Menschen und ihrer Nacktheit bewusst. Ihr Unterleib war noch feucht, sie roch nach Sex und ihr Hintern glühte. Aber sie bedeckte sich nicht. Nach der öffentlichen Session war es unnötig, sich zu schämen. Niemand beobachtete sie mehr. Andere lustvolle Darbietungen zogen längst die Aufmerksamkeit auf sich.

Val wich Rhys' Blick aus und suchte nach den richtigen Worten. Wie erklärte man jemandem, der gesagt hatte: *»Du bist stärker als viele andere Subs«*, dass man in Wahrheit schwächer war als die meisten Frauen? Ihre Beichte würde sein Bild von ihr zerstören und das wollte sie nicht. Aber er hatte ihr ein weiteres Puzzlestück aus seinem Alltag offenbart – seinen Beruf –, wenn auch in einem Moment der Rage. Nun war sie an der Reihe. Sie konnten nur zusammenwachsen, wenn sie sich öffneten und ehrlich zu einander waren.

»Es ist nichts Schlimmes. Ich arrangiere mich schon mein ganzes Leben mit dieser … dieser Seuche, wie ich sie manchmal im Scherz nenne.« Kaum hatte sie das ausgesprochen, bereute sie es auch schon. »Es ist nichts Ansteckendes. Du brauchst keine Angst zu haben. Es ist nicht übertragbar.«

»Val«, ermahnte er sie, wohl weil sie nicht auf den Punkt

kam, sondern aufgeregt um den heißen Brei redete, und legte die Hände an ihre Wangen. »Was ist mit den Tabletten?«

Tief atmete sie durch. »Ich leide häufig unter Kopfschmerzen und habe einen zu hohen Eisenwert. Gegen die Schwindelanfälle kann ich nichts einnehmen. Dagegen hilft nur meine Medizin. So sagte meine Mom immer dazu, um mich als Kind zu beruhigen. Sie wusste ganz genau, ich würde ausflippen, sobald wir wieder in die Klinik fuhren. Später bezeichnete mein Dad es als Doping und lachte dann immer gekünstelt, um herunterzuspielen, dass ich schon wieder gefoltert werden würde.«

»Gefoltert?« Rhys' Daumen streichelte Vals Wangen. »Von wem?«

»Keine Sorge. Es ist eine legale Grausamkeit.« Sie verdrehte die Augen.

»*Ist?* Also musst du sie auch heute noch durchstehen?« Plötzlich ging ihm offenbar ein Licht auf, denn er packte ihre Arme und strich über die verblassenden Einstiche.

Sie nickte. »Bis an das Ende meiner Tage. Ich komme inzwischen besser damit zurecht. Aber ich habe immer noch Magenschmerzen, wenn ich wieder einmal ins Krankenhaus muss, die Ärzte und Krankenschwestern in den weißen Kitteln sehe und das Desinfektionsmittel rieche. Mein Kindheitstrauma! Ich kann es nicht verarbeiten, weil ich regelmäßig daran erinnert werde.«

»Warum musst du ins Krankenhaus? Was fehlt dir?« Als er seine Hände an ihre Schultern legte und sanft drückte, hatte sie kurz den Eindruck, er wollte sie auf Distanz halten.

Aber dann rieb er beruhigend über ihren Rücken und sie machte sich bewusst, dass sie sich nur eingebildet hatte, er würde auf Abstand gehen. Genau das war es nämlich, was sie befürchtete. »Ich benötige regelmäßig Bluttransfusionen. Klingt ganz schön eklig, nicht wahr?«

Seine Augenbrauen hoben sich. Jegliche Farbe wich aus seinem Gesicht.

»Ich leide an einer schweren hämolytischen Anämie. Mein Körper erzeugt nicht genügend rote Blutkörperchen.« Lapidar zuckte sie mit den Achseln, um ihre Beichte herunterzuspielen. »Fremdes Blut behebt diesen Defekt halbwegs, aber nur für kurze Zeit, dann muss ich erneut ›Sprit tanken‹.« Ihr Kichern wirkte aufgesetzt, das hörte sie selbst.

Rhys' Miene war wie eingefroren. »Wie heißt die Krankheit?«

»Tha...« Die Zunge klebte ihr am Gaumen. Sie konnte kaum sprechen und wollte es eigentlich auch nicht. Ihr war bewusst, dass Rhys den Namen hören wollte, um sich später genau über die Krankheit zu informieren. »Thalassämie. Dank Hypertransfusionsregime kann ich ein ganz normales Leben führen. Wirklich! Ansonsten bin ich völlig normal.«

Seine Kiefer mahlten, während er sie musterte, als prüfte er, ob es nicht Anzeichen gab, die er hätte bemerken müssen. »Und mit den Tabletten bekämpfst du die Nebenwirkungen, richtig?«

»Leider hat die Therapie auf Dauer einen Nebeneffekt. Sie bewirkt, dass sich Eisen in Leber, Herz, Bauchspeicheldrüse und Hirnanhangdrüse ablagert. Um das zu verhindern, wird es mittels Chelation abgeführt. Klingt schrecklich, aber es handelt sich nur um Kapseln, nichts weiter. Das alles ist harmloser, als es sich anhört, das musst du mir glauben.«

»Bald steht wieder ein Krankenhausbesuch an, nicht wahr? Du musst«, er malte Anführungsstriche in die Luft, blieb jedoch ernst, »*nachtanken*. Deshalb bist du eben zusammengebrochen.«

»Nein, nein, ehrlich, das war der Orgasmus, der mich umgeworfen hat.« Zum Teil war das nicht einmal gelogen. Aber Rhys hatte richtig getippt. Ihr Dad würde sie übermorgen in die Klinik fahren und später wieder abholen. Nachdem Val beschlossen hatte, zu Hause auszuziehen und zu kündigen, war es zwischen ihnen zum Streit gekommen, weil ihr Vater bereits seine Nachfolgerin in ihr gesehen hatte und sie bis dato immer die fügsame Tochter gewesen war. Ausgerechnet ihre »Schwäche« hatte sie wieder zusammengebracht. Val brauchte die Unterstützung ihrer Eltern. Sie waren sofort zur Stelle gewesen, als die Schwindelanfälle wieder öfter auftraten, weil Val viel Kraft für ihre Selbstständigkeit, aber auch für die Sessions mit Rhys brauchte. Inzwischen hatten sie sich ausgesprochen und versöhnt.

»Ich habe dich überfordert.« Eine Furche teilte Rhys' Stirn. »Es tut mir leid.«

»Das muss es nicht. Ich meine, das hast du nicht. Es war genau richtig, alles war perfekt!« Bevor sie weitersprechen konnte, zog er sie in seine Arme und drückte sie eng an sich.

Er küsste ihre Haare, ihre Schläfe, ihre Nasenspitze und als er schließlich seine Lippen auf die ihren presste, küsste er sie anders als bisher. Nicht etwa behutsam, als wäre Val aus Porzellan und könnte zerbrechen, sondern als trieben sie auf stürmischer See, hielten sich an zwei verschiedenen Treibhölzern fest und als ahnte er, dass einem von ihnen oder sogar ihnen beiden bald die Kraft ausgehen würde, sich aneinander festzukrallen.

Val wertete das als gutes Zeichen. Niemals zuvor hatte er ihr stärker gezeigt, dass er sie mit jeder Faser seines Körpers begehrte.

26

Valentine fühlte sich schon den ganzen Tag, als würde sie auf Wolken gehen. Lächelnd schwebte sie durchs *Decadency*. Die Arbeit ging ihr leicht von der Hand. Allerdings ertappte sie sich immer wieder dabei, wie sie mit offenen Augen von dem träumte, was auf der SM-Party im *The Venetian* Heißes geschehen war. Der Pranger, die Haarbürste, der harte Fick vor den anderen Gästen. Und die Aussprache danach, die sie als unglaublich intim empfunden hatte. Aber im Gegensatz zu den Fantasien, an denen sie sich früher erregt hatte, handelte es sich diesmal um eine Erinnerung an etwas wirklich Erlebtes. Das machte es zu etwas Besonderem. Zudem teilte sie die außergewöhnlichen Erlebnisse mit Rhys, ihrem Liebhaber und Herrn. Aber war er auch ihr Freund?

Fürsorglich hatte er sich um sie gekümmert, hatte Getränke und Knabbereien geholt. Eine Weile hatten sie sich noch die kleinen obszönen Attraktionen, die die Besucher selbst darboten, angeschaut. Dann hatten sie sich gemeinsam auf die Suche nach Linda gemacht. Aber als sie sie gefunden hatten – die Frisur zerzaust, das ohnehin schon wenig züchtige Kleid verrutscht – war sie alleine gewesen, wirkte darüber aber gar nicht unglücklich, sondern schaute selig lächelnd der Menge zu. Sie hatte gesagt, sie wollte noch nicht heimfahren und sie sollten ohne sie gehen.

Als wären sie ein ganz normales verliebtes Paar, hatte Rhys Val nach Hause gebracht. Er hatte sie zum Abschied geküsst, wie nach einem Date. Hieß das nun, dass sie zusammen waren?

Was auch immer es bedeutete, die Nacht hatte einen schönen Ausklang gefunden. Sie waren sich ein Stück näher gekommen. Val wollte nicht, dass Grübeleien und Zweifel die rosarote Brille grau färbten, daher verbot sie sich, an die Melancholie, die Rhys' Blick trübte, zu denken. Bestimmt war es Müdigkeit gewesen.

Als sie Linda an diesem Arbeitstag das erste Mal traf, saß die Kellnerin in der Kantine und stocherte auf ihrem Teller herum. Val holte sich rasch ihr Abendessen und setzte sich zu ihr, in der Hoffnung, die anderen Angestellten würden erkennen, dass sie etwas zu besprechen hatten, das nicht für fremde Ohren bestimmt war.

Grinsend neigte sich Val über den Tisch und dämpfte ihre Stimme. »Und? Wie war es? Erzähl schon!«

Endlich erstrahlte Lindas Gesicht, doch ihr Lächeln wirkte traurig. »Er war da. So viel zu den guten Nachrichten.«

»Ein venezianischer Harlekin, stimmt's?«

»Ja.« Überrascht legte Linda ihre Gabel weg. »Woher …?«

»Wusste ich's doch!«, sagte Val etwas zu laut und schaute sich schuldbewusst um, aber niemand beachtete sie. »Ich habe gesehen, wie er dir gefolgt ist. Hatte Rick den Mumm, sich dir zu zeigen?«

Linda runzelte die Stirn. »Rick?«

»Als Narr zu gehen, passt zu ihm.«

»Das Kostüm war atemberaubend schön«, begann Linda und seufzte. »Nur leider konnte man wegen der Maske, die den ganzen Kopf umschloss, nicht erkennen, wer sich dahinter verbarg.«

»Dann hast du immer noch keine Gewissheit, wer dein geheimnisvoller Zettelschreiber ist?« Verständnislos schüttelte Val den Kopf. Was hielt Rick zurück? Statt sich mit ihr zu verabreden, hätte er Linda in das Restaurant einladen sollen. Vielleicht wären die beiden dann längst zusammen. »Gib der Schildkröte noch etwas Zeit, ihren Panzer abzustreifen. Du weißt doch, wie schüchtern er ist. Die ganze Zeit lauerte er mir immer wieder auf und ich dachte schon, er hätte sich in mich verguckt, dabei wollte er mich nur über dich ausfragen.«

»Meinst du wirklich?«, fragte Linda, worauf Val eifrig nickte. Dann wurde der Blick der Blondine verträumt. »Der Sex mit ihm war einfach unglaublich!«

»Du hast dich ihm auf der Party …«, verschwörerisch schaute sich Valentine um, dann fügte sie flüsternd hinzu: »unterworfen?«

Lindas Wangen röteten sich. Nun sah ihr Lächeln echter aus und sogar ein wenig frivol. Verschmitzt zwinkerte sie.

Zu gerne hätte Val die Details erfahren, aber sie biss sich auf die Zunge. Eins aber musste sie noch fragen: »Hast du ihn nicht an seiner Stimme erkannt?«

»Er hat nicht mit mir gesprochen.«

»Woher wusstest du, dass er es war?«

»Er hat mir einen Zettel gereicht, auf dem stand, dass ich mich vor ihn hinknien soll, wenn ich bereit für eine Session mit ihm sei.« Linda leckte über ihre Lippen. Ihr Blick schweifte durch den Raum, während sie an ihrem Wasser trank. Behutsam stellte sie das Glas ab und sah Val an. »Und ich habe es getan.«

Am liebsten wäre Valentine ihr um den Hals gefallen, doch sie legte nur ihre Hand auf den Arm ihrer Freundin und drückte sanft zu. »Ich freue mich so für dich!«

»Es war überwältigend, aber … so schnell wie er aufgetaucht war, so schnell tauchte er auch wieder in der Menge unter. Keine Ahnung, ob ich jemals wieder von ihm hören werde. Das nagt an mir.«

»Bestimmt wirst du das«, munterte Val sie auf.

»Vielleicht hat er alles erreicht, was er wollte. Die Zettel waren das Vorspiel und der Fick der Höhepunkt. Nach dem Koitus kommt nun mal nichts mehr. Erregt habe ich ihn jedenfalls, denn sein Sperma hat mich gekitzelt, als es meine Kehle hinablief. Es schmeckte köstlich.« Lachend warf Linda ihren Kopf in den Nacken. Sie stand auf. Geräuschvoll kratzten die Stuhlbeine über den Boden. »Ich muss wieder an die Arbeit.«

Valentine lehnte sich zurück und schaute ihrer Freundin nach, wie sie ihr Geschirr wegstellte und die Kantine verließ. Warum gab es für Liebesgeschichten im wahren Leben nicht wie in Romanen eine Happy-End-Garantie?

27

Um Mitternacht, nach Schichtende, wartete Valentine vor dem Raum mit den Putzutensilien, von dem aus eine Tür in den Darkroom führte.

Bei ihrer ersten Zusammenkunft an diesem geheimen, dunklen Ort war sie sich vorgekommen wie das Mädchen aus Lewis Carrolls Roman *Alice hinter den Spiegeln*, das sich ständig Tagträumen hingab. In der Welt hinter der Scheibe schienen Vals erotische Fantasien wahr zu werden. Es war dieselbe Welt, wie die auf ihrer Seite, und dennoch vollkommen anders. Lustvoller, ausschweifender, tabulos.

Doch sie hatte nicht wie Alice durch den venezianischen Spiegel hindurchsteigen müssen, um ins Wunderland zu gelangen, sondern Rhys hatte das Wunderland auf ihre Seite geholt.

Wo blieb er nur? Sie hatten sich nicht ausdrücklich für heute Nacht verabredet. Aber da sie ihn im Kasino gesehen hatte und sie sich immer zu einer Session trafen, wenn er im Haus war, ging sie davon aus, dass es auch diesmal so sein würde. Außerdem hatte er ihr verheißungsvoll zugezwinkert. Doch der Herr ließ seine Sklavin warten. Beabsichtigte er damit, ihre Vorfreude zu steigern? Das schaffte er.

Auch heute hatte sie ihre viktorianische Croupière-Uniform anbehalten, aber sie hatte sich überlegt, wie sie den Rock vorne und hinten raffen und mithilfe von großen Sicherheitsnadeln an der Hüfte fixieren konnte, um das Kleid der O nachzustellen. Sie konnte es kaum erwarten, Rhys' überraschtes und hoffentlich erregtes Gesicht zu sehen. Hitze breitete sich zwischen ihren Schenkeln aus.

Unruhig verlagerte sie ihr Gewicht von einem Fuß auf den anderen. Immer, wenn ein Kollege vorbeikam, wandte sie sich ab und tat, als wäre ihr auf dem Weg zur Umkleide eingefallen, dass sie etwas im Kasino vergessen hätte. Zunehmend wuchs ihre Verlegenheit. Wie sollte sie erklären, dass sie immer noch an derselben Stelle stand, falls einer der Angestellten ein weiteres Mal an ihr vorbeikam?

Sie beschloss zu prüfen, ob die Türen abgeschlossen waren, und fand beide, sowohl die des Putzraums als auch die des Darkrooms, offen vor. Letzteres überraschte sie, denn Rhys hatte sie immer mit einem speziellen Schlüssel aufsperren müssen, schließlich war Jacob daran gelegen, dass niemand von dem geheimen Beobachtungsposten erfuhr. Val betrachtete diese Tatsache als Einladung. Vermutlich hatte ihr Herr sie bereits entriegelt, weil er wusste, dass er sich verspäten würde.

Als jemand sich vom anderen Ende des Flures näherte, wahrscheinlich wieder ein Kollege, huschte sie in das Zimmer mit den Reinigungsutensilien. Aufgeregt betrat sie das Kämmerchen dahinter, das nur vom Licht aus dem Separee beleuchtet wurde. Dort plante sie, ihr Kostüm vorzubereiten. Rhys würde Augen machen, wenn er sie in devoter Pose und offenherziger Kleidung vorfand!

Die Mitglieder des frivolen Zirkels bauten gerade eine neue Scheibe in das Roulette ein. Val hätte zu gerne gewusst, was in den siebenunddreißig Feldern stand. Die Bezeichnungen von Toys etwa? Vielleicht Sexpraktiken? Oder Bestrafungen? Auf welche obszöne Version des Spiels war ihre Wahl heute wohl gefallen?

Geradezu ungewöhnlich hochgeschlossen standen oder saßen die Frauen und Männer in eleganter Abendgarderobe um den Tisch herum. Marilyn, züchtig gekleidet in einen knielangen Rock und einen Blazer, als käme sie direkt aus dem Büro, flirtete über das Spiel hinweg den Schotten an. Dorothy zog das Dekolleté ihres teuer aussehenden Seidenoberteils so tief nach unten, bis gerade noch die Nippel ihrer kleinen Brüste bedeckt waren. Der ältere Beau massierte seinen Schritt durch seine schwarze Anzughose, während er Augenkontakt mit der herben Schwarzhaarigen hielt, die sich in ein apricotfarbenes Tüllkleid gehüllt hatte. Mr. Netzbody blieb seinem Motto treu und trug unter seinem Jackett ein Hemd aus großen Maschen. Rhys streifte gerade sein Samtsakko von den Schultern, löste ungehalten den weißen Schal von seinem Hals und warf beides auf einen Stuhl.

Rhys! Valentine durchzuckte wie ein Blitz die Erkenntnis, dass er dort drüben war und nicht bei ihr. Irritiert trat sie näher an das Glas. Sie setzte einen Fuß so vorsichtig vor den anderen, als balancierte sie auf einem schmalen Steg und würde ins Bodenlose fallen, sollte sie danebentreten. Sie stellte sich vor den Spiegel, legte die Handflächen an die Scheibe und wagte kaum zu atmen.

Was sollte das? Nun gut, sie hatten nicht ausgemacht, sich zu einer Session zusammenzufinden. Aber hatte sie die Zeichen so falsch deuten können? Offensichtlich wollte sich Rhys in dieser Nacht lieber mit seinem hemmungslosen Freundeskreis amüsieren, statt mit ihr. Das tat weh!

Der Älteste von ihnen warf die Kugel in die Holzschüssel. Das Geräusch, das sie machte, erinnerte Valentine das erste Mal an Fingernägel, die über eine Schiefertafel kratzen. Als sie über die Rhomben tanzte, zuckte Val zusammen. Sie wusste selbst nicht, warum sie so nervös war. Lag es an ihrem

Bauchgefühl, dieser düsteren Vorahnung, dass der blutjunge Morgen kein gutes Ende finden würde?

Lasziv neigte sich Marilyn über den Tisch. »Na, so was. Das Roulette hat den verlorenen Sohn ausgewählt, kaum dass er zu seiner Familie heimgekehrt ist.«

Val rutschte das Herz in die Hose. Was wurde von ihm erwartet? Ihr Magen fühlte sich an, als hätte sie einen Faustschlag abbekommen. Sie ließ die Sicherheitsnadeln in ihrer Hand einfach fallen und scherte sich nicht darum, sondern starrte Rhys mit offenem Mund an.

Er gab ein Murren von sich, bevor er sich von der Wand, an der er lehnte, abstieß. Mit finsterer Miene machte er sein Spiel. Auf Val erweckte er den Eindruck, als hätte er an diesem Tag keine Lust, seine sadistische Ader zu zügeln, sondern wollte vielmehr seinen ganzen Frust in einer Züchtigung abreagieren. Hatte er aufgrund seiner schlechten Laune lieber das Separee statt den Darkroom aufgesucht? Sie wollte so gerne daran glauben, dass er sie vor sich beschützte, aber die Zweifel an dieser Theorie waren zu groß, um sie zu ignorieren.

Es dauerte eine gefühlte Ewigkeit, bis die Kugel an Schwung verlor, immer langsamer rotierte und zum Boden der Schüssel sank. Sie hüpfte lange über die Rauten, als könnte sie sich nicht entscheiden, doch dann blieb sie in einem der Fächer liegen.

»Mist!«, zischte die dralle Blondine und setzte sich schmollend auf ihren Stuhl.

Rhys winkte die Schwarzhaarige mit dem Zeigefinger und einem diabolischen Lächeln zu sich. »Wir beide werden heute unseren Spaß haben. Sei gewarnt! Es wird wild werden. Ich bin nicht in der Stimmung für Zärtlichkeiten.«

Unbeeindruckt stakste die herbe Schönheit auf schwindelerregend hohen Absätzen auf ihn zu. Sie schlang die Arme um seinen Hals und blickte ihm tief in die Augen. Verführerisch langsam zog er den Reißverschluss ihres Traums aus Tüll nach unten. Er schob den apricotfarbenen Stoff über ihre Schultern, sodass ihr Kleid hinabrutschte und zu Boden fiel. Da sie keine Unterwäsche trug, stand sie nackt vor ihm. Kokett spreizte sie ihre Schenkel.

Das war zu viel für Valentine. Sie ballte ihre Hand zur Faust und hielt sich im letzten Moment davon ab, wütend gegen den Spiegel zu donnern. Was würde das nutzen? Es war zu spät! Sollte er diesen Hungerhaken, diese Windhündin, ruhig ficken. Allein die Tatsache, dass er es tun würde, reichte Val schon, um sich darüber klar zu werden, dass er und sie nicht zusammenpassten. Sie hatte ihm auf der Party klipp und klar gesagt, dass sie ihn nicht mit den Lanas dieser Welt teilen wollte. Er hatte sich nicht dazu geäußert, und offensichtlich hatte er vor, sein Leben genauso zügellos weiterzuleben wie zuvor und beabsichtigte nicht, auf ihre Wünsche einzugehen. Sie jedoch brauchte einen Herrn, der sich auf sie allein konzentrierte, der sie nicht nur demütigte, disziplinierte und vögelte, sondern der sie auch liebte. Eine reine Spielbeziehung funktionierte für sie nicht, denn sie investierte immer Gefühle.

Mit Tränen in den Augen flog sie herum. Sie stürzte aus dem Darkroom, der plötzlich nur noch ein Zimmer war, um die Kasinogäste zu bespitzeln. Die Dunkelheit darin wirkte bedrückend. Die Luft schien mit einem Mal abgestanden und stickig.

Lautstark knallte Val die Tür des Putzraums hinter sich zu. Sie trat auf den Saum ihrer Uniform und strauchelte. Hektisch ruderte sie mit den Armen. Sie fing sich jedoch in letzter Sekunde und hastete weiter. Schniefend rannte sie durch die Gänge, aber sie verbot sich zu weinen, bevor sie in ihrem Auto saß.

Valentine fühlte sich verletzt. Nein, noch schlimmer! Als hätte man ihr das Herz herausgerissen. Jetzt, in diesem Moment, betrog Rhys sie mit dieser Schlampe. Sie konnte es kaum fassen!

Benommen von dem emotionalen Schmerz taumelte sie in die Umkleide der weiblichen Angestellten. Überrascht stoppte sie.

Ein Mann machte sich gerade in Lindas Spind zu schaffen. Sein Gesicht sah sie nicht, denn es verbarg sich hinter dem Top ihrer Freundin, an dem er schnupperte. Doch sein bärig kräftiger Oberkörper, der in einem eleganten grauen Hemd und einer anthrazitfarbenen Weste mit Taschenuhr steckte, ließ keinen Zweifel aufkommen.

»Jacob!«

28

Jacob Bilbray erschrak so heftig, dass er sich abrupt aufrichtete und mit dem Kopf gegen die Kleiderstange stieß. Vor Schmerz schrie er auf, dann keuchte er und trat einen Schritt zurück, um sich aufrichten zu können. Stöhnend betastete er die Stelle, die ihm sicherlich wehtat und an der ihm eine Beule wachsen würde.

»Was machst du da?« Eine unangekündigte Inspizierung? Vermutete er etwa, dass Linda die Gäste bestahl oder Aufputschmittel nahm, um die Nachtschichten durchzustehen? Ihre gute Laune kam bestimmt nicht von Drogen, dafür würde Val ihre Hand ins Feuer legen. Ihre Freundin war einfach eine Frohnatur.

Verlegen lächelte er. Dann bückte er sich, um etwas aus dem Schrank zu nehmen. Doch bei seiner Masse war er nicht schnell genug, sodass Val noch einen Blick auf den Zettel erhaschte, bevor er in seiner Hosentasche verschwand. Er musste ihn vor Schreck fallengelassen haben, als sie ihn ertappt hatte.

»*Du* bist Lindas geheimnisvoller Herr!« Valentine konnte es kaum fassen! Sie hätte schwören können, dass Rick hinter dem erotischen Spiel steckte.

Jacob öffnete die oberen Knöpfe seines Hemds. Schweißperlen traten auf seine Stirn. »Ihr *was*?«

Für kurze Zeit vergaß sie ihren Kummer. Der Adrenalinschub, der durch ihren Körper schoss, weil sie nun die Wahrheit kannte, ließ sie die Tränen, die hinter ihren Augen brannten, für einen Moment vergessen. »Der Mann, der ihr erotische Nachrichten und Anweisungen schreibt.«

Rote Flecken zeigten sich auf seinen Wangen und seinem Hals. Er sah aus, als wollte er etwas sagen, sich vielleicht verteidigen oder behaupten, er wüsste von nichts, doch am Ende schwieg er.

Daher setzte Val nach: »Und der sie auf der Party im *The Venetian* verführt hat.«

Jacobs Teint wurde noch eine Nuance dunkler. Er betrachtete intensiv seine Sneakers. Schließlich setzte er sich auf die Bank, die den Raum teilte, benässte seinen Daumen mit Speichel und wischte über die Schuhspitzen, obwohl Valentine keinen Schmutz darauf ausmachen konnte. Als er wieder zu ihr aufsah, stand ihm die Hoffnung, sie könnten so tun, als wäre nichts gewesen, ins Gesicht geschrieben, aber sie tat ihm den Gefallen nicht.

Sie stemmte die Hände in die Hüften und sah ihn erwartungsvoll an. Es ging ihr nicht darum, ihren Chef bloßzustellen. Auch trieb nicht die reine Neugier sie an. Sondern sie machte sich Sorgen um ihre Freundin, nicht zuletzt weil sie wusste, wie grausam es sich anfühlte, jemanden zu begehren, der in einem Moment ganz nah und im nächsten so weit weg war, als würde er auf einem anderen Planeten leben. »Linda verzehrt sich nach dir. Sie isst kaum noch etwas und geweint hat sie auch.«

»Geweint?«

»Was denkst du denn? So wie du dich benommen hast! Du hast sie einfach sitzenlassen auf dem Fest. Du hast sie im Stich gelassen.«

»Das wollte ich nicht.«

Seufzend hockte sie sich neben ihn. »Was waren dann

deine Absichten, als du ihr den ersten Zettel heimlich zugesteckt hast?«

Ein zaghaftes Lächeln umspielte seine Lippen. »Linda arbeitet schon so lange hier. Sie hat mir vom ersten Augenblick an gefallen. Nicht nur ihr Aussehen – sie ist hübsch, keine Frage, aber das sind andere auch –, sondern weil sie ein Sonnenschein ist. Wenn sie mich anstrahlt, geht für mich die Sonne auf. Herrje, ich höre mich an wie ein verliebter Gockel!«

Das war er ja auch. Trotz seiner Dominanz, wenn es um Sex ging, war er anscheinend Wachs in Lindas Händen, dabei glaubte diese, es würde sich genau andersherum verhalten. Amüsiert schmunzelte Valentine in sich hinein. »Woher wusstest du, dass sie … devot veranlagt ist?«

Die roten Flecken auf seinem Hals wurden großflächiger und flossen schließlich ineinander, sodass es aussah, als stände seine Haut in Flammen. »Ich habe ihr die Erregung angemerkt, wenn sie im Separee servierte. Sie atmete schwerer, grinste permanent und verschwand öfters im WC. Es war unschwer zu erraten, was sie dort tat.«

»Du hast beschlossen, sie über ihre Neigung zu angeln.«

»Gott bewahre, nein.« Abwehrend hob er die Arme. »Ich bin nicht so kaltblütig, wie sich das bei dir anhört.«

»Tut mir leid.« An seiner heftigen Reaktion las sie ab, dass er wirklich tiefe Gefühle für Linda hatte.

»Ich bin nicht dominant geworden, um Linda einzufangen oder ihr zu gefallen. Das war ich schon vorher. Dadurch habe ich Rhys kennengelernt. Er veranstaltet SM-Partys, aber das weißt du sicherlich.«

Val biss sich auf die Zunge. Über diesen Bastard wollte sie jetzt bestimmt nicht sprechen. Stumm nickte sie.

»Ihr Wunsch, sich zu unterwerfen, sprach für sie. Noch ein

Pluspunkt für diese Traumfrau.« Diesmal schämte er sich anscheinend nicht dafür, ins Schwärmen zu geraten. »Wir passen zusammen. Sie ist mein Pendant und ich bin ihres. Ich vermutete, dass sie noch keinerlei Erfahrungen mit BDSM besaß, sonst hätte das, was sie im Separee zu sehen bekam, sie nicht so stark erregt, dass sie ständig masturbieren musste.«

»Aber ich verstehe eins nicht.« Val runzelte die Stirn. »Warum hast du sie nicht direkt darauf angesprochen?«

Jacob stützte sich mit einer Hand auf seinem breiten Oberschenkel ab. »Wie hätte ich das anfangen sollen? Indem ich sage: *Das nächste Mal, wenn du dich selbst befriedigst, mach es vor meinen Augen. Oder: Ich kann auch beim Sex dein Boss sein.* Linda arbeitet für mich. Das wäre sexuelle Nötigung im Job. Ich hätte mich strafbar gemacht.«

Das konnte Val nachvollziehen. So, wie er die Schultern hängenließ, tat er ihr leid. »Wieso hast du dich nicht im *The Venetian* zu erkennen gegeben?«

»So?« Mit einem abfälligen Schnalzen zeigte er an sich herab. »Ich weiß, dass Linda mich ›lieber Bär‹ nennt.«

Jetzt verstand Val auch, weshalb er einige Kilos abgenommen hatte und seinen Bart neuerdings stutzte. Er tat das alles nur für Linda, er wollte ihr gefallen.

Plötzlich sagte jemand: »Du bist der dümmste Mann, den ich jemals kennengelernt habe!«

Erschrocken flogen Valentine und Jacob herum. Sie hatten beide nicht mitbekommen, dass die Tür geöffnet worden war.

Aufgebracht stapfte Linda heran. Sie stellte sich breitbeinig vor ihn hin und schaute mit einem rügenden Blick, wie ihn keine Domina besser hinbekommen hätte, auf Jacob herab. »Bären sind gewaltig und imposant und können mit einem Tatzenhieb töten. Sie sind aber auch kuschelig und beschützend. Du hast überhaupt keine Ahnung, wie attraktiv du bist,

Jacob Bilbray, oder? Du siehst männlich aus, kannst sowohl führen als auch einfühlsam sein. Nur an deinem Selbstbild müssen wir noch arbeiten.«

»Gemeinsam?« Jacobs Augen wurden immer größer.

Valentine hüstelte, doch die beiden beachteten sie nicht. Ihre Blicke schienen aneinander festzukleben. Leise erhob sich Val, holte ihre Handtasche aus ihrem Spind und verließ noch in ihrem viktorianischen Kleid schmunzelnd den Umkleideraum.

Auf dem Gang stieß sie mit jemandem zusammen. Ihr Lächeln erstarb. In ihr wurde es dunkel.

Verdutzt schaute Rhys sie an. Er sah müde aus. Vermutlich war er erschöpft davon, die Schwarzhaarige hart ranzunehmen.

Bei dem Gedanken tickte Val aus.

29

Sie gab ihm eine schallende Ohrfeige und stürmte durch den Angestellteneingang hinaus ins Freie.

Tief sog sie die frische Nachtluft ein und versuchte sich zu beruhigen, doch ihr Herz trommelte in ihrem Brustkorb, als wollte es ihre Rippen sprengen. Wie spät mochte es sein? Halb eins, ein Uhr oder sogar schon halb zwei Uhr morgens? *Sin City* pulsierte immer noch. Die blinkenden Lichter um sie herum taten ihr in den Augen weh. Die Geräusche der Metropole klangen wie das Grollen eines riesigen Monsters, das kam, um sie zu verschlingen. Wenn es so gewesen wäre, hätte sie sich nicht dagegen gewehrt. Der Schmerz in ihrer Brust war kaum zu ertragen.

Plötzlich flog die Tür hinter ihr auf. Rhys stürmte auf den Parkplatz, packte ihren Oberarm und wirbelte sie zu sich herum. »Was sollte das?«

»Du hattest es verdient. Das und noch viel mehr. Hätte ich eine Peitsche zur Hand gehabt, hätte ich dir gezeigt, dass auch ich sadistische Ambitionen in mir habe.«

Mit seiner freien Hand rieb er über seine feuerrote Wange. »Das, was in dir brennt, ist kein Sadismus, sondern Rachedurst.«

Offenbar wusste er genau, was sie erzürnte. Val schnaubte. Es war Zeit, die Karten auf den Tisch zu legen. »Du hattest das alles arrangiert. Das verheißungsvolle Zuzwinkern im Kasino, um mich zum Darkroom zu locken, mich davor warten zu lassen, der offene Zugang zu unserem Privatzimmer, und dass euer Spiel erst kurz nach Mitternacht begann. Eventuell hast du sogar das Roulette manipuliert, damit die Kugel zuerst auf deinen Namen fällt.«

Er schwieg und kniff lediglich den Mund zusammen.

»Habt ihr so lange gewartet, bis ich die Kammer nebenan betreten hatte, um mit eurer Session anzufangen, damit ich auch ja deinen abscheulichen Auftritt nicht verpasse?« Sie machte eine Pause, doch er antwortete immer noch nicht. Langsam machte es sie stinkwütend, dass er nichts sagte. »Warum diese Scharade, Rhys? Wieso hast du mir nicht einfach gesagt, dass du mich nicht mehr als deine Sklavin willst, weil ich dir zu viele Ansprüche stelle?«

Er ließ die Schultern hängen und es machte den Anschein, als würde das schlechte Gewissen ihn in die Knie zwingen. »Wer behauptet, dass ich dich nicht mehr will?«, murmelte er mehr zu sich selbst als zu ihr.

»Okay, dann begehrst du mich möglicherweise noch, jedoch nur als Bückstück. Aber nicht mit mir!« Aufbrausend tippte sie gegen seine Schulter. »Ich bin keine Marionette, die du aus dem Schrank nehmen und benutzen kannst, wann immer du geil bist, ich bin kein gefühlloses Stück Holz.«

»Das weiß ich doch.« Seine sanfte Stimme machte sie rasend, denn sie trieb ihr die Tränen in die Augen.

»Falls du das alles inszeniert hattest, um mich auf meinen Platz zu verweisen, muss ich dir leider mitteilen, dass der Schuss für dich nach hinten losgegangen ist.« Sie keuchte, denn sie bekam kaum noch Luft, es war, als läge ein Stein auf ihrem Oberkörper. »So oder so, du bist mich los, ein für alle Mal.«

Sein Griff um ihren Arm war unnachgiebig wie eine Stahlmanschette. »Ich kann dich nicht gehen lassen.«

Fassungslos sah sie ihn an. »Was willst du noch von mir? Warum quälst du mich so? Das habe ich nicht verdient!«

»Ich weiß. Es liegt nicht an dir.« Leiser fügte er hinzu: »Sondern an mir.«

»Es ist meine Krankheit, habe ich recht?« Sie blinzelte die Tränen weg. »Seitdem ich dir gebeichtet habe, dass ich an Thalassämie leide, hat sich etwas zwischen uns verändert.«

Er schnaubte. »Unsinn!«

»Auf der Party hast du mich nach meinem Geständnis mit Samthandschuhen angefasst. Genau das will ich aber nicht! Ich möchte normal behandelt werden, wie jeder andere auch. Und … und …«, stotterte sie so aufgewühlt, dass sie sich kaum konzentrieren konnte. »Und beim Sex möchte ich, dass es mir richtig besorgt wird. Ich will das ganze Programm, auch den Lustschmerz, denn durch ihn fühle ich mich lebendig.«

»Du bist unglaublich!« Schmunzelnd schüttelte er den Kopf. Als sie sich schon fragte, ob er sich lustig über sie machte, fuhr er fort: »Du glaubst, du wärst die Schwächere von uns beiden, Valentine, aber du irrst dich.«

Überrascht hob sie die Brauen.

»Ich bin derjenige, der sich fürchtet«, sagte er leise, aber eindringlich. »Ich habe Angst davor, dich zu überfordern und zu riskieren, dass du erneut nach einer Session zusammenklappst, Angst, deinen Ansprüchen nicht zu genügen, und davor, BDSM mit einer festen Partnerschaft zu verbinden.«

Das Bekenntnis überraschte sie. Es war ungefähr das Letzte, was sie erwartet hatte. »Hat das etwas mit Lana Sycamore zu tun?«

Sein Blick verfinsterte sich. Er ließ sie los und kickte einen Stein weg. Seufzend schloss er die obersten Knöpfe an seinem Hemd.

Die Luft war frisch, aber angenehm, fand Val. Rhys aber fröstelte. Hatte die Tatsache, dass ihm kalt war, womöglich gar nichts mit den Temperaturen zu tun? »Jede Sklavin ist anders. Ich bin nicht wie sie.«

»Du bist so viel stärker.« Gefühlvoll strich er über ihre Wange, als würde er ihr eine der Tränen, die sie nicht geweint hatte, wegwischen. »Aber ich trage diesen Dämon nun schon so lange mit mir herum, dass ich bezweifele, ihn jemals wieder loszuwerden. Ich habe mich Freunden anvertraut, aber sie fanden nicht die richtigen Worte, um mich zu erlösen. Ich suchte einen Psychologen auf, aber der versuchte mir einzureden, meine Neigung wäre an allem Schuld und müsste kuriert werden. Also traf ich eine Entscheidung. Ich beschloss, Liebe und Sex zu trennen. Denn diese Kombination war Lanas Problem gewesen.«

»Sie hat sich in dich verliebt.« Val spürte, wie Magensäure ihre Speiseröhre emporkroch. »Wie ich.«

»Nein. Genau deshalb solltest du mir nicht hinterherspionieren.« Ernst, aber nicht vorwurfsvoll, sah er sie an und tippte ihr auf die Nasenspitze. »Um keine falschen Schlüsse zu ziehen.«

»Das hättest du verhindern können, indem du von Beginn an mit offenen Karten gespielt hättest.«

Er zuckte mit den Achseln. »Am Anfang ging es zwischen uns ja nur um Sex.«

»Und jetzt nicht mehr, sondern um …?« Sie verstand diesen Mann einfach nicht und trotzdem ebbte ihre Verärgerung langsam ab. Vielleicht weil er so erbärmlich vor ihr stand, wie sie sich fühlte. Er wirkte nicht, als würde er triumphieren, als hätte er erreicht, was er wollte. Wusste er überhaupt, was das war? »Ja, um was?«

Verlegen fuhr er sich durch die Haare. »Komm, wir setzen

uns in deinen Wagen. Ich möchte nicht, das jemand mithört.«

Val wollte protestieren, einfach nur aus Trotz, damit er nicht schon wieder seinen Willen bekam. Doch damit lief sie Gefahr, dass er ihr nichts erzählte. Sie kramte den Autoschlüssel hervor, öffnete die Türen und setzte sich auf die Fahrerseite. Nachdem Rhys neben ihr Platz genommen hatte, nickte sie ihm auffordernd zu. »Nun?«

Er verschränkte die Arme vor dem Brustkorb, als müsste er sich vor seinen eigenen Worten schützen. »Sie war meine Schwester!«

»Deine …?« Valentine traute ihren Ohren kaum.

Während sein Blick nach innen gerichtet schien, flüsterte er: »Ich trage die Schuld an ihrem Tod.«

»Das glaube ich nicht.« Schließlich hatte sie bei ihrer Recherche erfahren, dass Lana sich das Leben genommen hatte. Oder stimmten die Informationen nicht?

»Durch mich ist sie in Kontakt mit SM gekommen.« Er war so angespannt, dass die Muskelstränge seitlich an seinem Hals hervortraten. »Sie entdeckte die Lust am Masochismus für sich. Nach einer Weile lernte sie Philipp kennen, einen kultivierten Dominus, der nicht nur ihren Schoß eroberte, sondern auch ihr Herz.« Bitter lächelnd erklärte er: »So poetisch hatte sie das ausgedrückt.«

Das kam Val bekannt vor. Hatte Philipp Lanas Liebe ebenso zurückgewiesen wie Rhys ihre? Unruhig tippte sie immer wieder mit ihrer Schuhspitze gegen die Ecke der Schmutzmatte, die sich nach oben wölbte.

»Sie heirateten und lebten eine Form von SM aus, die intensiver war, als sie üblicherweise praktiziert wird. Nicht vierundzwanzig Stunden an sieben Tagen in der Woche, aber nah dran. Alles war perfekt.« Er wirkte, als müsste er sich sammeln, und machte eine Pause. »Bis eines Tages Polizisten vor Lanas Tür standen. Sie ahnte schon, dass etwas Schreckliches passiert war. Ich spürte es auch, denn ich hielt mich an diesem schwarzen Tag zufällig bei ihr auf, in dem Haus, das du schon kennst.«

Angespannt ballte Val ihre Hände zu Fäusten und drückte sie auf ihren Magen. Wollte sie das Ende der Geschichte wirklich hören?

»Die Cops teilten ihr mit, dass Philipp bei einem Autounfall gestorben war. Junge Kerle veranstalteten illegale Rennen durch die Innenstadt, ohne Rücksicht auf Verluste. Einer von ihnen rammte Philipps Fahrzeug. Beide waren sofort tot.«

»Oh, mein Gott!« Um sich ihm weiter zuzuwenden, stützte sich Val auf dem Armaturenbrett ab. Als sie ihre Hand wieder wegnahm, blieb ihr Abdruck im Staub zurück.

»Lana brach zusammen. Sie aß nichts mehr, duschte nicht mehr und verlangte, dass die Fensterläden den ganzen Tag über geschlossen blieben.« Rhys' Blick war auf die Windschutzscheibe gerichtet. Er hatte, das war Val klar, den Tod seiner Schwester noch nicht verarbeitet. »Nichts und niemand konnte sie aus diesem Loch herausholen, nicht einmal ich, der ihr so nah stand wie niemand sonst, außer Philipp natürlich.«

Val sah, wie sehr ihn die Vergangenheit noch immer quälte, und wünschte sich, ihn trösten zu können, aber ihr fielen nicht die passenden Worte ein. Und sie war noch nicht so weit, ihn wieder in die Arme zu nehmen. Daher schwieg sie und schlang nur die Finger in seine.

»Wusstest du, dass Las Vegas die höchste Selbstmordrate in den USA hat?« Er wartete nicht auf eine Antwort, sondern fuhr fort: »Meine Schwester wurde eines Nachts zu einem Teil dieser Statistik. Ich fand sie erhängt am Treppengeländer vor.«

Also stimmte die Berichterstattung doch. Allerdings hatten die Gazetten Lanas Neigung in den Mittelpunkt gerückt. In Wahrheit war sie an ihrem gebrochenen Herzen zugrunde gegangen.

»Sie hatte einen Abschiedsbrief hinterlassen, oder so etwas Ähnliches. Mit ihrem eigenen Blut hatte sie auf den Spiegel in ihrem Ankleidezimmer geschrieben: *Ich folge meinem Meister in den Tod.*« Rhys rümpfte die Nase. »Nicht Ehemann oder Geliebter, sondern Meister.«

»Sie meinte sicher beide Seiten von Philipp.« Beschwichtigend streichelte sie seinen Oberschenkel.

»Lana war süchtig nach dem SM-Sex, den er ihr bot.«

Val rüttelte am Schalthebel zwischen ihnen. »Sie ist aus Liebe gegangen.«

»Liebe und SM«, sagte Rhys abfällig. »Wenn diese Kombination bedeutet, dass man krankhaft abhängig von einander wird, sollte sie verboten werden.«

Val strich ihm eine Strähne seines welligen Haars hinters Ohr, doch sie fiel ihm gleich wieder ins Gesicht. »Und da das nicht umsetzbar ist, hast du diese Regel immerhin für dich selbst aufgestellt.«

Der Hintereingang des Kasinos schwang auf. Krachend flog die Tür gegen die Außenwand des Gebäudes. Rick kam herausgerannt, als wäre der Teufel hinter ihm her. Seine Wangen waren nass. Val fragte sich, ob er die beiden verliebten Turteltauben Linda und Jacob gesehen hatte. Er sprang in seinen Wagen und brauste davon. Mitfühlend schaute sie ihm hinterher.

»Ja, aber die Einhaltung dieser Regel fiel mir immer schwerer.« Fest drückte er ihre Hand. »Lanas Haus gehört nun mir.

Ich habe es monatelang behalten, weil ich es nicht fertigbrachte, es zu verkaufen. Aber inzwischen habe ich beschlossen, es ausräumen zu lassen und einem Makler zu übergeben.«

Sie horchte auf. Ihre Haut kribbelte plötzlich, nicht nur hier und dort, sondern am ganzen Körper. »Bist du sicher?«

»Ich habe mich gegen meine Gefühle gewehrt und versucht, dich davon zu überzeugen, dass ich nicht der Richtige für dich bin«, gestand er und rieb seine Wange an ihrem Handrücken. »In Weeping Willow habe ich dich angeschnauzt, aber du bist trotzdem nach Skelleton gekommen. In der Wüste habe ich dich einer erotischen Prüfung unterzogen, für die du eigentlich noch nicht bereit warst. Aber du hast sie glücklicherweise abgebrochen und zu meinem Erstaunen wolltest du mit der Session fortfahren. Erst heute Nacht habe ich erreicht, was ich wollte, nämlich dass du dich von mir abwendest, und es fühlte sich schrecklich–« Er stockte.

Nun, da er sie daran erinnerte, dass er sich im Separee mit seinen Freunden grenzenlos amüsiert hatte, versuchte sie, ihm ihre Hand zu entreißen, doch er hielt sie fest.

»Ich habe nicht mit ihr geschlafen. Mit niemandem. Ich hatte es vor, um dich endgültig zu vertreiben, weil ich nicht gut genug für dich bin und nicht die Kraft hatte, dich wegzuschicken. Aber als sie nackt vor mir stand, konnte ich es nicht.«

Val zog einen Flunsch. »Nur weil du ahntest, dass ich euch beobachte.«

Er beugte sich zu ihr, packte sie sanft im Nacken und zog sie zu sich herüber. »Ich begehrte sie nicht, sie war nicht du.«

»Ich bin auch nicht Lana. Ich stehe zu fest mit beiden Beinen auf dem Boden, um mich in Sex zu verlieren«, sagte sie selbstbewusst.

»Das ist mir jetzt auch klar geworden.« Er küsste sie so weich und liebevoll, dass Val in seinen Mund hinein seufzte. Ihre Zungen umkreisten einander viel zu kurz, denn er löste sich allzu bald von ihr. »Allerdings sprichst du beim nächsten Mal das Safeword aus, wenn dir unwohl wird, verstanden?«

»Beim nächsten Mal?« Tief schaute sie ihm in die Augen, erst in das blaue und dann in das grüne.

»Falls du es noch einmal mit mir probieren möchtest.«

»Nur, wenn du ab sofort ehrlich zu mir bist. Außerdem …«, damit hielt sie ihn davon ab, voreilig zu nicken. »Untreue ist ein Tabu für mich. Es mag egoistisch klingen und ich weiß, dass ich dich dadurch von deinem frivolen Freundeskreis und dem Separee fernhalten werde, aber ich will dich für mich alleine.«

Sinnlich zeichnete er ihre Unterlippe nach. »Dafür gibt es eine andere Lösung.«

Valentine runzelte die Stirn, sie hatte keinen blassen Schimmer, was er damit meinte.

Epilog

Valentine lebte gerne in Las Vegas, doch etwas hatte sie immer an der Stadt gestört.

Sie konnte sich nicht beschweren, sie war privilegiert aufgewachsen. Ihre Eltern verdienten als Geschäftsführer überdurchschnittlich gut, doch dafür mussten sie auch überdurchschnittlich viel arbeiten. Freizeit war ein Fremdwort für sie. Da sie das Kasino gemeinsam führten, musste immer jemand vor Ort sein. An Ausflüge zu dritt konnte sich Val nicht erinnern. Aber immerhin hatte Val, anders als die Angestellten ihrer Eltern, die eine oder andere der großen Shows auf dem Strip gesehen.

Schon als Kind hatte ihre Mutter sie mit zur Arbeit genommen. Sie war zwischen den langarmigen Banditen und den Beinen der Gäste herumgelaufen und vom Personal beaufsichtigt worden. Als Teenager zählte sie bereits selbst zum Personal, denn sie jobbte früh dort, um sich etwas Taschengeld zu verdienen. Während ihre Mom immer noch glaubte, Val wäre zu Höherem geboren, war ihr Dad der Meinung gewesen, es würde ihren Charakter bilden, wenn sie statt der Glitzerwelt in Hollywood die wirkliche Arbeitswelt kennenlernte. Und er hatte recht behalten.

Obwohl die Kollegen sich in ihrer Anwesenheit stets zurückgehalten hatten, hatte Val doch einiges mitbekommen. Der Groll auf die Touristen wuchs. Die Menschen, die in Vegas hart arbeiteten, um die Glitzerfassade aufrechtzuerhalten, konnten es sich selbst nicht leisten, an den Vergnügungen teilzunehmen. Sie bereiteten Spaß, hatten aber selbst keinen, sondern fuhren nach dem Ende ihrer Schicht heim in die trostlosen Randbezirke. Ihre freie Zeit verbrachten sie in den Shopping Malls in ihrem Viertel, mehr konnten sie sich nicht leisten.

Val missfiel das. Es stimmte sie traurig, aber es bereitete ihr auch Sorgen, denn sie befürchtete, dass die Situation eines Tages kippen könnte. Die Kluft zwischen Arm und Reich schien nirgendwo größer als in dieser Metropole. Rhys sah das genauso.

Als ersten Schritt hatten sie beschlossen, einen Freizeitpark vor den Toren von *Sin City* zu bauen, der ausschließlich für die Einwohner bestimmt sein sollte. Die Krux von Vegas war, dass zwar das Pro-Kopf-Einkommen knapp über dem Durchschnitt der USA lag – es hatte jedoch auch die höchste Arbeitslosenquote und die meisten Obdachlosen. Die Kluft zwischen Arm und Reich war nirgends größer.

Die Eintrittspreise würden erschwinglich sein. Sollte die Stadtverwaltung sie nicht unterstützen, würde Rhys selbst als Investor auftreten. Sie hatten Rick angeboten, bei der Planung zu assistieren und später als leitender Croupier bei ihnen anzufangen, was er nur zu gern angenommen hatte, denn es tat ihm weh, sich täglich in unmittelbarer Nähe der großen Liebe zwischen Linda und Jacob aufhalten zu müssen.

Valentine hatte Rhys vorgeschlagen, ein SM-Kasino zu eröffnen. Wenn er seine erotischen Roulette-Versionen patentieren ließe, fände er bestimmt zahlreiche betuchte Abnehmer. Aber Rhys verdiente bereits genug. Geld bedeutete ihm nicht mehr, als dass er damit Träume wahrmachen konnte und BDSM war kein Traum für ihn, sondern realer Genuss. Aber noch wichtiger war ihm etwas anderes.

»SM vermarktet man nicht im großen Stil, sondern genießt es kultiviert. Am besten zu zweit, mit jemandem, den man liebt und dem man vollkommen vertraut, was nicht bedeutet, dass man bei den Sessions alleine sein muss«, hatte er ihr vielversprechend ins Ohr geflüstert und ihr eine mit violettem Samt überzogene Schachtel gereicht.

Sein Geschenk trug sie in diesem Moment. Das Kleid der O, das sie auf der Party im *The Venetian* angehabt hatte. Er hatte es der Schneiderin abgekauft und ihr gleichzeitig den Vorschlag unterbreitet, auf einem seiner erotischen Events eine Modenschau zu veranstalten. Strahlend hatte sie zugesagt.

Nervös strich Valentine immer wieder den Stoff glatt. Ihr entblößter Schritt prickelte und ihre Brustspitzen spürten jeden noch so zarten Lufthauch. Immer wieder schaute sie sich um, dabei hatte Jacob sichergestellt, dass keiner der Angestellten den Gang vor dem Separee innerhalb der nächsten halben Stunde betrat. Vals großer Auftritt stand kurz bevor.

»Halt endlich still!«, ermahnte Rhys sie. So, wie er das Seil, das er in Händen hielt, vor ihren Augen stramm zog, lag eine deutliche Warnung in dieser Geste.

Folgsam führte sie die Arme hinter den Rücken und verschränkte sie dort. Ihre Aufregung wuchs, je öfter Rhys den Strick um ihre beiden Unterarme schlang. Als er die Enden verknotete, erschauerte sie vor Erregung und hoffte, dass er es nicht gemerkt hatte, aber sein sinnliches Lachen bewies ihr das Gegenteil.

Er kam um sie herum und schaute tief in ihre Augen. Es lag eine solche Wärme in seinem Blick, dass ihre Lippen vor Sehnsucht kribbelten. Aus einem Impuls heraus neigte sie sich vor.

Plötzlich vergrub er seine Finger in ihrem roten Schopf

und ließ sie seine Kraft spüren. Rügend schnalzte er. »Als Lustdienerin ist es dir nicht erlaubt, deinen Herrn zu küssen, sondern du musst warten, bis er es tut.«

»Ja, Sir.« Also hatte die Session schon begonnen! Ihr wurde heiß. Eine starke Aufregung erfasste sie und ließ sie erzittern. »Verzeihung.«

»Du hast nur Befehle zu befolgen. Eigenmächtiges Handeln wird bestraft. Möchtest du, dass ich dich als Einführung gleich als Erstes diszipliniere?« Sein Griff wurde stärker.

Das Ziehen an ihren Haaren ließ sie aufkeuchen. »Ja, Sir.«

Überrascht hob Rhys die Brauen. Dann schmunzelte er und massierte gefühlvoll ihren Busen. Er zwirbelte die Spitzen, zwackte sie und strich mit den Daumen zärtlich darüber, sodass Schmerz und Erregung eine köstliche Melange ergaben.

»Schon wieder äußerst du einen Wunsch, obwohl dir das nicht zusteht. Hier kommt eine Ermahnung, dich ab sofort demütiger zu zeigen.« Er holte zwei Nippelklemmen aus seiner Hosentasche. Behutsam setzte er eine nach der anderen auf ihre Brustspitzen.

Ein scharfer Schmerz durchzuckte ihren Busen, doch er wurde sogleich wieder schwächer. Val ahnte allerdings, dass er schleichend zurückkehren würde, je länger sie den Sklavenschmuck trug. Zudem zogen kleine Gewichte ihre Brüste ein wenig nach unten und erzeugten ein unangenehmes Ziehen.

Während sie ihre Lippen mit der Zunge befeuchtete, starrte sie auf den Eingang zum Separee. Sie wollte sich endlich Rhys' Freunden präsentieren. Es war merkwürdig, sie hatte den Eindruck, die Männer und Frauen zu kennen, dabei hatte sie sie lediglich aus dem Schutz des Darkrooms heraus bei ihrem hemmungslosen Treiben beobachtet. Einem Treiben, dem Val in wenigen Sekunden beiwohnen würde. Mittendrin und dennoch von Rhys bewacht, so lautete die Abmachung. Niemand dürfte sie berühren oder mit ihr spielen, denn sie gehörte ihm allein. Ihrer beider Namen würden auch auf keiner Roulettescheibe auftauchen. Dennoch waren sie Teil des Zirkels. Hautnah würden sie bei den Ausschweifungen dabei sein und ab sofort nicht nur zuschauen – ohne Trennscheibe dazwischen –, sondern die Atmosphäre mit jeder Pore aufsaugen. Sie würden ihre eigenen Sessions vor den Augen des Schotten, Marilyns und der anderen durchführen und nicht länger nur Voyeure sein, sondern auch Exhibitionisten. Gemeinsam würden sie eine Menge Spaß haben und dennoch würden Rhys und sie unter sich bleiben.

Was mochte er als Initiationsritus für sie geplant haben? Was erwartete sie hinter der Tür?

Als Rhys sie öffnete, wurde Val einen kurzen Moment übel vor Aufregung. Doch die Lust gewann die Oberhand. Ihr Blick glitt über den schweren Vorhang, der den Zugang zusätzlich verhüllte, hinauf zu dem schwarzbraunen Balken darüber, in den eingeschnitzt stand: *Ludi incipiant* – Die Spiele mögen beginnen –, dann senkte sie ihn devot.

Rhys hielt die Blende aus bordeauxrotem Samt zur Seite und Val betrat das Separee so leichtfüßig, als würde sie auf Wolken gehen, während der erste Tropfen ihrer Feuchtigkeit bereits an der Innenseite ihres Oberschenkels hinablief. Sie schämte sich für ihre verfrühte Geilheit und wusste doch, dass sie auf Verständnis, ja vielleicht sogar Anerkennung, stoßen würde.

Das erste Mal seit ihrem Auszug von Zuhause fühlte sie sich im richtigen Leben angekommen. Endlich hatte sie ihr Prinzessinen-Image abgestreift und wurde als Vollblutfrau behandelt. Obwohl sie ihren Willen an Rhys abgab, hatte sie sich noch nie so selbstbestimmt gefühlt wie in diesem Moment. Sie war frei zu tun, was sie wollte, und das war nun mal, von einem Mann, den sie liebte und dem sie vertraute, mit allen Konsequenzen beherrscht zu werden. Ihre erotischen Fantasien waren endgültig wahr geworden.

Rhys trat neben sie. Ungeniert vergrub er seine Hand in ihrer Spalte und sagte mit fester Stimme: »Ladys und Gentlemen, ich stelle euch Valentine vor, meine Sklavin und Freundin.«

So fühlt sich Glück an, dachte Val innerlich strahlend und erschauerte erregt.